SPA FIC MALLERY
Mallery, Susan, author.
Lo mejor de mi amor
on1310487366

AF081704

SUSAN MALLERY
Lo mejor de mi amor

Editado por Harlequin Ibérica.
Una división de HarperCollins Ibérica, S.A.
Núñez de Balboa, 56
28001 Madrid

© 2016 Susan Mallery Inc.
© 2018 Harlequin Ibérica, una división de HarperCollins Ibérica, S.A.
Lo mejor de mi amor, n.º 160 - 21.6.18
Título original: Best of My Love
Publicada originalmente por HQN™ Books

Todos los derechos están reservados incluidos los de reproducción, total o parcial. Esta edición ha sido publicada con autorización de Harlequin Books S.A.
Esta es una obra de ficción. Nombres, caracteres, lugares, y situaciones son producto de la imaginación del autor o son utilizados ficticiamente, y cualquier parecido con personas, vivas o muertas, establecimientos de negocios (comerciales), hechos o situaciones son pura coincidencia.
® Harlequin, HQN y logotipo Harlequin son marcas registradas por Harlequin Enterprises Limited.
® y ™ son marcas registradas por Harlequin Enterprises Limited y sus filiales, utilizadas con licencia. Las marcas que lleven ® están registradas en la Oficina Española de Patentes y Marcas y en otros países.
Imagen de cubierta utilizada con permiso de Harlequin Enterprises Limited. Todos los derechos están reservados.

I.S.B.N.: 978-84-9170-887-2
Depósito legal: M-9480-2018

Este libro está dedicado a Sarah S. Eres adorable y encantadora, y espero que te guste la historia de Aidan y Shelby tanto como a mí. Esta es para ti...

Al ser la madre de un perrito adorable y mimado, sé cuánto pueden alegrarnos la vida las mascotas. El bienestar animal es una causa que apoyo desde hace mucho tiempo. Y, para mí, eso significa ayudar a la Sociedad Protectora de Seattle. En el acto para recaudar fondos que celebraron en 2015, Tuxes and Tails (Esmóquines y colas), ofrecí *Tu mascota en una novela romántica* como premio.

En este libro os vais a encontrar con un bichón frisé llamado Charlie. Tiene una personalidad muy viva y es una preciosidad. Cada vez que aparecía en el libro, me arrancaba una enorme sonrisa. ¡Qué monada! Me encantó todo de él, desde el hecho de que intentara conducir hasta su empeño en que las comidas fueran servidas con puntualidad.

Una de las cosas que convierte el acto de escribir en algo especial es que obliga a interactuar con la gente de maneras diferentes. Con algunas personas hablo para investigar. Otros son lectores que quieren charlar sobre los personajes y los argumentos, y otros son fabulosos padres de mascotas. La familia de Charlie en la vida real lo adora, y él les proporciona muchas horas de alegría.

Quiero darle las gracias a la familia de Charlie, a Charlie y a la maravillosa gente de la Sociedad Protectora de Seattle (SeattleHumane.org).

Porque todas las mascotas merecen tener una familia que las quiera.

Capítulo 1

–Y lo de anoche...

Aquellas palabras fueron pronunciadas con suavidad, casi como una pregunta. Sin embargo, fueron suficiente como para que Aidan Mitchell pensara en golpearse la cabeza contra la mesa. O contra la pared. No iba a hacerlo solo porque no necesitaba que le doliera aún más la cabeza, con la resaca que se había ganado a pulso.

–No tengo nada –dijo. Tuvo que entrecerrar los ojos, porque la iluminación de Brew-haha, la cafetería en la que estaba, le resultaba demasiado brillante. Estaba allí porque, cuando un hombre se sentía tan mal como él, el café era la única solución–. No tengo excusa ni explicación.

Quería decir algo más. Que no había sido culpa suya. Pero sí había sido culpa suya.

Aidan quería decir que, normalmente, era un buen tipo. Quería a su madre, pagaba los impuestos y dirigía con éxito una empresa. Pero, en algún momento, se había convertido en un completo imbécil. Claro que, ¿para qué iba a decir algo que era tan evidente?

La mujer que estaba al lado de su mesa señaló el asiento vacío que había frente a él.

—¿Puedo sentarme?

Él asintió, pero se arrepintió al instante, porque notó otra explosión de dolor detrás de los ojos. Trató de olvidarse del dolor y concentrarse en su compañera de mesa. Shelby Gilmore tenía los ojos azules y era menuda y delicada. Tan guapa, que llamaba la atención. Sin embargo, no era para él, porque él ya lo tenía todo organizado. Nada de mujeres de su zona. Con las turistas, todo era más fácil. Y eso era lo que le había llevado a aquella situación.

Ella lo miró con fijeza mientras le daba un sorbito a su café. Parecía que estaba intentando adivinar algo. Si era algo sobre él, él debería ahorrarle el esfuerzo.

—Sí —dijo, con una voz muy grave que, sin duda, era otro efecto del alcohol que aún había en su organismo—. Soy un imbécil. Seguro que lo van a sacar hasta en el periódico.

Ella sonrió.

—El periódico ya ha salido y yo no he visto nada. Claro que... por lo general, evito la sección de «Imbéciles», porque puede ser muy deprimente.

—Chistes a mi costa. Adelante, no te cortes. Me lo merezco.

A ella le llegaba la melena por los hombros. Tenía el pelo liso, de color dorado. Llevaba flequillo. Él sabía que debía de tener casi treinta años, pero parecía más joven.

—Me gusta que te hagas responsable de lo que ocurrió —le dijo ella—. La mayoría de los chicos no lo harían.

—La mayoría de los chicos no se habrían metido en un lío, para empezar. Yo lo tenía todo bien pensado. Es lo que me está matando. Tenía un plan.

—El infierno está empedrado de buenas intenciones.

Pese a lo mal que se sentía, él esbozó una sonrisa.

—Sí. Ese soy yo, el tipo de las buenas intenciones. Evitar los líos. Y me estaba funcionando.

Ella sujetó la taza de café con las dos manos.

—Entonces, es cierto. Salías con las turistas —dijo, y estuvo a punto de sonreír—. Utilizo la palabra «salías» por cortesía. Además, hoy es el día de Año Nuevo, y es fiesta.

—Respeto. Eso me gusta —dijo él, y suspiró—. Sí, era ese gilipollas que ligaba con las turistas. Eran amistosas y estaban por la labor. Además, estaban de pasada en el pueblo. Nadie definiría eso como «salir con alguien».

—Bueno, se nota que había un plan, en líneas generales. Tú pensabas que si tenías aventuras cortas y sin complicaciones, no tendrías que enfrentarte a nada lioso, como una relación, por ejemplo. ¿Por qué?

Él entrecerró los ojos para descansar de la luz brillante.

—No quiero molestarte, pero ¿te conozco?

Ella se echó a reír.

—¿Aparte de decirnos «hola y adiós»? —preguntó. Levantó un hombro ligeramente, y volvió a bajarlo—. No, en realidad, no. Reconozco que esta es una conversación extraña, pero, de todos modos, me gustaría que me respondieras.

Aquella mañana, su cerebro funcionaba a media velocidad. Se sentía muy mal, tanto física como emocionalmente. Era el imbécil más grande que conocía y solo quería esconderse en un agujero hasta que se le ocurriera la forma de solucionar el problema. Lo cual solo podría suceder cuando entendiera qué había salido mal.

Pero nada de aquello explicaba por qué le estaba interrogando Shelby Gilmore. Tal vez uno de sus propósitos para el Año Nuevo fuera arreglar entuertos. Tal vez estuviera buscando justicia para todos los corazones que él había roto accidentalmente.

Intentó recordar lo que sabía de ella. Shelby debía de llevar unos dos años viviendo en el pueblo. Trabajaba en la pastelería. O, posiblemente, era la dueña... No lo recordaba con exactitud. La había visto por allí. Era agradable y, además, era la hermana de Kipling Gilmore; Kipling era el director del departamento de búsqueda y rescate de la zona. Aidan lo conocía de eso. También, porque estaban en Fool's Gold, un pueblo en el que todo el mundo se sabía la vida de los demás. Ah, sí. Kipling y él eran socios propietarios de un bar del pueblo, y eso explicaba, en primer lugar, el motivo por el que estaba manteniendo aquella conversación. Aidan la miró.

–¿Cuál era la pregunta?

Ella volvió a sonreír.

–¿Por qué turistas? Eres un tipo guapo que dirige una empresa próspera. ¿Por qué no estás casado?

–No quiero sentirme atrapado –respondió él, sin poder contenerse–. ¿Me estás haciendo una entrevista de trabajo?

–No. No quiero entrometerme.

–Pero ¿vas a seguir haciéndome preguntas?

–Algo parecido. ¿En qué sentido dices lo de «atrapado»?

Él se terminó la taza de café. Antes de que tuviera la oportunidad de levantarse para ir a pedir otro, Patience, la dueña de Brew-haha, embarazada de unos cuarenta y siete meses, se acercó caminando torpemente con la jarra del café.

–Tienes una cara horrible –le dijo, alegremente–. ¿Sigues con resaca?

–Pues sí.

–Eso no es propio de ti. Casi ni me acuerdo de la última vez que te emborrachaste.

Aidan no se molestó en responder. No serviría de nada. Patience y él se conocían de toda la vida, otra de las ventajas, o desventajas, de vivir en Fool's Gold.

No había secretos, así que todo el mundo sabría ya lo que había ocurrido la noche anterior.

Shelby miró a su amiga con el ceño fruncido.

—¿Por qué sigues trabajando? Vas a romper aguas en cualquier momento.

—Sí, ya lo sé —dijo Patience, y posó la mano sobre su barriga, que era increíblemente grande—. Estoy deseando que nazca ya, y he pensado que si estoy de pie durante unas horas puede que acelere el proceso. No puedo dormir, así que, ¿para qué iba a dejar que otra persona tuviera que madrugar el día de Año Nuevo?

Otra mujer buena, pensó Aidan. Estaban por todas partes. Él no debería ni siquiera mirarla y, mucho menos, mantener una conversación con ella.

—¿Quieres una aspirina? —le preguntó Patience.

—No, gracias. Ya se me pasará.

Patience sonrió a Shelby.

—No me lo creo, ¿y tú?

—Ni por asomo, pero es divertido dejar que finja.

Se estaban burlando de él. Estuvo a punto de protestar, pero recordó que se lo merecía. Eso, y más.

Patience terminó de rellenarle la taza y volvió al mostrador. Entonces, Shelby se inclinó hacia él.

—¿Por qué dices que te sentirías atrapado si te casaras? —insistió.

No iba a dejarlo, así que lo mejor sería decirle la verdad.

—Si quieres a alguien, te sientes atrapado, y tienes que hacer cosas que no quieres hacer.

—Supongo que no te refieres a ir a restaurantes que no te gustan, ni a sacar la basura, ¿no?

—No.

—Ya decía yo. Así que lo de las turistas era una forma de mantenerte a salvo —dijo ella, sonriendo de nuevo—.

Y de mantener relaciones sexuales. Dos pájaros de un tiro.

–Preferiría que no lo describieras así.

–¿Porque parece que eres idiota?

Él pensó en lo que había ocurrido la noche anterior.

–¿Qué has oído sobre la mujer?

–Algo. Cuéntame tu versión.

No estaba seguro de si ella había sido enviada para que él entendiera que merecía un castigo, o si aquella era una feliz coincidencia. De cualquiera de las dos formas, iba a soltarlo todo, y que el destino se encargara del resto.

–Yo estaba en la fiesta de Nochevieja de The Man Cave con unos amigos.

Al principio, estaba bebiendo cervezas. No tenía ninguna intención de sufrir una resaca como aquella.

–Y esa mujer se me acercó.

–¿La reconociste?

–Claro –dijo él. Más o menos–. Sabía que, probablemente, habíamos salido juntos en verano.

–¿Eso de «habíamos salido juntos» es un eufemismo que quiere decir «nos habíamos acostado»?

Él se estremeció.

–Eres mucho menos delicada de lo que pareces.

–Gracias. Bueno, entonces, ella te dijo «hola», y…

Aidan suspiró.

–No me dijo hola. Se me acercó y me dijo que no había podido dejar de pensar en mí. Que la semana que habíamos pasado juntos la había cambiado. Esperaba que yo sintiera lo mismo, porque quería dejar su trabajo y venirse a vivir conmigo a Fool's Gold.

Shelby esperó.

–Pero no fue una semana –dijo él, con firmeza–. Si hubiera sido una semana, me habría acordado.

–¿De ella?

Él carraspeó.

–De cómo se llamaba. No me acordaba de su nombre, ni de cuándo había estado aquí. Ella se dio cuenta enseguida, se enfadó y empezó a gritar.

Todo el bar se había quedado en silencio mientras la mujer, al sentirse tan despreciada, había empezado a insultarle. Él había aceptado todos sus insultos sin responder porque no era capaz de recordar su nombre. Había pasado un par de días con ella, había hablado con ella, se había reído con ella, se había acostado con ella y, al final, se había despedido sin saber quién era.

Por eso, él era todo lo que ella le estaba llamando, y cosas peores. Para él no era malo haber estado con muchas mujeres en su vida, pero sí era malo no poder acordarse de sus nombres.

–Y ahora, ¿qué va a pasar? –le preguntó Shelby.

–Ni idea. No me gustó lo que vi en su cara. Siento haberle hecho daño. Siento haberme convertido en ese tipo de hombre. Quiero hacer mejor las cosas. Tengo que cambiar. Yo nunca he querido hacerle daño a nadie. De eso se trataba, de que nadie saliera dolido –explicó él. Agitó la cabeza y tomó un poco más de café–. ¿Y qué importa? Soy ese tipo de hombre. O, al menos, lo era.

–¿Vas a cambiar?

–Sí. Tengo que hacerlo. El no querer sentirme atrapado es una cosa, pero ser tan imbécil... Yo no soy así.

Shelby lo miró fijamente durante un buen rato y, después, asintió.

–Está bien. Gracias por hablar conmigo.

¿Vas a darme una torta, o me absuelves?

–Ninguna de las dos cosas. Solo tenía curiosidad.

–Ah. Pues muy bien.

Ella se echó a reír.

—Sigue hidratándote, Aidan. Y la próxima vez que alguien te ofrezca una aspirina, deberías tomártela.
—Gracias por el consejo.
—De nada.

Ella se puso de pie y llevó su taza al mostrador. Aidan la observó mientras ella se ponía el abrigo y salía a la calle. Hacía una mañana muy fría.

Era guapa, pensó distraídamente. Aunque su aspecto no significara nada para él, porque, al menos, ya sabía cuál era una parte de la solución para su problema. Dejar por completo a las mujeres era una medida drástica, sí, pero también le ayudaría a arreglar las cosas. Sí, eso era lo que tenía que hacer. Alejarse de ellas totalmente. Para siempre. Desde aquel mismo instante.

Las aceras estaban barridas y la nieve estaba apilada en los bordillos. Todavía había árboles de Navidad y coronas de acebo en los escaparates, además de letreros y carteles de felicitación del nuevo año. Fool's Gold era un pueblo en sintonía con las estaciones y con las festividades de cada una de ellas. A Shelby le gustaban los adornos que colgaban de las farolas y que cambiaban a menudo. Al lunes siguiente, la decoración navideña habría sido sustituida por los colores vivos de los Cabin Fever Days, aparecerían muñecos de nieve en los jardines y habría una competición de esculturas de hielo en el parque.

Ella ya había recibido bocetos de los diseños de varios artistas. A partir de esos bocetos, había creado una plantilla y, con ella, diferentes cortadores de galletas. Durante aquellas fiestas, la pastelería iba a vender galletas personalizadas, tanto en el local principal como en sus dos puestos itinerantes de venta.

Aquel sería el segundo año que iban a trabajar con las

furgonetas de comida y el primero que ofrecerían galletas personalizadas. Ambas cosas habían sido ideas suyas, y estaba emocionada y nerviosa por las galletas. Emocionada, porque sabía que iban a ser un éxito. Nerviosa, porque eran su segunda gran sugerencia como nueva propietaria de una empresa.

El otoño anterior había entrado como socia minoritaria en Ambrosia Bakery y, algunos días, todavía no podía creer que ella tuviera parte de un negocio. ¡Ella! Aunque había disfrutado mucho estudiando en la escuela de hostelería, rápidamente se había dado cuenta de que sus clases preferidas eran las de repostería, y había cambiado sus asignaturas principales por las de Panadería y Pastelería. Después del periodo de prácticas, había conseguido trabajo, y la vida había tomado su rumbo.

Al menos, durante quince minutos, pensó con tristeza.

Entonces, su madre se había puesto enferma, y todo había cambiado.

Shelby se detuvo en una esquina. Todavía era pronto. La pastelería estaba cerrada por las fiestas, así que podía irse a casa y disfrutar de uno de los pocos fines de semana largos que tenía al año. También podría ir al trabajo a experimentar con las galletas y perfeccionar la decoración de las formas, inspiradas en las esculturas de hielo.

Como su casa era un pequeño apartamento de una sola habitación donde no la estaba esperando nadie, torció por Second Street y se encaminó hacia la pastelería. La fachada del local era blanca y tenía un precioso toldo plateado. Antes de que tuviera la oportunidad de llegar, un coche se detuvo a su lado, y de él bajó una mujer rubia.

Shelby sonrió a su amiga Madeline.

—¿No tendrías que estar de velada romántica con tu prometido?

Madeline se arrebujó en su abrigo azul y sonrió.

–Sí, pero nos hemos tomado un descanso. He venido a casa a buscar unas cuantas cosas y quería venir a saludar –dijo, y arrugó la nariz–. Sabía que hoy ibas a estar trabajando.

Shelby alzó ambas manos.

–No estoy en la pastelería.

–Estás a un metro de la puerta.

Shelby se echó a reír.

–Bueno, sí, está bien. Iba a jugar un poco con los diseños nuevos de las galletas. ¿Por qué no? Todo está muy tranquilo, y a mí me encanta hacer galletas.

–¿Habrá algo de sobra para una amiga hambrienta?

–Seguro que sí.

Shelby cerró la puerta tras ellas y encendió las luces. Le encantaba ser la primera persona que entrara al edificio. Mirara donde mirara, siempre se encontraba con la promesa de algo delicioso. Los enormes recipientes, las repisas llenas de género, los grandes hornos... Todo ello, preparado para hacer magia con unos cuantos ingredientes.

A Shelby siempre le había gustado cocinar, pero en la escuela de hostelería había adquirido la técnica necesaria para dar rienda suelta a su creatividad. Aunque apreciaba mucho la perfección de una salsa suave y sabrosa o de un buen entrante, la verdad era que la mayoría de la gente celebraba las ocasiones importantes con unas galletas, una tarta o un *brownie*. Nadie celebraba un aumento de sueldo comiéndose un sándwich.

A ella le gustaba formar parte de la vida diaria de la gente. Que los viernes fueran un poco más alegres por sus donuts o sus bollos. Que las bodas y las fiestas de los bebés fueran más bonitas con sus pasteles, y que en los cumpleaños hubiera tartas de todas las formas y colores.

Señaló las mesitas que había junto al mostrador. La

pastelería tenía, sobre todo, clientela para despachar, pero habían colocado unas cuantas sillas para algún turista que quisiera tomar algo en el local.

—¿Qué te apetece? Hay magdalenas, aunque son de ayer.

—No te preocupes —dijo Madeline, con una sonrisa—. Cualquier cosa tuya, por muy de ayer que sea, es mejor que algo recién hecho de cualquier otro sitio.

Shelby se echó a reír.

—No me importa que lo digas solo porque eres mi amiga. Acepto el cumplido con toda mi alma.

—Como es debido.

Shelby entró en la trastienda y sacó varios botes grandes de plástico, donde guardaba las piezas que no había vendido, y seleccionó un surtido. Después puso en marcha la pequeña cafetera que utilizaban los empleados. Sacó tazas y servilletas y lo llevó todo a la pastelería.

La luz entraba a raudales por la cristalera. Aunque hacía frío, parecía que el día iba a ser soleado. Las montañas del este le recordaban a su Colorado natal, donde se habían criado su hermano y ella. Había sido un tiempo feliz y divertido; más bueno que malo, por lo menos, mientras ella era más pequeña. Al final, olvidaría todo lo malo y se quedaría solo con los buenos recuerdos.

Se sentó frente a Madeline y la observó. Su amiga tenía los ojos brillantes de amor y satisfacción.

—Te sienta muy bien estar enamorada —le dijo Shelby.

—Me siento maravillosamente bien. Es como si hubiera estado toda la vida esperando a Jonny. Cuando estoy con él, casi no puedo respirar y, cuando no estoy con él, me siento impaciente por verlo otra vez.

—El amor de la juventud —dijo Shelby, con un suspiro—. Lo recuerdo bien.

Madeline se echó a reír.

—Vamos, por favor, si tú solo tienes veintiocho años. No puedes burlarte del amor juvenil.

—No me estaba burlando. Solo estaba expresando una envidia sana. Estoy feliz por ti y me gustaría sentir un poco de lo mismo que sientes tú. Bueno, no hacia Jonny, claro.

—Eso ya lo sabía.

Shelby se levantó.

—Voy a servir el café. Después, podemos comer carbohidratos y azúcar como locas.

—Me parece muy bien –dijo Madeline, mientras la seguía a la trastienda–. ¿Cómo va todo?

Aunque era una pregunta hecha en un tono ligero, Shelby notó la preocupación. Su amiga la había encontrado llorando el domingo después de Navidad y, desde entonces, la llamaba por teléfono y le mandaba mensajes de texto a menudo.

—Estoy bien. Mejor. Solo echaba de menos a mi madre.

Sirvió dos tazas de café y volvieron a la mesita que había junto al escaparate.

—Estas fiestas son difíciles –admitió–. Siempre la echo de menos, pero estas fechas son la peor época del año.

—Es tu segundo año sin ella, ¿no?

—Sí.

El año anterior había sido peor aún. Ella estaba sola en un lugar nuevo, y Kipling estaba en rehabilitación después de su accidente de esquí. Ella había ido a pasar las Navidades con él y, después, había vuelto a Fool's Good a seguir con su trabajo. Sin embargo, durante todas las fiestas había tenido muy presente que no tenía a nadie en el mundo, ningún familiar, salvo a su hermano. Y eso era algo que quería cambiar.

Madeline la miró con inteligencia.

—Las Navidades pasadas estabas sufriendo por una pérdida muy reciente, mientras que este año estás más tranquila. Pero Kipling se ha casado y va a tener un niño, así que, de todos modos, todo sigue siendo distinto.

—Sí, posiblemente.

—¿Puedo ayudarte de alguna forma?

—Ya me ayudas, siendo mi amiga.

—Pero... eso es muy fácil —respondió Madeline, con una sonrisa.

—Me alegro de saberlo —dijo Shelby.

Tomó una galleta de mantequilla de chocolate. Aunque tenía ya un par de días, seguía siendo tierna y dulce, con un punto perfecto de crujiente. El bocado que tomó se le derritió en la lengua.

—Bueno, y ¿te has decidido? —inquirió Madeline—. ¿Vas a intentarlo?

Shelby pensó en la alternativa. Siempre tomando malas determinaciones aunque sus razones fueran las mejores. Quería más. Por supuesto, sentirse segura era importante para ella, pero también quería lo que tenía su amiga: un hombre maravilloso al lado, alguien a quien querer y que la quisiera. Sin embargo, para encontrarlo, incluso para empezar a buscarlo, tenía que superar sus miedos.

Paso a paso. Primero, un amigo. Después, un hombre que fuera su compañero en la vida.

Shelby tomó aire.

—Voy a hacerlo —dijo, con firmeza.

Madeline enarcó las cejas.

—¿De verdad? Me parece muy bien. ¿Has elegido ya al candidato?

—Aidan Mitchell.

Madeline se quedó boquiabierta.

—¿Aidan?

Shelby asintió.

—¿Te has enterado de lo que pasó anoche?
—No. ¿Qué?

Shelby le contó el incidente de The Man Cave. Ella había oído un par de versiones diferentes antes de ir a pedirle la confirmación al propio Aidan. No ahorró detalles a la hora de describir la angustia de la pobre mujer y el arrepentimiento y la resaca que tenía Aidan aquella mañana.

—¿Y por qué te parece positivo lo que ha pasado? —le preguntó Madeline con desconcierto.

—Porque se siente fatal por la situación. Está tan decepcionado consigo mismo que dice que quiere cambiar. Y, si lo piensas, él está más o menos en la misma situación que yo. Los dos queremos ser mejores personas de lo que somos ahora.

—No —replicó Madeline—. Lo que tú quieres es superar algo malo que te ocurrió en el pasado. Él quiere dejar de ser repugnante con las mujeres. Es muy diferente.

—Bueno, sí, pero los dos vamos en la misma dirección. ¿Cómo lo ves?

Quería conocer la opinión de Madeline por muchos motivos. No solo porque confiara en su amiga, sino porque Madeline se había criado en Fool's Gold, y conocía a Aidan de toda la vida. Si él tenía un pasado violento u oscuro, ella se lo contaría todo.

Su amiga tomó una galleta y le dio un mordisco antes de contestar.

—Si dice en serio lo de que quiere cambiar, entonces es un buen candidato. Siempre fue un buen tipo —dijo Madeline. De repente, sonrió—. ¿Y qué pasa con el sexo?

Shelby puso los ojos en blanco.

—No estoy interesada en el sexo. Esa parte de mí no me supone ningún trauma.

—¿Y si él necesita el incentivo?

—No creo, después de lo que pasó anoche. Esto no tiene nada que ver con una aventura. Es algo más importante: se trata de que los dos nos curemos de algo. Yo tengo que sanar mi corazón. O, tal vez, recuperar la confianza. No sé explicarlo. Solo sé que el hecho de ser amigos, y no amantes, es la respuesta.

—Pues que tengas suerte y consigas que él te ayude.

—Dice que quiere ser un hombre mejor —repuso Shelby, aunque no estaba segura de si estaba tratando de convencer a Madeline o de convencerse a sí misma—. Si es cierto, este es un buen modo de que lo consiga. ¿Tú crees que es el hombre adecuado para mi plan?

—Sí.

—Entonces, voy a preguntarle si está interesado.

—O, lo que daría por estar presente en esa conversación. ¿Me vas a contar lo que pase?

—Pues claro. Yo creo que le va a parecer bien. Nos ayudaremos el uno al otro y seguiremos con nuestras vidas.

—El camino al infierno está empedrado de buenas intenciones… —murmuró Madeline.

Aidan había utilizado aquel mismo refrán. Las intenciones eran prácticamente resoluciones. Ella tenía las suyas para el Año Nuevo. Tenía un plan para dejar atrás el pasado y avanzar en la vida. Ahora, ya solo necesitaba un compañero que remara a favor y, en cuestión de meses, todo sería exactamente tal y como ella siempre había soñado.

Capítulo 2

Aidan se terminó la botella de agua. Estaba sudoroso y agotado, pero de un modo bueno. Era el día dos de enero, y se encontraba mejor; ya no tenía resaca, había dormido bien aquella noche, había tomado un desayuno sano y había hecho dos horas de ejercicio. Iba a convertirse en un hombre nuevo.

Iba a cumplir sus propósitos para el Año Nuevo: beber más agua, comer bien y hacer ejercicio. Ir a ver a su madre más a menudo y ayudar a los ancianos a cruzar la calle. Cabía la posibilidad, incluso, de que adoptara un perro. Eso le haría responsabilizarse de alguien y, además, sería bueno tener algo de lo que preocuparse, algo que no fuera él mismo.

Iría a casa a ducharse y cambiarse y, después, iría a la oficina a acabar algo de papeleo que tenía pendiente. Sí, virtuoso. Iba a ser su segundo nombre a partir de aquel momento: Aidan Virtuoso Mitchell.

Cuando salió a la calle, el frío se le metió en el cuerpo. Caminó rápidamente hacia el coche. Después de terminar el papeleo, iba a...

Había una mujer junto a su furgoneta y, de repente, se le formó un nudo de miedo en la garganta. Se preguntó qué otro suceso de su pasado iba a patearle el culo. O tal vez fuera la misma mujer, que había ido a pedirle una onza de carne de cerca del corazón. Se preguntó si debía dejar que le diera una paliza. Después de todo, él se la había ganado.

Continuó caminando y reconoció a la rubia menuda que lo estaba esperando. Era Shelby Gilmore la que estaba apoyada en la puerta de la furgoneta y, al verlo, se irguió y se cuadró de hombros.

Llevaba una gruesa cazadora de lana y un gorro rojo con una borla. Tenía un aspecto joven, fresco y un poco sexy.

Aidan ralentizó el paso al acordarse de que había renunciado a las mujeres y su atractivo sexual, al menos durante una buena temporada. Nada de mujeres y, menos, de mujeres de la zona.

—Hola, Aidan —le dijo Shelby en un tono alegre—. ¿Qué tal el ejercicio?

—Muy bien, gracias —dijo él, y agarró con fuerza las asas de la bolsa de deporte. Quería preguntarle por qué lo estaba esperando, pero no se le ocurría la forma de hacerlo sin parecer brusco. Había decidido que siempre iba a tener muy buenos modos.

—Te he traído unas galletas.

Le tendió una bolsa pequeña de rayas blancas y plateadas, que desprendía un olor a chocolate y, tal vez, a mantequilla de cacahuete.

—Acabo de correr diez kilómetros y de hacer una sesión de levantamiento de pesas —dijo él. Se recordó que tenía que ser virtuoso.

—Entonces, debes de tener hambre.

Ella tenía una sonrisa suave y agradable. Amigable. Lo cual estaba muy cercano a lo sexy.

Aidan volvió a reprimir aquel pensamiento. Nada de mujeres.

—No puedes enseñarle a nadie las galletas de azúcar.

Él tomó una bocanada de aire helado.

—¿Cómo?

Ella volvió a tenderle la bolsa.

—Hay algunas galletas con glaseado de azúcar. No puedes enseñárselas a nadie. Es por los Cabin Fever Days. Varios de los artistas me enviaron dibujos de sus diseños para que los convirtiera en galletas, pero se supone que son secretos, así que no puedes enseñarle las galletas a nadie.

—¿Porque otro de los tipos que hace esculturas de hielo puede robarles la idea?

Ella asintió.

—Sí. Y algunos de los artistas son mujeres. No deberías suponer que son solo hombres.

—Ya me lo imagino —dijo él. Miró la bolsa, que le resultaba muy tentadora—. Estoy intentando comer cosas sanas —añadió, más para sí mismo que para ella.

—¿Y qué tienen de malo mis galletas? —le preguntó Shelby, con sus ojos azules y brillantes llenos de diversión—. Son deliciosas. Deberías fiarte de mí.

Él tuvo muchas ganas de preguntarle por qué, y suspiró. Aquello de ser virtuoso iba a ser más difícil de lo que pensaba.

—¿Cómo conviertes esculturas de hielo en galletas? —le preguntó.

—Utilizo la silueta básica. Puedo añadir algunos detalles, pero no demasiados. Si los detalles son demasiado refinados, se desdibujan al meterlos al horno. Además, tampoco pueden ser muy difíciles de adornar, porque perdería todo el margen de beneficios si utilizo demasiadas coberturas. No por la cobertura en sí, sino por el tiempo que tengo que invertir —le explicó ella, y volvió a ofrecerle la bolsa—. Esto de las galletas es un experimento. Vamos a venderlas durante las fiestas, en nuestro quiosco.

Estaba hablando demasiado deprisa. Casi, con nervios. Le temblaba un poco la mano, y él le quitó la bolsa por un impulso. Entonces, se arrepintió.

—Shelby, ¿para qué has venido?

—Quiero hablar contigo.

—¿Sobre las galletas?

—No. Las galletas te las he traído porque soy muy agradable.

Eso le hizo gracia, y se echó a reír.

—Me alegro. ¿Y de qué quieres hablar? —le preguntó, y titubeó—. Por si viene al caso, he decidido alejarme de las mujeres.

Ella sonrió.

—¿De verdad? Eso no puede ser muy divertido.

—Solo llevo un día y, por el momento, no está tan mal —dijo él. Estaba mintiendo, pero ella no podía saberlo.

—Bueno, pues yo quiero aclararte que no he venido porque quiera acostarme contigo. Y no quiero tener novio. Bueno, sí quiero. Pero no a ti.

Él no entendía nada.

—Entonces, ¿debería sentirme agradecido por las galletas?

Ella se echó a reír.

—No, aunque espero que te gusten. La verdad es que... —Shelby tragó saliva—. Vaya, esto es más difícil de lo que pensaba. Quiero que...

Él se dio cuenta de que, fuera lo que fuera, no iba a gustarle, y pensó que iba a decir que no. Tenía que practicar aquella palabra. Ene, o. No. Era fácil. Según su madre, era una de las primeras palabras que había dicho.

—Quiero que seamos amigos.

***

Shelby abrió la puerta de casa. Tenía frío y estaba nerviosa. Lo primero lo solucionaría con la calefacción de su pequeño apartamento. Lo segundo era más problemático.

Aidan no se había reído de ella, y eso ya era algo. Tampoco la había dejado allí plantada. En vez de eso, se había quedado pensando un momento y le había dicho: «Vamos, sigue». Entonces, ella le había sugerido que fueran a charlar a su casa.

En aquel momento, se hizo a un lado y esperó a que él entrara. Cerró la puerta, se quitó el gorro y se arregló el flequillo. Después, colgó los dos abrigos en el perchero que había al lado de la puerta.

Se giró y miró alrededor, preguntándose qué veía y qué pensaba él.

El apartamento era nuevo y tenía las ventanas muy grandes. Desde donde estaban, se veía el salón, el comedor y la mayor parte de la cocina. Era un piso común y corriente, y ella no lo había decorado demasiado.

Había dejado las paredes blancas y había colgado unos cuantos pósteres, casi todos de flores silvestres o puestas de sol. Encima del sofá había una foto de Kipling haciendo un salto durante un descenso. Estaba perfectamente enfocado y, tras él, el fondo se veía borroso. Los dos esquís estaban varios centímetros por encima del suelo. Tenía una expresión intensa y un gesto serio en los labios.

Había ganado aquella carrera, y ella estaba allí para verlo. La fotografía era una de sus favoritas.

El resto de la habitación era menos emocionante. Tenía un sofá de color azul marino y una sola butaca junto a la ventana. Había comprado la mesa y las sillas de arce en una tienda de segunda mano. Al final del pasillo estaba su habitación y, también, el baño, que tenía un tamaño aceptable.

No era lujoso, pero estaba muy bien. El alquiler era razonable y tenía unos vecinos tranquilos, silenciosos. Ella trabajaba muchas horas y no necesitaba nada más. Algún día, pensó con melancolía, tendría una casa, un marido, hijos y, quizá, un perro. Hasta entonces, así estaba bien.

Señaló la mesa del salón.

—Tengo magdalenas —dijo—. Voy a preparar un café. O, si lo prefieres, un vaso de leche caliente.

—Ya me has dado las galletas. Las tengo en la furgoneta.

—Esas son para después. Las magdalenas son para nuestra conversación.

Él miró la bandeja que había en el centro de la mesa y, después, a ella.

—¿Cómo puedes comer así y tener ese tipo?

Ella se relajó un poco.

—Yo pruebo las cosas, pero no me las como todas. Además, trabajo en una pastelería. Después de un tiempo, todas las cosas ricas empiezan a ser menos tentadoras.

—Ojalá eso fuera cierto para mí también.

Él se sentó en el asiento que ella le ofreció. Shelby entró en la cocina y encendió la cafetera. La había dejado preparada antes de salir, con la esperanza de que aquello saliera bien. En realidad, le sorprendía que hubieran llegado tan lejos. Su plan tenía posibilidades, pero requería cooperación y que Aidan no pensara que estaba loca.

Ahora que él ya estaba allí, no sabía qué decir. Cómo empezar. Llevaba un par de semanas ensayando varios comienzos, desde que había decidido lo que iba a hacer. Lo que iba a hacer, sí, pero no con quién. Eso solo lo había sabido al enterarse de lo que había pasado en Nochevieja y había visto a Aidan al día siguiente.

Él podía haberse mostrado indiferente por lo ocurrido, pero no había sido así. Estaba enfadado consigo mismo, y avergonzado. Y quería cambiar.

Y todo eso iba a su favor, pensó Shelby.

—¿Leche y azúcar? —le preguntó.

—No, solo, por favor.

Ella se sirvió el café igual que él. Todas las calorías contaban, eso siempre lo había pensado. Llevó las dos tazas hasta la mesa y se sentó frente a él.

Aidan era alto y tenía los hombros anchos. Todavía llevaba la camiseta y los pantalones de hacer deporte. Aunque ambas prendas eran sueltas, Shelby captó la forma de sus músculos bajo la tela. Teniendo en cuenta cuál era su trabajo, tenía sentido que estuviera en forma.

Tenía una cara agradable; era guapo sin ser demasiado perfecto. A ella le gustaban sus ojos marrones, y cómo la miraba directamente a los ojos.

Se hizo el silencio entre ellos.

—Bueno, creo que tienes algo que decir —comentó él, mientras tomaba una magdalena. Ella había elegido las de chocolate con cobertura de coco. Sencillas, pero deliciosas. Como los mejores postres.

Shelby tomó aire y dijo lo primero que se le pasó por la cabeza.

—Quiero comprar una casa.

Él frunció el ceño.

—Pero… yo no vendo casas.

—Sí, ya lo sé.

Shelby tragó saliva al notar que tenía una opresión repentina en la garganta. Aquello iba a ser más difícil de lo que había pensado.

—Ayer dijiste que sentías lo que había pasado con esa

mujer –dijo, por fin, y le dio un sorbito a su café–. ¿Todavía lo sientes?

Él asintió.

–Qué buena está la magdalena –dijo él, después de tragar un pedazo.

–Gracias. Me gusta que quieras cambiar. No es fácil. La costumbre, y todo eso.

–Sí. Todavía no he pensado lo que voy a hacer, pero voy a dejar de ligar, eso es seguro.

–¿Y cuánto tiempo crees que vas a poder mantener el celibato?

–No lo sé. Unas semanas. O un par de meses.

–Eso es mucho.

–Dímelo a mí. Pero no sé qué otra cosa puedo hacer. Quiero dejar de ser ese tipo.

–¿Quieres enamorarte? –le preguntó ella, y alzó las manos–. No me refiero a mí. No va por ahí. Pero… ¿alguna vez?

–No lo sé.

–¿Porque estarías atrapado?

–No tenía que haberte contado eso.

–Tenías resaca, y no pudiste evitarlo. No se lo voy a contar a nadie.

En el semblante de Aidan se reflejaron varias emociones. Ella intentó descifrarlas, pero no lo consiguió.

–No quiero tratar mal a las mujeres –dijo él, por fin–. Pero yo era sincero sobre lo que quería y, si la dama quería, entonces pasábamos un buen rato. Se suponía que era estupendo para los dos. No sé por qué fue tan mal.

–Una de tus amantes quería algo más que una aventura pasajera.

–Y yo ni siquiera me acordaba de su nombre –dijo Aidan, con lo que parecía un arrepentimiento sincero.

–Y, ahora, quieres ser distinto.

Él la miró.

—Si tú crees que puedes cambiarme...

—No —dijo ella, y se encogió de hombros—. No creo que las personas puedan cambiarse unas a otras. Nosotros mismos tenemos que elegir el cambio y conseguir llevarlo a cabo. Tú quieres ser distinto con las mujeres, pero no sabes cómo. ¿No se te ha ocurrido pensar que tal vez el problema no sea que no te acordabas del nombre, sino nunca la viste como a una persona, para empezar? ¿Que no ves a ninguna de ellas como persona?

Él miró melancólicamente hacia la puerta.

—Bueno, pues... aunque esto es maravilloso, tengo que marcharme.

—Cinco minutos. Dame cinco minutos. De verdad, quiero llegar a una cosa que creo que te va a interesar. Además, no da miedo, te lo prometo.

Él miró su reloj.

—Cinco minutos.

—Gracias —respondió Shelby—. Tú haces lo que haces para no sentirte atrapado, ¿no? Que, para ti, es lo mismo que estar enamorado. No quieres tener una relación en serio.

Él asintió.

—Por lo tanto, haces lo contrario: tener relaciones cortas y que no significan nada para ti. Y, aunque eso te proporciona algo de placer, no es exactamente lo que tú quieres.

Otro asentimiento, un poco menos cauteloso.

—Ahora quieres cambiar, pero no sabes cómo. Creo que parte del problema es que solo ves a las mujeres como juguetes o como esposas. No tienes amigas —dijo ella—. Sin contar a la familia, claro, ni a tu madre ni a tus primas. Estoy hablando de las demás mujeres con las que te relacionas.

Él se apoyó en el respaldo de la silla.

—Continúa.

Ella se alegró de que él no hubiera salido corriendo. Ahora llegaba la parte más difícil. Hablarle de sí misma.

—Mi madre era la segunda mujer de mi padre. Kipling y yo somos hermanastros. Mi madre era estupenda, dulce y cariñosa. Adoraba a mi padre.

Shelby tomó aire. Tenía que ceñirse a los hechos, mantener la cabeza fría, y todo iría bien. Solo tenía problemas cuando se perdía en los recuerdos.

—Mi padre era un hombre difícil —dijo. Entonces, se detuvo. Martina, su psicóloga, siempre le estaba recordando que hablara del pasado con autenticidad, no con eufemismos—. No. No es verdad. No era difícil. Era violento. Pegaba a mi madre y, cuando yo crecí, me pegó a mí también.

Aquellas palabras quedaron suspendidas entre ellos. Aidan se puso tenso, pero no dijo nada.

—Uno de los primeros recuerdos que tengo es el de mi madre gritando mientras mi padre la pegaba. Recuerdo que estaba muy asustada. Pero, cuando yo era pequeña, a mí nunca me pegaba, así que, aunque de una manera extraña, yo estaba a salvo. No pegaba tampoco a Kipling, por lo menos, no como a mi madre. Puede que eso fuera porque Kipling era su hijo. No lo sé.

Tomó la taza de café, pero se dio cuenta de que le temblaban las manos y volvió a dejarla.

—Kip se marchó cuando yo tenía unos diez años. Esquiaba muy bien y se marchó a entrenar. Me prometió que siempre estaría ahí si las cosas se ponían mal. Así era como describíamos lo que pasaba: según lo horrible que era.

¿Había enviado su padre a su madre al hospital en aquella ocasión? ¿Le había roto algún hueso? Porque, como muchas familias que tenían que enfrentarse a algo espantoso, evitaban mencionar la verdad.

—Recuerdo que le pregunté a mi madre por qué se quedaba con él, y ella me dijo que era porque le quería mucho. A mí no me parecía lógico, pero en el fondo, sabía que nunca lo iba a abandonar. Y a mí no me pegaba, así que vivíamos así. Con algunas reglas tácitas: «No hagas que papá se enfade. No intentes proteger a mamá. No te interpongas».

Había habido muchos momentos malos. Algunas noches, ella había tenido que limpiar cortes en la piel y poner hielo contra los hematomas. Algunas veces, había tenido que comprobar si había alguna fractura y si debía llamar a urgencias o no.

—Cuando cumplí los trece años…

Shelby todavía no sabía qué era lo que había provocado el estallido de su padre, si había sido su cumpleaños, o la llegada de la pubertad, o qué. Sin embargo, al día siguiente de que cumpliera los trece años, la había pegado por primera vez.

—Duele mucho —dijo Shelby, en voz baja—. Yo había oído gritar a mi madre un millón de veces, pero, cuando me dio el primer puñetazo a mí, no sabía lo mucho que iba a doler. Me quedé aturdida del horror. Me sentí traicionada, indefensa. Mi madre trató de pararlo, pero él la empujó contra la pared y siguió pegándome a mí.

La había dejado inconsciente. Le había hecho muchos hematomas, aunque no le había roto ningún hueso. Todavía no sabía si le había causado una conmoción cerebral, porque ir al médico no era posible en aquellos tiempos.

—Llamé a Kip a la mañana siguiente. Él llegó a casa después de doce horas y me sacó de allí. Siempre estaba en el circuito de competiciones de esquí, y cobraba un sueldo, así que pudo permitirse meterme en un internado. Hice allí todo el instituto. Mi madre venía a verme. Solo mi madre. No volví a ver a mi padre durante varios años. Yo le rogaba a ella que lo dejara, le decía que Kip podía pagarnos un apartamento. Mi padre no tenía por qué saber dónde. Pero ella no quería hacerlo. No dejaba de hablar de lo mucho que le quería, y de lo mucho que él la quería a ella.

Shelby miró a Aidan y se sintió agradecida por el hecho de que él no demostrara ninguna emoción. Sus ojos oscuros no transmitían nada, y así era como ella prefería que fueran las cosas.

—Mi madre siempre estaba llena de moratones. Ella hacía todo lo posible por camuflarlos, pero yo sabía lo que tenía que buscar. Se quedaba conmigo unos días y, después, volvía con él. Vivimos así durante años. Entonces, a ella le diagnosticaron un cáncer. Cuando me lo dijo, ya solo le quedaban unas semanas de vida. Yo volví con ella, y eso significaba que también tenía que volver con él.

Shelby se cuadró de hombros.

—Todo volvió a empezar. Yo sabía más e intentaba protegerme a mí misma, pero él venía por mí cuando estaba dormida, y yo me despertaba a golpes. Era horrible. Kip estaba empezando a entrenar otra vez después de haber ganado las Olimpíadas, y yo no quería molestarle, pero no creía que pudiera soportarlo más. Entonces, sufrió una lesión grave y tuvo que estar en el hospital, en Nueva Zelanda. Los médicos no sabían si iba a poder andar otra vez. Supe que tenía que estar con mi madre durante sus últimas semanas yo sola. Por ella. Tenía que hacer todo lo posible para no permitir que él me sorprendiera. No dormir es muy duro. Un par de veces me fui a un hotel a pasar la noche, pero esa no era una solución a largo plazo. Cuando aparecieron aquellos dos hombres, yo temía por mi vida.

Se le relajó la tensión del cuerpo al recordar el asombro que sintió cuando abrió la puerta de casa de su madre y se encontró a Angel y a Ford allí.

—Eran de CDS. La alcaldesa Marsha los había enviado para protegerme.

Aidan enarcó las cejas.

—¿Y cómo sabía ella lo que estaba pasando?

—No lo sé. Solo sé que fue un milagro. Detuvieron a mi padre acusado de varios delitos. Parece que no solo era un mal tipo en casa. Yo me quedé con mi madre hasta que murió y, después, vine aquí.

Aidan se inclinó hacia ella.

—Lo siento.

—Gracias. No quería soltarte todo esto, pero no sabía de qué otro modo explicarte lo que quiero hacer —dijo Shelby. En aquel momento, llegaba lo más difícil—. Ha habido hombres en mi vida. He tenido algunos novios. Más o menos. Quiero lo que tiene la mayoría de la gente: una familia y amor. Pero no se me da bien elegir al hombre adecuado. Por lo que pasó con mi padre y la muerte de mi madre, empecé a ir a una psicóloga. Ella me ayudó a darme cuenta de que siempre elijo a hombres que no pueden comprometerse. A los más encantadores, pero que no son capaces de quedarse a mi lado ni de ser fieles, o a alguno que no ha conseguido superar una relación anterior. En apariencia soy muy sensata, pero, por dentro, no dejo de relacionarme con hombres que no pueden quererme porque tengo miedo. No confío en los hombres, excepto en Kip, y por eso elijo a tipos tan tontos que las relaciones nunca funcionan. Así, nunca corro ningún riesgo.

Interesante, pensó Aidan, pero no tenía nada que ver con la rabia que sentía. No sabía dónde estaba el padre de Shelby, pero tenía ganas de ir a buscarlo y darle un poco de su propia medicina por lo que le había hecho a su familia.

Entendía el hecho de sentirse molesto, o enfadado, o furioso, incluso. Sin embargo, pagarlo con otra persona era algo que no tenía excusa. Él tenía cuatro hermanos, así que había estado en muchas peleas de niño. Sin embargo, había reglas, y una de ellas era que uno solo podía meterse con los de su tamaño y su género. Y, a los quince, lo dejabas. Aidan creía que su propio padre era un imbécil, pero nunca había pegado a ninguna mujer.

—¿Aidan?

Él miró a Shelby.

—¿Qué?

—No me estás escuchando.

—Lo siento. Es tu padre. ¿Dónde está ahora?

—En la cárcel, cumpliendo varias condenas consecutivas. Aunque tenga buen comportamiento, no podrá salir hasta dentro de cincuenta años.

—Quiero ir a verlo y castigarlo.

Ella le acarició ligeramente la mano por encima de la mesa.

—Gracias. Te lo agradezco, de verdad, pero no es necesario.

—Necesito hacerle daño.

—No lo cambiarías.

Seguramente, no, pero no tenía ganas de pegarlo para conseguir que cambiara. No obstante, lo mejor era que dejara aquel tema. Pegar al padre de Shelby no iba a ayudarla a ella. Esa era la realidad.

Ojalá te hubiera conocido entonces —le dijo—. Te habría ayudado.

Ella carraspeó.

—Gracias por decirme eso. Te creo. Y esa es parte de la

razón por la que quería hablar contigo sobre mi problema y, también, sobre el tuyo.

—¿Que tú elijas siempre al tipo equivocado porque no estás dispuesta a fiarte de que un hombre no vaya a agredirte y que yo elija a la mujer equivocada porque no estoy dispuesto a dejarme atrapar?

Ella asintió.

Aidan trató de recordar cuándo había sido la última vez que había mantenido una conversación tan sincera como aquella, pero no pudo. Shelby se había abierto a él con franqueza, y lo menos que podía hacer era corresponderla.

—No estoy buscando un hogar, ni quiero formar una familia. Solo quiero dejar de ser un imbécil.

Ella se echó a reír.

—Vaya, un objetivo muy loable —dijo. Entonces, se puso seria—. Yo creía que estaba mejor, que estaba curada. Entonces, empecé a salir con un tío que sabía que era un cretino total. Me juraba que solo estaba conmigo, pero no era cierto. Fue cuando me di cuenta de que no estaba tan bien como pensaba.

Señaló las magdalenas.

—Todo lo demás me va fenomenal. Fui a la escuela de hostelería y descubrí que soy una buena repostera. Vine aquí y me hice socia de un negocio. Tengo amigos, y voy a ser tía dentro de un par de meses. Todo es estupendo.

—Salvo lo de encontrar a tu media naranja.

Ella asintió.

—¿Y cuál es mi papel en todo esto?

—Necesito aprender a confiar en un hombre que no sea mi hermano —le dijo ella—. Esperaba que pudiéramos ser amigos. Amigos de los de verdad, de los que hacen cosas juntos. He pensado que, si podemos hacer esto, podremos superar lo que nos tiene paralizados. Es obvio que tú necesitas empezar a estar con mujeres que sean algo distinto a compañeras sexuales a corto plazo. Me parece que podemos salir por ahí, conocernos, formar una relación que se base en la confianza y el respeto –le explicó Shelby, y arrugó la nariz–. Pero sin la complicación de chico-encuentra-chica.

Aidan se quedó sin saber qué decir. ¿Amigos? Ella había dicho cosas muy válidas y él se daba cuenta de que ese plan podía funcionar, pero... demonios.

–¿Habría límite? –preguntó.

–Claro. No sé. ¿Qué te parece hasta el momento en que los dos estemos mejor? ¿Seis meses?

Entonces, hasta junio.

–Solo amigos –dijo él. No estaba seguro de haber sido solo amigo de una mujer en toda su vida. Tal vez, desde el instituto–. Nada más.

–Nada más –respondió ella–. Podemos hacer cosas, charlar, y tú verás que las mujeres son algo más que juguetes sexuales, y yo dejaré de estar asustada. Dentro de seis meses estaremos mejor y recuperaremos nuestra vida normal.

Amigos. Solo amigos. ¿Era posible para él? ¿Quería molestarse en comprobarlo?

Lo cierto era que, si no lo hacía, iba a quedarse siempre igual, y eso sí que no lo quería.

–Puede ser –dijo, lentamente.

Ella se animó.

–Entonces, ¿te lo vas a pensar?

–Shelby, estoy seguro de que no voy a pensar en otra cosa.

Capítulo 3

Amber Dutton cerró los ojos y emitió un sonido gutural.

—Me estás matando.

Shelby se enorgulleció. Impresionar a los clientes era una cosa, pero impresionar a Amber, que había sido dueña de Ambrosia Bakery durante más de diez años, era mucho más difícil. Amber conocía a la perfección el negocio, y había tomado bastantes *mousses* de chocolate.

Amber rompió un trocito de la cobertura de chocolate oscuro que contenía la *mousse* y se la metió en la boca. Dejó que se le derritiera en la lengua antes de tragar.

—Increíble. ¿También has hecho tú esto?

Shelby asintió.

—No es tan difícil. Llevo una buena temporada trabajando con esta receta. He pensado que podíamos añadir algunos dulces más sofisticados a nuestra oferta. Tal vez, empezando algunos días concretos, para ver si hay interés.

—Solo tendríamos que dar unas cuantas piezas de prueba para despertar un gran interés —dijo Amber, y tomó otro poco de *mousse*—. Esto va a ir directamente a mis caderas, y no me importa —añadió—. Pensaba que el pan que hiciste la semana pasada era la mejor novedad, pero esto es aún mejor.

–Tengo muchas ideas.

–Contratarte el primer día que te conocí es lo más inteligente que he hecho en mi vida.

Amber hundió la cuchara en la *mousse*. Shelby sonrió y se deleitó con el orgullo y la felicidad que sentía. Adoraba la faceta creativa de su trabajo. En el apartamento tenía un archivo de ideas rebosante de cosas diferentes que quería probar. Magdalenas, *brownies*, *mousses* y panes. En sus días libres, jugaba a menudo con las recetas. Encontrar la combinación exacta de ingredientes, la presentación correcta y los sabores requería tiempo; sin embargo, el trabajo era muy divertido y gratificante.

La escuela de hostelería había sido toda una revelación. Había descubierto que había otras personas locas como ella que también inventaban recetas. Le encantaban las clases de técnicas, tanto como las clases prácticas. Quería saber más y más. El hecho de conseguir su primer trabajo la había dejado casi aturdida de felicidad. Pero, entonces, su madre había enfermado, y todo había cambiado.

Estar atrapada en aquella casa, sabiendo que su padre iba a encontrar el momento más vulnerable e iba a hacerle daño, la había dejado destrozada. Aunque los moretones y los verdugones desaparecían de la piel, todos los días que había tenido que pasar con él le habían agotado el espíritu, y le había preocupado mucho más ese daño moral que el dolor físico. Angel y Ford la habían salvado. La invitación para ir a vivir a Fool's Gold había llegado con una presentación a Amber, y trabajar en la pastelería era exactamente lo que ella necesitaba.

Ahora era socia del negocio, y eso se traducía en muchas posibilidades. Lo siguiente en su lista de objetivos era conseguir que Aidan aceptara su descabellado plan para poder curarse por completo y superar el pasado y, de ese modo, poder seguir con su vida.

Amber terminó la *mousse* y se chupó los dedos.

—Voy a tener que hacer una hora de más en la cinta de caminar para quemar todas las calorías, pero ha merecido la pena.

—No tienes que hacer nada para quemar calorías —le dijo Shelby—. Estás genial.

Su socia, una mujer de piel morena, curvilínea y alta, con unos ojos preciosos y unas largas trenzas, se echó a reír.

—Ojalá fuera cierto. Ya casi tengo cuarenta y dos años. Estoy luchando contra la gravedad y la ralentización del metabolismo, pero estoy decidida a ganar —dijo. Se acercó a uno de los mostradores, y añadió—: Las galletas blancas y azules son adorables.

—Sí, me pareció que podían ser una aportación original para esta semana.

Patience había dado a luz, por fin, hacía dos días. Shelby había decidido hacer unas galletas inspiradas en el bebé. Había patitos, sonajeros y una galleta cuadrada, con azúcar, en forma de bloque de construcción para bebés. Había tardado bastante en lograr aquella última, así que no era muy práctico ofrecerla diariamente en la pastelería, pero se había divertido haciéndola.

—A lo mejor podíamos hablar con Dellina —dijo Shelby—. Podríamos enseñarle algunas muestras y ver si quiere ofrecerles galletas personalizadas a sus clientes.

Delline Ridge era organizadora de eventos y planificaba desde bodas hasta actos empresariales. Shelby había estado intentando establecer una relación de negocios con ella desde el mismo día que había empezado a trabajar en la pastelería. Sin embargo, aunque Amber no era contraria a la idea, tampoco estaba tan entusiasmada. Shelby trataba de entender el punto de vista de su socia. La pastelería ya iba muy bien. Amber había fundado una empresa en un pueblo, y el negocio había prosperado. ¿Para qué ir más allá?

Sin embargo, Shelby deseaba expandirse aún más. Había muchas posibilidades.

—Me agotas con tu entusiasmo —le dijo Amber, riéndose—. De todos modos, estoy empezando a entender tu propuesta de trabajar con Dellina. Podríamos hacer trabajos especiales para ella. Serían más horas de trabajo, pero también podríamos cobrar más. Mi mayor preocupación es el trabajo. Necesitaríamos más empleados, y no estoy segura de dónde podríamos conseguirlos. Además, no necesitamos a nadie todos los días, sino solo algunas horas. Y eso es difícil de encontrar.

—Tienes razón. Deja que lo piense. Tiene que haber una solución.

Amber suspiró.

—Qué joven y entusiasta —dijo—. Me da envidia. Tú resuelve ese problema y yo voy a pagar a nuestros vendedores. Nos reunimos dentro de un par de semanas y lo hablamos todo, ¿te parece bien?

—Perfecto.

Amber dio un paso hacia el despacho de la trastienda, pero se detuvo y se puso una mano en el estómago.

—Últimamente tengo una sensación de lo más rara. No me encuentro bien.

A Shelby no le gustó aquello.

—¿A qué te refieres?

—Tengo el estómago raro. Siempre me parece que voy a tener la regla, pero no. Tengo las hormonas hechas un lío. No será que me va a venir la menopausia, ¿no? Soy demasiado joven. Por lo menos, eso es lo que me digo para consolarme –añadió Amber, y sonrió–. Bah, no te preocupes. Ya me pondré bien. Y, si no, ya comeré más *mousse* de la tuya.

–Está en el refrigerador de la trastienda.

Amber dio un gruñido.

–Eso no necesitaba saberlo. Ahora voy a estar pensando en eso todo el día.

Shelby la vio alejarse, con la esperanza de que no pasara nada. Seguramente, solo era alguna bacteria estomacal, se dijo.

En aquel momento, llegó a la pastelería Isabel Hendrix. Al verla, Shelby estuvo a punto de estremecerse. Isabel tenía un embarazo muy avanzado, y de trillizos.

Su amiga soltó un gruñido.

–Sí, sí, ya lo sé. Soy una ballena azul, de las que llegan a medir más de treinta metros. Al contrario que las ballenas asesinas, que son más pequeñas y miden unos diez.

Shelby se quedó mirándola.

–¿Por qué sabes todo eso?

Isabel sonrió.

–Es impresionante, ¿a que sí? Le mencioné a Felicia que soy una ballena y ella me dio una charla sobre la especie.

Eso no tenía nada de raro. Felicia era un genio que tenía conocimientos de todo. Organizaba los festivales del pueblo con una eficiencia que dejaba a la gente aturdida y agradecida.

Isabel se posó la mano en la enorme barriga.

–Ya sabes para qué he venido.

–Sí, y te he reservado dos.

–Gracias a Dios. Te juro que me habría puesto a llorar si no hubiera –dijo Isabel, cabeceando–. Me pasa algo, te lo juro.

—No, claro que no. Estás embarazada, eso es todo. No seas tan dura contigo misma.

Shelby nunca había estado embarazada, pero, por lo que veía en Isabel, los antojos eran algo muy poderoso. De repente, su amiga se había vuelto loca por el pan *pretzel*. Hacía dos meses, se habían acabado, e Isabel había llorado de pena. Shelby se sintió tan mal que se había quedado trabajando después de cerrar para prepararle el pan. Cuando se lo había llevado, Isabel se había puesto a llorar otra vez, en esa ocasión, de alegría.

—Tengo el *pretzel* en el horario de horneado —le dijo a su amiga—. Siempre lo tendremos preparado para ti. Y, si por alguna casualidad, se acaba, tengo media docena de bolas de masa en el congelador.

Isabel se acarició la barriga.

—Siento ser tan estrambótica. Es que no puedo controlarme. Eres muy buena conmigo, y estoy en deuda. En serio, si alguna vez necesitas algo, dímelo y aquí estaré. Si estoy muy ocupada cambiando tres o cuatro mil pañales a la semana, te mandaré a Ford.

Una oferta impresionante, pensó Shelby, teniendo en cuenta que Ford era un hombre de negocios con éxito y un antiguo *navy* SEAL. Dudaba que hubiera algo que él no pudiera conseguir.

—Te tomo la palabra —respondió—. Serás la primera a quien llame si llega un momento de crisis.

Por un segundo, pensó en preguntarle a su amiga si conocía bien a Aidan. Ambos habían vivido allí toda la vida y tenían más o menos la misma edad. Sin embargo, si le hacía aquella pregunta, seguramente tendría que explicarle por qué, y no quería hacer partícipe a nadie de su plan hasta que Aidan le hubiera dicho si aceptaba o no su propuesta.

Ojalá estuviera en lo cierto en cuanto a ellos dos. Seis

meses de amistad no era algo muy difícil y, cuando el plazo terminara, ambos estarían curados. Un objetivo que merecía la pena. Sin embargo, ¿lo vería él del mismo modo?

No podía saberlo, así que, en vez de seguir haciendo elucubraciones, le dio el pan a Isabel. Ya se enteraría cuando tuviera que enterarse. Y, si Aidan le decía que no, podría proponérselo a otros hombres. No se le ocurrió ninguno en aquel momento, pero ahora que sabía cuál era la mejor forma de continuar con su vida, no iba a permitir que nada se lo impidiera.

Aidan revisó el equipo por segunda vez para asegurarse de que las fijaciones fueran seguras y los bordes estuvieran limpios y lisos después de la última caminata. Llevar a los principiantes a su primera aventura con raquetas de nieve era divertido y, al mismo tiempo, estresante: lo primero, para ellos y, lo segundo, para él. Tenía un historial de seguridad impecable y no estaba dispuesto a correr ningún riesgo.

Las previsiones del tiempo estaban de su lado. Decían que iba a nevar más, y los senderos que recorría con los principiantes debían tener una buena base de nieve, sin mucho hielo. Después de que el invierno anterior hubiera sido tan seco, aquellas nevadas extra eran una buena noticia.

Aidan volvió a poner las raquetas de nieve en el estante, cerró la puerta que daba al exterior y regresó a la oficina.

Su madre había fundado Mitchell Adventure Tours cuando sus hijos eran pequeños, principalmente para proporcionarle un ingreso estable a la familia. Su padre tenía una personalidad volátil que, unida al consumo excesivo de alcohol, provocaba estallidos peligrosos. No como los que había tenido que soportar Shelby, pensó. Ceallach no pegaba a sus hijos. En cambio, volcaba su temperamento en sus otras creaciones. Era un artista que trabajaba con el vidrio y, en un par de horas tirando y rompiendo, podía destruir los encargos de varios meses. A pesar de su fama y de la cantidad de personas que estaban dispuestas a adquirir sus obras, en algunos momentos el dinero escaseaba. Su madre había llenado los huecos.

Al principio, ofrecía algunos recorridos a pie por la ciudad. Los dueños de otros negocios locales le habían echado una mano recomendándosela a los turistas. Con el tiempo, empezó a llevar a pequeños grupos en la furgoneta familiar. Y cuando Del, su hermano mayor, y él mismo, se habían hecho adolescentes, habían empezado a colaborar.

Aunque lo esperado era que Del asumiera el control de la empresa familiar, Aidan había sido el que había tomado la iniciativa. Había hecho crecer el negocio ampliando las ofertas y organizando grupos de camping y pesca en el verano. Después había empezado con los deportes de invierno. Le había comprado la empresa a su madre hacía casi ocho años y había añadido la palabra «Aventura» al nombre.

Hacía cuatro años que había trasladado la empresa a su ubicación actual. El nuevo edificio tenía una recepción muy amplia, con mucho espacio en las paredes reservado para mapas, fotos de las excursiones y la lista de los *tours* que se ofertaban. Él tenía un despacho privado en la parte posterior, y había una gran sala para el personal. El almacén del equipo también estaba en la parte trasera, junto al taller de reparación. Adquiría equipamiento caro, de buena calidad, y se preocupaba de que se mantuviera en perfectas condiciones.

Entró en la oficina, donde Fay Riley estaba entregando tiques a un grupo de veinteañeros. Niños universitarios, pensó, que habían ido a hacer una excursión de un día con raquetas de nieve.

Parecía que estaban en forma, lo cual era de ayuda, pero también iban a ser difíciles de manejar. Siempre lo eran. Al contrario que sus clientes de mayor edad, los universitarios rara vez escuchaban. Tomó nota de que debía llevar localizadores GPS para todos. Nadie iba a perderse bajo su vigilancia.

Fay tenía casi cuarenta años y había ido a vivir a Fool's Gold hacía relativamente poco. Su marido y ella habían terminado arraigando en el pueblo después de que su hija, Kalinda, hubiera sufrido unas graves quemaduras y hubiera empezado un tratamiento con un especialista en quemaduras del hospital local. En lugar de volver a su ciudad natal, habían decidido quedarse cerca de su médico. Fay había comenzado a trabajar para Aidan a tiempo parcial y ahora era el gerente de la oficina. Era la combinación perfecta entre organización y maternidad. No solo administraba el horario a la perfección, sino que también era excelente con los empleados que él contrataba todos los años en verano.

—Va a ser divertido —dijo ella, señalando a los estudiantes de universidad que estaban observando las fotografías de la pared—. Salís a primera hora de la mañana, y es una excursión de seis horas. Ellos querían más, pero les dije que empezaran con calma.

—Me sorprende que te hayan hecho caso.

—Cuando quiero soy muy persuasiva.

Aidan sonrió.

—Querrás decir «mandona».

—Eso, también.

Una vez, Fay le había dicho que el horrible accidente de su hija la había cambiado. Había aprendido a ser fuerte y a exigir. A enfrentarse a lo impensable y hacerlo de una manera que mantuviera animada a Kalinda. Las adversidades de la vida te hacían aprender la lección y convertirte en una persona mejor, o podían aplastarte.

Él había tenido éxito en todo lo que se había propuesto, y su situación actual no iba a ser una excepción. No le gustaba la persona en la que se había convertido, así que iba a cambiar, a mejorar.

—La rubia es guapa —le dijo Fay, en un tono juguetón.

—No, gracias —respondió él, sin molestarse en mirar al grupo.

Ella enarcó las cejas.

—¿Te encuentras bien?

—Perfectamente. Pero no voy a hacer eso nunca más.

—No lo entiendo.

Los estudiantes se marcharon. Aidan se apoyó en el mostrador.

—No voy a volver a salir con turistas.

—Pero si tú no sales con las turistas. Solo te lías con ellas. O como quieras decirlo. No es una relación.

Una afirmación directa y sincera que le producía incomodidad.

—Voy a alejarme de las mujeres.

Fay se echó a reír y le tocó el brazo.

—Ay, cariño, eso no me lo creo. ¿Tú, alejarte de las mujeres? Eso no es posible.

—Puedo hacerlo. Y quiero. Voy a cambiar.

Ella se rio de nuevo.

—Yo pagaría por ver eso. Te doy una semana, o dos, como mucho. Después, empezarás a seducir a la siguiente turista guapa tan rápidamente que vas a romper la barrera del sonido —le dijo. Todavía estaba riéndose cuando entró al almacén.

Aidan sabía que le caía muy bien a Fay. Ella hacía muy bien su trabajo, pero, más que eso, le tenía cariño y confiaba en él. El año anterior, él había sido el encargado de enseñar a esquiar a Kalinda durante las pocas semanas que habían tenido nieve. A causa de las quemaduras, ella tenía muchas cicatrices que limitaban sus movimientos. Sin embargo, había conseguido deslizarse por la nieve, y él había estado a su lado durante su primer descenso por la montaña.

Así que sabía que las tomaduras de pelo de Fay provenían del cariño. No obstante, le molestaba que ella pensara que no era capaz de controlarse a sí mismo. Él no era tan idiota, ¿no?

No. Solo era un tipo majo que había perdido el rumbo. Podía cambiar, e iba a hacerlo. Sabía por qué había llegado a aquel punto, así que cambiar no sería tan difícil.

Seguía dándole vueltas a la oferta de Shelby. Tenía que admitir que su plan era lógico, y a él le gustaba la idea de ser amigo de una mujer. No sabía cómo, pero tal vez lo averiguaran juntos. Además, así la estaría ayudando, y eso hacía que se sintiera mejor. Tal vez, si él contribuyera a que ella superara sus heridas, eso compensara su comportamiento del pasado. Como una especie de justicia kármica.

Con Shelby iba a aprender a ver a las mujeres como personas, no como objetos de deseo. Crecería y cambiaría. Y eso estaría muy bien.

—Voy a salir un rato —gritó, hacia la parte trasera del edificio—. Me llevo el móvil.

—Si te necesito, te llamo —respondió Fay.

Dijo algo más, pero él no lo oyó. Tampoco se molestó en pedirle que lo repitiera. Seguro que era otro comentario sobre su incapacidad de cambiar. Bueno, pues iba a demostrarle que estaba equivocada. A ella, y a todos los demás.

Atravesó el pueblo dando un paseo hacia la pastelería. Iba a decirle a Shelby que sí. Serían amigos durante seis meses y él aprovecharía aquel tiempo para cambiar su modo de actuar con las mujeres. Empezaría de cero, siendo un hombre nuevo. Mejor. Como si se hubiera criado con varias hermanas, o algo así.

Entró en la pastelería y vio a Shelby detrás del mostrador. Se quedó asombrado de lo delicada que parecía. Llevaba una cinta a modo de diadema para mantener el flequillo apartado de la cara y tenía un moño recogido en una redecilla casi invisible. Llevaba un delantal a rayas blancas y plateadas, unos pantalones vaqueros y una camisa de manga larga. Estaba ayudando a Eddie Carberry a elegir galletas.

–¿Esas de ahí tienen mucha mantequilla? –le preguntó la mujer, que tenía más de ochenta años, señalando unas galletas de chocolate–. El médico me ha dicho que vigile el colesterol. Le dije que ya soy demasiado vieja y que lo vigile él por mí. Hoy me siento desafiante, así que quiero galletas con mantequilla. Y después me voy a comer un filete.

Shelby frunció los labios como si estuviera conteniendo la sonrisa.

–Bueno, es una forma de enfrentarse a ello –murmuró.

–Nadie puede vivir de ensaladas y leche descremada –le dijo Eddie–. Porque eso no es vivir, es sobrevivir. La vida es demasiado corta. Bueno, dame también un par de *brownies*, aparte de las galletas.

La anciana se giró hacia él y lo miró de pies a cabeza.

–Últimamente estás haciendo más ejercicio.

Sí, era cierto, pero ¿cómo lo sabía ella?

–Gladys y yo te hemos visto en la cinta de correr en el gimnasio, cuando íbamos a nuestra clase de aeróbic acuático. Deberías ponerte ropa más ajustada.

—Eh... ¿disculpe?

Eddie puso los ojos en blanco.

—Sabes muy bien lo que estoy diciendo, Aidan. Tú eres muy guapo. Enseña tus encantos. Comparte el tesoro. Quítate la camiseta de vez en cuando. Ponte unos pantalones más ajustados —dijo, y suspiró con paciencia—. La juventud de hoy en día no es tan espabilada como en mis tiempos, eso está claro.

Eddie pagó sus compras y se marchó. Aidan se quedó mirándola mientras se alejaba.

—Verdaderamente, no sé qué decir —admitió.

Shelby se echó a reír.

—Yo quiero ser como ella cuando envejezca. Quiero decir lo que pienso y mirar descaradamente a los hombres jóvenes. Es fantástico.

—No, si eres el hombre joven.

—¿Te da miedo?

—Terror —respondió él, sonriendo.

Ella le ofreció una galleta de chocolate.

—¿Qué tal el colesterol?

—Muy bien.

Shelby le pasó la galleta.

—Gracias —dijo Aidan, y le dio un mordisco al dulce—. Me pregunto si estás conchabada con Eddie. Me das esta galleta para que tenga que hacer más ejercicio.

—Es un plan muy bueno, pero no se me había ocurrido.

—A Eddie, sí.

Ella volvió a reírse.

—Sí, ella, sí, pero yo te prometo que no tengo motivos ocultos para ofrecerte la galleta. Bueno, puede que sí, pero no tiene nada que ver con Eddie. ¿Has pensado en lo que hablamos?

Él asintió mientras se terminaba la galleta.

—¿Mucho?

Él asintió de nuevo.
—¿Y?
Era muy guapa. A Aidan le gustaba que lo mirara directamente, sin vacilar. Él no tenía un tipo preferido de mujer, le gustaban todas. Sin embargo, aunque sabía que estaría tentado en otras circunstancias, también sabía que su relación con Shelby no iba a girar en torno al sexo. Sería en torno a algo mucho más importante.

Pensó en lo que ella le había contado sobre su pasado, sobre las palizas de su padre, y sintió ira de nuevo, además de un impulso protector. Ya no podía hacer nada, pero, al menos, se sentía bien al notar aquella empatía. No era un completo idiota.

Quería ser distinto, y el plan de Shelby era una forma de conseguirlo.

—Estoy dispuesto —dijo.
—¿Sí?
—Sí.
Ella aplaudió.
—Estupendo. Estoy muy emocionada. Tenía la esperanza de que accedieras. He estado pensando en el plan, y tenemos que asegurarnos de que estamos de acuerdo en las condiciones.
—Amigos durante seis meses.
Ella asintió. Sus ojos eran muy azules y, en aquel momento, los tenía muy abiertos, llenos de determinación y entusiasmo.
—Podemos salir juntos y hacer cosas juntos —dijo Shelby—. Conocernos. Crear confianza. Yo te veré como una persona que no me va a amenazar, y tú me verás a mí como a una persona, no como a una compañera de cama.
—De acuerdo. Nada de sexo. Nada romántico. Saldremos por ahí y haremos cosas.
Ella se cuadró de hombros.

—Dentro de seis meses, los dos estaremos mejor. Estaremos curados. Terminaremos nuestro experimento y cada mochuelo a su olivo.

—Eso es muy fácil de decir, pero no estoy seguro de que puedas cumplir tu parte del trato.

Ella frunció el ceño.

—¿Qué quieres decir?

Él sonrió.

—Soy un magnífico amigo. Puede que te enganches. Yo todavía mantengo la amistad con chicos de primaria. No consigo quitármelos de encima.

Shelby se echó a reír

—Yo también soy muy buena amiga. ¿Y si eres tú el que no quiere dejar de ser amigo mío?

—Es una posibilidad.

—Pues... sí. ¿Y si nos comprometemos a...? –preguntó Shelby, pero, enseguida, cabeceó y se corrigió–: No, no, tú odias esa palabra. ¿Y si nos dedicamos durante seis meses a nuestro plan? Después, si queremos seguir siendo amigos, lo seremos. Pero amigos normales, sin tener un plan de crecimiento personal.

—Me parece bien –dijo él, y le tendió la mano.

Ella se inclinó por encima del mostrador y se la estrechó.

—No trabajo el sábado –le dijo Shelby–. ¿Y tú, estás libre?

Él tenía un par de excursiones, pero podía cambiar la de la tarde.

—Claro. ¿Quedamos a las tres?

—Muy bien. Yo voy a tu casa. Tenemos una cita –dijo Shelby, y frunció el ceño–. Bueno, una cita, no... Una...

—¿Una no-cita?

—Umm...

Él sonrió.

–Una cita de amigos.

Shelby asintió.

–¿Quieres otra galleta?

–No, gracias. No quiero tener que hacer más ejercicio y que Eddie crea que estoy flirteando con ella.

–Ah, tienes razón –dijo Shelby, y se mordió el labio–. ¿Crees que esto va a funcionar, Aidan?

Él recordó el dolor que se había reflejado en los ojos de Shelby cuando le hablaba de su pasado. Recordó las acusaciones que le había hecho aquella mujer en Nochevieja. Shelby tenía un buen trabajo y era socia de su empresa. Él también estaba muy contento con su propio negocio. Los dos tenían casi todo lo que podían desear, pero, sin embargo, les faltaba algo. Algo grande.

–Vamos a hacer que funcione –dijo–. Sabemos cuál es el problema, y vamos a encontrar la solución. Solo tenemos que intentarlo y esforzarnos. Saldrá bien.

Ella volvió a sonreír.

–Eres un gran motivador. Eso no lo sabía. Nos vemos el sábado.

–Allí estaré.

Aidan entró en la calle de la casa en la que se había criado. Hacía poco tiempo que habían cambiado el tejado y la habían pintado, pero, aparte de eso, seguía igual.

La casa estaba unos cuantos kilómetros a las afueras del pueblo. Tenía un buen terreno y un taller para que Ceallach trabajara. Un taller gigante, donde el gran artista creaba sus obras. El pabellón contaba con un camino independiente y una zona de aparcamiento para sus ayudantes. Porque el soplado de vidrio no era una actividad solitaria. Se necesitaba a alguien más en casi todas las fases del proceso.

Aidan recordaba el día que le habían llevado al taller de su padre, de niño. Aunque el poder y el calor del horno le habían intrigado, no tenía ningún interés real en crear nada. Su padre había perdido la esperanza de tener un hijo que siguiera sus pasos. Entonces, había nacido Nick y, desde los dos o tres años, se había obsesionado con lo que hacía su padre. Incluso en sus primeras creaciones había demostrado que tenía talento. A partir de aquel día, su hermano Del y él mismo habían dejado de existir para su padre.

Era diferente de lo que había tenido que sufrir Shelby, pensó distraídamente, pero, de todos modos, no había sido una infancia feliz. Del y él se habían unido, protegiéndose el uno al otro. Hablaban de deportes en lugar de arte. Los mellizos, los bebés de la familia, habían sido como Nick, llenos de talento e interesados en el mundo de su padre. Y así se habían criado: cinco hermanos divididos en dos grupos. Se querían, se tenían cariño, pero no tenían un lenguaje común.

Aidan bajó del coche, pero, antes de que pudiera subir los escalones del porche, se abrió la puerta principal y una beagle salió corriendo alegremente hacia él. Sophie ladró de emoción; sus largas orejas aleteaban durante la carrera. Él se agachó y abrió los brazos. Sophie se arrojó contra él, con todo el entusiasmo de una perra entusiasmada.

—¿Qué tal está mi niña? —le preguntó Aidan, mientras la acariciaba. Ella se retorció para acercarse aún más, y le lamió la mejilla. Mientras gemía y se movía, le daba golpecitos con la cola.

Su madre salió al porche.

—No es capaz de hacer nada con moderación —dijo Elaine Mitchell, con una carcajada—. Siempre la he admirado por eso.

Aidan subió los dos escalones y abrazó a su madre. Ella lo estrechó con fuerza. Sophie los rodeó y ladró. Elaine retrocedió.

—No te esperaba —le dijo, mientras abría la puerta de par en par—. Qué sorpresa más agradable.

—Estaba en el vecindario.

La siguió hasta la cocina y se sentó en uno de los taburetes de la isla. Elaine puso la cafetera al fuego.

Se movía con energía, y a él le gustaba verlo. El verano anterior le habían diagnosticado cáncer de pecho y ella había luchado sola contra la enfermedad, sin decírselo a nadie. Cuando se supo la noticia, él fue recordando lo cansada que la había visto aquellos meses, la tensión que se reflejaba en su semblante. Se había vuelto mucho más observador. Aunque su madre había prometido que nunca más volvería a guardar un secreto así, él no estaba seguro de creerla. En aquella familia siempre se ocultaba información.

—¿Cómo va el negocio? —le preguntó ella.

—Bien. Tengo un par de excursiones con raquetas de nieve aparte del esquí —dijo.

Ofrecía excursiones guiadas para aquellos que no conocían la zona. La mayoría de los guías de sus excursiones eran estudiantes de universidad que estaban encantados de hacerse cargo de los grupos en temporada baja y recibir un sueldo por esquiar. En verano, contrataba a estudiantes que querían quedarse allí durante las vacaciones.

Sophie se fue hacia su cama, que estaba en el rincón, y rascó la suave tela varias veces antes de acomodarse en ella. La pequeña beagle había sido un gran apoyo para su madre durante la recuperación de la cirugía y el tratamiento.

De nuevo, él se preguntó si debía adoptar un perro. El

hecho de responsabilizarse de otro ser vivo fortalecería su carácter. Además, sería estupendo tener un perro bueno y grande. Podría llevárselo de camping y a hacer senderismo. A Fay le gustaban los perros, así que no habría problema en llevárselo a la oficina. Era algo que debía pensar.

–Tu padre y yo estamos hablando de irnos de vacaciones otra vez –dijo su madre–. Las del otoño pasado nos sentaron muy bien a los dos. Hemos pensado en ir a un crucero fluvial en Alemania.

–Me parece bien –dijo él, automáticamente. El hecho de estar atrapado con su padre en un barco era su idea del infierno. Sin embargo, su madre tenía otra opinión–. Me alegro de que salgáis más.

–Yo también. Ahora que tu padre está trabajando menos, podemos pensar en otras cosas.

Claro. Porque todas las facetas de su vida habían estado definidas por el trabajo de Ceallach. Eso era lo primero; después, el resto.

Atrapado, pensó Aidan. Aquel era el primer ejemplo del motivo por el que no quería enamorarse nunca. Su madre siempre había sido la que cedía, la que se plegaba a lo que quería Ceallach. Cuando era pequeño, le había preguntado a su madre por qué no le decía a su padre que dejara de destruir sus trabajos. Ella le había respondido que no era tan fácil, que Ceallach tenía sus demonios.

A Aidan, que tenía diez o doce años, no le importaban los demonios. Le importaba oír llorar a su madre porque su padre había destruido otro encargo y no tenían dinero. Porque no sabía cómo iba a darles de comer a sus hijos.

Fuera cual fuera el problema, Ceallach siempre tenía razón, siempre era el más importante. Lo de sus padres no era un equipo, al menos, no en su opinión. Él se había preguntado muchas veces por qué su madre se había quedado con él. Bueno, en realidad, por qué se había casado con él, para empezar.

Ella sirvió el café.

—Tú también deberías pensar en hacer un viaje.

Él tomó una de las tazas y sonrió.

—Mamá, mi vida son unas vacaciones eternas.

—No, porque es un negocio.

—Eso no me importa.

Ella lo observó.

—Supongo que nunca te importó. Siempre fuiste listo. Es curioso que Del y tú seáis tan distintos a tus hermanos.

—¿Quieres decir que no somos como papá?

—Me refiero a que sois distintos —dijo ella, en un leve tono de reprimenda—. Hablando de tus hermanos, ¿has visto a Nick?

—Claro, hace unos días. ¿Por qué?

—Me tiene preocupada. Bueno, como todos vosotros, mis hijos.

Él sabía que estaba diciendo la verdad; su madre siempre había querido a sus hijos y los había cuidado. Y siempre había escuchado lo que tenían que decir y había hecho un gran esfuerzo por entenderlos, aunque, al final, siempre se pusiera de parte de su padre.

Como todas las buenas madres, ella siempre había dicho que quería a sus cinco hijos por igual. Sin embargo, él pensaba que su favorito era Ronan, paradójicamente, porque Ronan ni siquiera era suyo. Del y él habían averiguado, el otoño anterior, que Ronan era hermanastro suyo, nacido de una aventura extramatrimonial de Ceallach. Cuando la examante de su padre había abandonado al niño, su madre lo había acogido como suyo y lo había hecho pasar por el mellizo de Mathias.

Más secretos, pensó, preguntándose qué más cosas ignoraba de su familia. Por supuesto, también había cosas que ellos no sabían de él. Como, por ejemplo, lo mal que se sentía por lo que había sucedido en Nochevieja, ni que estuviera decidido a cambiar.

No obstante, por mucho que cambiara, sí había una cosa que sabía con certeza: que nunca iba a enamorarse. Por el placer de enamorarse no merecía la pena sufrir tanto.

Capítulo 4

Shelby no estaba segura de qué podía esperar cuando fue a visitar a Aidan el sábado por la tarde, pero se llevó una sorpresa al ver la casa, de un solo piso, pequeña y bien cuidada. Tenía un garaje para dos coches, un porche muy amplio y un muñeco de nieve enorme en el jardín delantero. Aunque en la mayoría del pueblo se celebraban los Cabin Fever Days con muñecos de nieve de todos los géneros y los tamaños, a ella no se le había ocurrido que Aidan participara en aquel juego.

Su muñeco de nieve medía unos dos metros y medio y tenía una forma robusta y la cara sonriente. Llevaba un gorro de esquí y dos bastones, como si estuviera a punto de embarcarse en una aventura al aire libre. Aquel muñeco de nieve tenía algo mágico, tal vez, el hecho de que pareciera que estaba a punto de cobrar vida. Aunque Aidan no tuviese el talento de su padre para trabajar con el vidrio, sí había heredado algunos genes artísticos.

Subió las escaleras del porche y llamó a la puerta. Durante los pocos segundos que él tardó en abrir, ella tuvo un cosquilleo de nervios en el estómago. En parte, quería escapar, tenía la sensación de que no había forma de que aquello funcionara. Sin embargo, su parte sensata, la parte que había hecho terapia, que había leído un montón de libros y que realmente quería mejorar, sabía que aparecer era el primer paso. Que, si se quería alcanzar su objetivo de curarse de los daños psicológicos que le habían causado, tenía que pasar por el proceso. Huyendo rara vez se conseguía algo.

Aidan abrió la puerta.

–Qué puntualidad. Vamos, pasa.

Ella se sacudió la nieve de las botas y entró en la casa.

Hubo cuarenta segundos de actividad que sirvieron para distraerla de los nervios, mientras se quitaba la bufanda, el abrigo y las botas. Aidan también estaba descalzo, pero llevaba unos calcetines gruesos y oscuros, mientras que los de ella estaban llenos de gatos de colores brillantes. El contraste hizo que sonriera. Los dos llevaban pantalones vaqueros y un jersey. Él, azul marino, y ella, rosa oscuro. Mientras se arreglaba, Shelby no sabía si maquillarse y ponerse perfume, porque no iba a una cita, sino que había quedado con un amigo. Al final, había hecho lo que hacía para ir a trabajar: ponerse máscara de pestañas y brillo de labios.

Se miraron el uno al otro. Él era alto y ancho. Masculino. El vestíbulo era pequeño y estaban muy cerca. Shelby se sintió cohibida. No sabía qué hacer con las manos y, mucho menos, con el cuerpo.

–¿No deberíamos… eh… –dijo Aidan, y carraspeó–. ¿Vamos a sentarnos?

–Claro.

Ella lo siguió hasta el salón. Era una sala amplia, con una pared cubierta de paneles de madera. Enfrente había una chimenea con una gran repisa, sobre la cual colgaba la televisión. El mobiliario era de cuero negro, y los suelos tenían tarima de madera. Había unos cuantos cuadros, la mayoría, paisajes. Una alfombra de tonos rojos, marrones y verdes completaba la decoración. Era un salón ecléctico, pero acogedor.

—Me gusta —dijo ella—. Es muy masculino, pero no de un modo excluyente para las mujeres.

Aidan se metió las manos en los bolsillos.

—Yo lo elegí casi todo. Nick me ayudó con la alfombra. A él se le dan muy bien los colores.

—El sentido artístico.

Aidan asintió.

—Sí, supongo que sí —dijo, y señaló el sofá—. Siéntate, por favor.

Ella se sentó en un extremo del sofá, y él, en el otro. Se miraron el uno al otro y permanecieron en silencio. Volvió el azoramiento. Eso tenía sentido, porque ellos no se conocían y, en vez de llegar a ser amigos de una manera natural, con el tiempo y con los intereses comunes, se estaban obligando a serlo. ¿Cómo iban a empezar?

—¿Y qué te parece...?

—¿Querías...?

Hablaron al mismo tiempo, se quedaron callados y el silencio volvió. Shelby decidió que no tenía sentido ignorar algo tan obvio.

—Esto es muy incómodo —dijo con firmeza—. Pero creo que podemos superarlo.

—Está bien.

La lenta respuesta tuvo más de postura neutral que de asentimiento.

—Tenemos un objetivo —siguió ella—. Yo quiero enamorarme y casarme.

Aidan se puso tenso por el pánico, y ella se relajó un poco.

—No contigo, no te asustes.

—Entonces, no digas esas cosas —le pidió Aidan.

—¿Por qué no? ¿Por qué no puedo ser franca?

—Porque no es lo que quiere oír un hombre a la primera de cambio. Es como si tuvieras ya pensado lo que va a ocurrir en tu vida y estuvieras dispuesta a utilizar a cualquier tío para llegar a eso. Hace que cualquiera se sienta atrapado.

Aquello casi tenía sentido.

—¿Te da a entender que lo que queremos es más importante que el resultado? ¿Que nos importa más el traje de novia que el novio?

—Sí, eso. Los hombres y las mujeres quieren cosas distintas. Tú quieres compromiso.

—Y los hombres quieren ser infieles.

—¿Quién te engañó?

—Vaya —dijo ella, mientras pensaba en lo que había dicho—. No sé de dónde ha salido eso. Miles me engañó, pero casi no estábamos ni saliendo, así que no creo que cuente. Supongo que lo que significa es que no confío en los hombres.

—¿No deberías tener más miedo a que un tipo te golpee que a que te engañe?

Eso sí que era ir al grano. Ella alzó ambas manos.

—Sí, pero... quizá debiéramos tomarnos la sinceridad con un poco más de calma.

—Creía que a las mujeres os gustan los hombres que dicen lo que piensan.

Ella sonrió.

—Eso es un mito.

—Bueno, pues, para que conste, yo nunca he sido infiel.

—Porque tú nunca has tenido una relación lo suficientemente larga como para llegar a aburrirte.

Él enarcó una ceja.

—Entonces, ¿tú puedes ser sincera, pero yo me lo tengo que tomar con más calma?

Ooh... Shelby tomó aire bruscamente.

–Tienes razón. Perdóname. Retiro la petición de que censures lo que dices. Soy fuerte, y puedo afrontarlo.

–Sí, eres fuerte –dijo él–. Estás tomando las riendas de la situación, y eso es admirable. Mucha gente se siente más cómoda siendo una víctima.

–Oh. Gracias.

–De nada.

Se sonrieron.

–Bueno, ¿y que vamos a hacer?

–¿A qué te refieres?

–Esta tarde. Tenemos que hacer algo.

–¿Por qué? Estamos hablando. Es agradable. Podríamos ir al bar de Jo y tomar unas margaritas.

Aidan se movió con incomodidad en el asiento.

–No. A los tíos no nos gusta ir a tomar margaritas y hablar.

–Pero os vais a tomar cervezas. Es lo mismo.

–Nosotros tomamos cerveza y vemos partidos. No es lo mismo. A las mujeres os gusta hablar de todo hasta la muerte. Los tíos no hacemos eso. Si haces caso omiso de los problemas, normalmente se resuelven por sí mismos.

–Ya. ¿Y esa estrategia te funciona?

–Aquí estoy, ¿no?

–Sí. Intentando no hablar de lo que va mal.

–Podríamos hacer algo –le ofreció él–. Como ver un partido. O ir a esquiar.

Ella pensó en las opciones.

–Te das cuenta de que ninguna de las dos cosas requiere una conversación, ¿no?

Aidan se relajó un poco.

–¿Y no te parece estupendo?

–Pero es que tenemos que conocernos. Tenemos que hablar de nuestros sentimientos.

Él se estremeció.

—¿Por qué?

—Porque sí. Por ese motivo... —de repente, a Shelby se le abrieron unos ojos como platos—. Somos totalmente distintos. Lo de la diferencia entre hombres y mujeres es algo real. Yo quiero mantener una conversación sobre tu vida y mi vida, y sobre lo que podemos hacer para ayudarnos el uno al otro, y tú quieres hacer algo físico que solo requiera algún gruñido ocasional. Como hombre que eres, no quieres hablar sobre los sentimientos de nadie y, menos, de los tuyos.

—Lo dices como si fuera algo malo, y no lo es. El hecho de no hablar de tus sentimientos es algo muy relajante.

Aunque eso podía ser cierto, no servía de ayuda.

—No hemos pensado bien todo esto.

Aidan se inclinó hacia ella.

—No. Ahora no me dejes tirado. Hemos hecho un trato, hemos llegado hasta aquí y podemos hacer lo que nos queda. Tú quieres hacer cosas de chicas y yo quiero hacer cosas de chicos.

Entonces, él sonrió de una forma lenta y sexy. A ella se le cortó el aliento. Sin embargo, antes de que pudiera hacer algo ridículo como pestañear o atusarse el pelo, se recordó que no era una sonrisa lenta ni sexy. Su relación no era así. Solo era una sonrisa, así que iba a ignorar lo que pudieran interpretar sus hormonas sobre aquella situación.

—Lo que podemos hacer —dijo él— es alternar. Una vez haremos una cita de chicas y, a la siguiente, una cita de chicos. Bueno, no una cita, pero ya sabes lo que quiero decir.

—Sí, eso puede funcionar bien. Cada uno de nosotros puede organizar el evento de su género —dijo ella, y se encogió al oírse. Evitar la palabra «cita» era más difícil de lo que había pensado.

—¿El evento de su género?

—¿Se te ocurre una frase mejor?

—No, me gusta.

Ella se rio.

—Bueno, pues, entonces, tú eres el responsable de las cosas para chicos y yo, de las cosas para chicas. ¿Quién va primero?

Él le tendió ambas manos, una de ellas, con la palma extendida y, la otra, con el puño cerrado.

—¿Piedra, papel y tijera?

Ella se colocó frente a él y golpearon suavemente los puños contra las manos mientras contaban hasta tres.

—Piedra —dijo Aidan, triunfalmente. Entonces, vio el papel de Shelby y gruñó—. Tú ganas.

—Ya lo sé —le dijo ella—. Pobrecito. Me crie con un hermano. ¿Por qué todos los tíos empezáis con una piedra? Es muy predecible.

—No podemos evitarlo —dijo él, y se puso de pie—. Vamos a ir a tomar margaritas y hablar de nuestros sentimientos, ¿no?

—Exacto.

El bar de Jo llevaba abierto ocho o nueve años. Aidan había estado allí unas cuantas veces, pero no era el tipo de local que les gustaba a sus amigos y a él. Para empezar, estaba concebido para las chicas. Las luces eran demasiado brillantes, no había esquinas oscuras ni reservados con asientos viejos. Había muchas mesas y sillas, todo nuevo, y las paredes estaban pintadas de morado clarito. Seguramente, Nick sabría el nombre de aquel color, pero él, no.

Aunque había varias pantallas de televisión, siempre

había programas de compras o cosas relacionadas con el universo femenino. En la carta había muchas ensaladas, y casi todos los refrescos tenían su versión *light*. La única parte del bar que le parecía normal era una habitación pequeña que había al fondo, con un billar. No obstante, aunque tuviera aquella pequeña concesión, Jo's no era un bar al que los hombres fueran a propósito.

The Cave Man era distinto. Más acogedor para los hombres. Pero Shelby no lo llevó allí.

—¿No te parece agradable? —le preguntó.

—Bah —dijo él.

—Ah, mira —dijo ella, y señaló una de las pantallas—. Están poniendo el maratón de America's Next Top Model. Me encanta ese programa.

Él nunca lo había visto. Al mirar a la pantalla, vio a mujeres posando para unos fotógrafos, lo cual debería haberle parecido agradable. Salvo que las chicas eran muy jóvenes, y a él no le interesaban las adolescentes delgaduchas, gracias. Se recordó a sí mismo que, en realidad, ya no le interesaba ninguna mujer. No iba a haber ninguna mujer para él, como mínimo, durante seis meses.

No había mucha clientela, porque era una tarde de sábado corriente, no un día festivo. Había un grupo de amigas terminando de comer y una pareja joven en un rincón. Shelby y él se acomodaron en un pequeño reservado al fondo. Aidan veía la televisión perfectamente; se lo tomó como un castigo adecuado por sus malas acciones del pasado.

Jo se acercó a ellos y los miró.

—Vaya, esto es una novedad —le dijo a Aidan—. Creía que solo ligabas con turistas.

—Hola, Jo —dijo él, porque no daba con una respuesta mejor.

—No estamos saliendo —le dijo Shelby a Jo—. Somos amigos. Esto no tiene nada de romántico.

—Si tú lo dices. ¿Qué vais a tomar?

—Una jarra de margarita y nachos —dijo Shelby con una sonrisa—. Vamos a charlar.

Jo enarcó las cejas.

—Muy bien. Hoy tenemos nachos con carnitas. ¿Queréis?

—Con carne están bien —dijo Aidan.

—Pues con carne —dijo Shelby, y sonrió a Jo—. Gracias.

Jo se marchó, y Shelby lo miró.

—¿Qué tal te ha ido la semana?

—Bien.

Ella sonrió.

—¿Podrías extenderte un poco, por favor? ¿Darme algunos detalles?

Ya, como estaban hablando... Aidan respiró profundamente.

—Hay mucho trabajo. Este año está nevando mucho, y eso es muy bueno para el negocio porque hay mucho esquí. Además, estamos ofreciendo clases de raquetas de nieve para principiantes. Tenemos que comprar más equipamiento, pero creo que, a la larga, nos compensará.

—¿Por la gente que volverá el año que viene?

—Y que les dirá a sus amigos que se lo han pasado muy bien.

—¿Es difícil aprender?

—No. Es como caminar por la arena con unos zapatos muy grandes. El terreno llano no está mal. Cuesta arriba es muy cansado, pero lo más difícil es cuesta abajo.

—La gravedad —dijo ella, sonriendo—. Al final, siempre te pilla. Kipling siempre lo decía.

Kipling era campeón olímpico, así que debía de saber lo que decía.

—Tuvo un accidente grave hace un par de años, ¿no?

—Sí, en Nueva Zelanda. La lesión acabó con su carrera de esquiador profesional. Durante una temporada creímos que no iba a volver a caminar, pero él mostró mucha determinación. Y tuvo suerte —dijo Shelby, con una expresión de melancolía—. Ahora está casado con Destiny y va a tener un hijo. Lo tiene todo.

Eso era lo que quería Shelby: un hogar, una familia, la estabilidad. Aidan sabía que sus sueños podían considerarse como algo normal y que, seguramente, él debería querer lo mismo. Sin embargo, no era así. Lo único que él quería era no ser un imbécil.

—Entonces, vas a ser tía —dijo él, para cambiar a un tema que fuera más agradable para ella.

—Sí, es la segunda vez. Considero que Starr es una sobrina honoraria. Es la hermanastra de mi cuñada, y Destiny y Kipling tienen su custodia. Ya va a cumplir dieciséis años.

Él conocía a Destiny, pero no estaba seguro de conocer a Starr.

Jo les llevó la jarra de margarita y dos vasos.

—Ahora os traigo los nachos. ¿Vais a conducir?

—No, hemos venido andando —dijo Shelby.

—Ah, solo quería asegurarme.

—Siempre lo hace —le dijo Shelby a Aidan en voz baja, cuando Jo se alejó—. Quiere cerciorarse de que la gente no bebe alcohol si tiene que conducir. Es agradable. Los de este pueblo cuidan los unos de los otros.

—O es que no quiere que la demanden.

—No seas mezquino.

—Es algo lógico.

—No, no tiene por qué —dijo ella, mientras servía las margaritas.

Aidan tomó la suya con resignación. Aquella bebida

era demasiado dulce para él. Cuando fuera su turno, iban a beber cerveza. O whisky.

—Por nuestra amistad —dijo Shelby, e hizo que sus vasos se tocaran—. Gracias por ayudarme.

Tenía los ojos azules. Muy bonitos, pensó Aidan, distraídamente.

—Tú eres la que me está ayudando a mí.

Volvieron a brindar, y él dio un sorbo.

—No está mal —dijo. El líquido no era tan dulce como pensaba, y tenía un ligero sabor salado. No era lo que más le gustaba, pero podía acostumbrarse.

—Ya verás qué ricos están los nachos de este sitio. Bueno, y ¿qué más ha pasado esta semana?

—Estoy pensando en adoptar un perro.

—Ah. Uno grande, ¿no?

—Sí. Uno que pueda llevarme de acampada, o a pescar.

—Podrías enseñarle hacer *snowboard* y ponerle un abriguito y unas gafas.

—Ni hablar. Es un perro muy masculino.

—Es un perro que todavía no existe en tu vida. Puede que te enamores de un caniche.

—Jamás.

—O de un Yorkshire —dijo Shelby y se echó a reír—. Deberías conjuntar tu camisa con su lacito del pelo. Sería precioso veros juntos.

—¿Me estás emasculando?

—Es divertido —dijo ella, y apoyó los codos en la mesa—. Pero, bueno, también puedo hablar en serio. ¿Por qué quieres un perro? ¿Te sientes solo?

Aidan estuvo a punto de decir que no, pero pensó que tal vez fuera cierto. Siempre estaba muy ocupado con el trabajo y se llevaba muy bien con sus compañeros, pero su relación con ellos siempre era circunstancial. Hasta hacía un par de años, tres de sus cuatro hermanos vivían en el pueblo, pero Mathias y Ronan se habían mudado a Happily Inc. y Nick siempre estaba por ahí, haciendo algo.

Tenía amigos, sí, pero todo el mundo estaba ocupado con su vida. En cuanto a las mujeres, tal y como sabía todo el pueblo, siempre había hecho lo posible para que esos encuentros no significaran nada.

–Creo que un perro sería bueno para mí. Tendría que responsabilizarme y cuidarlo. Lo llevaría a la oficina. A Fay le gustaría.

–¿Quién es Fay?

–La encargada de mi oficina. Se ocupa de los horarios y de preparar las excursiones. Su hija es Kalinda. Tuvo…

Shelby asintió.

–Sí, conozco a Kalinda. Le encantan las galletas de mantequilla de cacahuete –dijo Shelby, y suspiró–: Me alegro de que se esté curando, pero… qué difícil para ella y para su familia.

–Fay hace todo lo que puede para mantenerse fuerte –dijo él. Le aliviaba no tener que explicar las quemaduras de Kalinda. La niña iba a tener que someterse a más operaciones durante los siguientes años. Él sabía que Fay tenía días mejores y días peores, pero, pasara lo que pasara, adoraba a su hija incondicionalmente.

Jo se acercó con una bandeja de nachos y les puso un plato a cada uno, además de cuencos con salsa y guacamole. Aidan inhaló el aroma de la carne de cerdo marinada y se dio cuenta de que no había comido demasiado aquel día. Le rugió el estómago.

–A mí me pasa lo mismo –dijo Shelby, riéndose, mientras tomaba un nacho–. Estaba experimentando con los diseños de las galletas y se me ha pasado el día volando. Después, no he tenido tiempo para comer, porque si lo hacía iba a llegar tarde.

—La próxima vez, come —le dijo él—. No hace falta que seas tan puntual.

—Era nuestro primer evento de género. Quería dar buena impresión.

A él le gustaban sus bromas. El hecho de que pudiera ser tan encantadora y abierta significaba que su padre no la había dañado tanto como ella pensaba. Se prometió que iba a ayudar a Shelby a conseguir lo que quisiera. No solo porque eso también le ayudaría a él, sino porque era lo correcto.

Comieron en silencio durante unos minutos. Entonces, Shelby le preguntó:

—Tú tienes cinco hermanos, ¿verdad?

—Soy el segundo. El primero es Del, después, yo, después, Nick y, después, Mathias y Ronan. Los dos últimos son...

Mellizos. Él siempre decía que eran mellizos, pero no lo eran. Todo había sido una gran mentira.

—Aidan —dijo Shelby, suavemente—. ¿Estás bien?

—Tienes razón —dijo él, con amargura—. Algunos hombres son infieles. Mi padre. No sé con cuántas mujeres; él dice que solo con una, pero yo lo dudo. Tiene que haber habido más.

—Lo siento —respondió ella con delicadeza—. Eso es muy duro. ¿Lo sabe tu madre?

—Ella lo encubrió durante años.

Shelby frunció el ceño.

—No lo entiendo. ¿Por qué? ¿Cómo sabes que fue algo continuado?

Él dio un trago a su margarita.

—Porque mi hermano pequeño, Ronan, es hijo de la amante de mi padre.

Shelby se quedó boquiabierta.

—Del, Nick y yo éramos bebés cuando mi madre tuvo

a Mathias. Nosotros no supimos lo que ocurrió. Yo solo sé que tuve dos hermanos mellizos. Hace cuatro años, mi padre tuvo un infarto. Resultó algo leve, pero, en el momento, no lo sabíamos. Supongo que tuvo miedo de morir, o algo por el estilo, porque les dijo la verdad a los mellizos: que Ronan era fruto de una aventura amorosa. Cuando la madre de Ronan iba a darlo en adopción, mi padre se lo dijo a mi madre, y mi madre quiso criarlo como si fuera suyo.

Shelby abrió unos ojos como platos.

–¿De verdad?

–Sí. Algunas veces pienso que es una santa y, otros, que es una tonta. Que mi padre la engañó. Él se queda con todo, y ella se queda con el hijo de otra mujer.

–Dicho así, es muy duro, pero entiendo lo que quieres decir –dijo ella–. Lo que no entiendo es por qué lo hizo. Me refiero a que... cada vez que lo mirara, ¿no vería a esa otra mujer? ¿No se la imaginaría con su marido? Debía de ser muy doloroso.

–Eso me parece a mí –dijo él, y le dio otro sorbo a su margarita–, pero no fue así. Puede que, al principio, sí, pero yo no lo recuerdo. Sin embargo, cuando yo tenía ocho o nueve años, ya sabía que Ronan era su preferido.

–Eso no es posible –susurró Shelby.

–No es nada terrible. Ella no nos lo decía ni lo hacía tan evidente, pero nosotros nos dábamos cuenta. Le tomábamos el pelo a Ronan diciéndole que era un niño de mamá. Ella siempre se estaba preocupando por él. Estaban muy unidos. Siempre estaban hablando, incluso cuando él estaba en el instituto.

Él protestaba con rabia por lo de su hermano, y Ronan decía que eso era porque él era el hermano superior. Todo muy gracioso. Elaine siempre había estado ahí para todos, así que el hecho de saber que quería a Ronan un poco más que a los demás no era para tanto. Él suponía que era algo por lo que pasaban todos los grupos de hermanos.

—Después de que mi padre se lo contara a los mellizos, ellos se marcharon. Recogieron todas sus cosas y se fueron a vivir a Happily Inc.

Shelby sonrió.

—He oído hablar de ese sitio. Está a las afueras de Palm Desert, ¿no? Es un pueblo al que va a la gente a casarse. Creo que es precioso, en mitad de las montañas, con un manantial y…

Shelby se quedó callada y suspiró.

—Disculpa, me he distraído. Debe de ser el efecto de la margarita.

De repente, se puso muy seria.

—Un momento, me acabo de dar cuenta… ¿Ceallach les dijo la verdad a los mellizos, pero no os la dijo a los demás hermanos?

—Hasta el verano pasado, no. Nos imaginábamos que se habían ido a vivir a Happily Inc. para alejarse de nuestro padre y trabajar en su obra artística. Nadie le dio más importancia que esa.

—¿Y cómo están? Han estado veinticinco años pensando que eran mellizos y, de repente, se enteran de que no lo son. Pobre Ronan, enterarse de que no es quien pensaba. Que la mujer que creía su madre no lo es. ¿Ha conocido a su madre biológica? ¿Están bien Elaine y él? ¿Habláis de esas cosas ahora?

Él alzó ambas manos.

—Estoy dispuesto a hacer como las chicas hoy y hablar, pero tienes que ir más despacio, ¿de acuerdo? No hagas tantas preguntas a la vez.

Para ser sincero, no tenía las respuestas, porque no se había puesto en el lugar de Ronan. Cuando Del, Nick y él se habían enterado de la verdad, el otoño pasado, habían tenido que asimilar quién era Ronan, o quién no era. Aunque, en realidad, el hecho de no tener la misma madre no afectaba a su relación fraternal. Eran hermanos, y siempre lo serían.

–Lo siento. Es que estoy alucinada. Pobre Ronan, todo esto ha debido de ser muy difícil para él. Y Mathias... Lo de ser mellizos o gemelos es algo muy especial, y ahora han perdido ese vínculo para siempre.

–Qué pensamiento más alegre.

–Pero es cierto. ¿Nick y tú habláis alguna vez de ello?

–No.

–¿Porque sois hombres, y los hombres no tienen este tipo de conversaciones?

Él asintió y tomó la jarra para rellenar los vasos.

–Puede que os ayudara.

–No hay ningún problema, Shelby.

–Claro que lo hay. ¿O es que me vas a decir que es normal que tus dos hermanos pequeños se hayan marchado así?

En eso, Shelby tenía razón, pero él no quiso admitirlo.

–Mathias y Ronan se tienen el uno al otro. A mí me preocupa más Nick.

Aquello se le escapó de una manera tan inesperada, que Aidan tuvo ganas de decir una palabrota.

–¿Por qué?

Demonios...

–Porque no es tan feliz como parece. Trabaja de encargado en The Man Cave, pero en su tiempo libre siempre está escondido en su estudio secreto. Sé que está haciendo obras de arte allí, pero no quiere hablar de ello. No quiere que mi padre lo sepa. ¿Quién sabe lo que diría el gran Ceallach? Se pondría furioso y humillaría a Nick. Sí, quiere que su hijo sea artista, pero no quiere que nadie sea mejor que él.

Shelby le puso la mano en el brazo.

—Deberías hablar con Nick.

—No.

—Le ayudarías.

—No.

—Eres muy terco. Los tíos también necesitáis amor.

—¿De verdad es esto lo que hacéis las mujeres cuando estáis juntas?

—Sí. Hablamos de nuestros problemas y sentimientos. Es catártico.

—Es una pesadilla.

Shelby sonrió.

—Te acostumbrarás.

—Si me acostumbro, empezarán a salirme pechos.

Ella sonrió aún más.

—Eso es muy sexista.

—No me importa.

Shelby se echó a reír y tomó otro nacho. De repente, empezaron a hablar de los Cabin Fever Days y de las esculturas de hielo que estaban apareciendo en el parque.

Más tarde, cuando salieron del bar y cada uno se fue por su lado, Aidan se dijo que, aunque podría seguir con su vida sin pasar otra tarde como aquella, tenía que admitir que hablar de las cosas era bueno. Se sentía... aliviado, de algún modo.

Aunque eso no iba a contárselo a nadie. Nunca.

Capítulo 5

Casi una semana después, Shelby estaba otra vez en el bar de Jo, pero no con Aidan, sino con sus amigas. Estaba sentada junto a su cuñada, cuyo embarazo estaba muy avanzado, y que no dejaba de moverse en la silla.

–No consigo estar cómoda –reconoció Destiny, cuando Shelby le preguntó si estaba bien–. Algunos días son peores que otros. Es increíble que aún me queden varias semanas. Me siento enorme.

Isabel la miró con cautela.

–Por favor, deja de decir eso. Yo voy a estar tres veces más grande que tú. Lo único que quiero oír es lo maravillosamente que te encuentras y lo magnífico que es cada segundo que pasa.

Destiny le dio un sorbito a su agua con limón.

–Nunca me había sentido tan bien. No es nada. Tú vas a estar perfectamente.

Isabel suspiró.

–Gracias por mentir.

–De nada, ha sido un placer.

Taryn, que iba impecablemente vestida como siempre, con un traje de cuero y lana y unas botas de tacón alto, señaló el plato de galletas que Shelby había llevado.

—¿Están tan buenas como parece? –preguntó.

—Eso espero –dijo Shelby, alegremente–. No me puedo creer el éxito que han tenido. La gente se está volviendo loca con las galletas en forma de escultura de hielo.

—No sé por qué te sorprende tanto –le dijo Madeline–. Fue una idea buenísima. Vienen muchísimos turistas a la fiesta y, ¿a quién no le gusta ver las esculturas de hielo? El hecho de poder comprar galletas con su forma es muy divertido.

Shelby agradeció el cumplido. Ser socia de la pastelería todavía era algo muy nuevo para ella, y quería hacerlo bien siempre. Sabía que no era posible, pero era agradable que sus ideas hubieran tenido éxito hasta el momento.

—Varios de los artistas me han llamado –dijo–. Quieren repetir la experiencia el año que viene. Y un par de clientes han hecho pedidos para que se las enviemos a casa.

Felicia, que se encargaba de organizar los festejos, la miró.

—Deberías empezar a vender por internet. Ya tenéis página web, y no os costaría mucho ampliarla.

—He estado pensando en ello –dijo Shelby–. Necesito organizar mis ideas y tener más información antes de hablar del tema con Amber.

Por supuesto, habría ciertos costes, pero no demasiados. Ella no estaba segura de lo que iba a decir Amber. A su socia no le había convencido mucho la idea de los puestos de venta itinerantes, aunque había accedido. Ahora, el carrito de Ambrosia Bakery hacía muchas ventas en cada fiesta.

—Lo más difícil es decorarlas –dijo Shelby–. Se tarda mucho. No quiero poner a los empleados más capacitados a hacer esto, pero, si queremos venderlas fuera de Fool's Gold, tenemos que crear un proceso. Además, las ventas no serían regulares, así que, si contratamos a alguien, tendríamos que llenar su jornada con otras tareas cuando no haya pedidos.

—Necesitáis un empleado a tiempo parcial —dijo Madeline—. Alguien que quiera ir a trabajar cuando tengáis pedidos.

—Deberías contratar a adolescentes —le sugirió Taryn—. A un grupo de niñas de catorce años que estuvieran encantadas de decorar galletas durante unas horas. Podrían hacerlo en grupos. Así podrían ganarse un dinero sin tener que estar siempre haciendo de canguro.

Jo llegó a la mesa con sus platos. Cuando todas tuvieron su comida, Shelby tomó el tenedor.

—No se me había ocurrido lo de las adolescentes —dijo—. Pero... ¿catorce años no es una edad muy temprana para estar trabajando?

En realidad, enseñarles a decorar no era difícil. Básicamente, se trataba de colorear, pero en galletas.

—El estado de California tiene una legislación laboral muy estricta —le dijo Felicia—. Solo podrían trabajar un par de horas al día, y necesitarían un permiso de trabajo. Pero se puede hacer.

—Muchas gracias por la información —dijo Shelby.

—Yo podría ser trabajadora temporal —se ofreció Isabel—, cuando esté de baja. No tengo mucho que hacer en todo el día.

—Pobrecita —dijo Taryn, y abrazó a su amiga—. Yo iré a verte. Eso será muy entretenido.

—Sí, pero no lo suficiente. Voy a revisar los libros y a hacer pedidos, pero creo que tendré tiempo de sobra. Me parece que decorar galletas sería divertido.

—Si no te las comes todas —dijo Madeline.

Isabel arrugó la nariz.

—Estos días me apetece más comer comida salada que dulce.

Shelby pensó en los antojos que tenía Isabel. Siempre pedía pan de *pretzel*, así que supuso que las galletas estarían a salvo.

—Gracias por el ofrecimiento –le dijo–. Puede que te tome la palabra.

—Suponiendo que tengas tiempo para tu nueva aventura empresarial –dijo Felicia–, porque, según tengo entendido, tu vida amorosa está que arde.

Todas se volvieron hacia Shelby, que se había quedado boquiabierta.

—¿Estás saliendo con alguien? –le preguntó Madeline, dolida.

Shelby hizo un gesto negativo con la cabeza.

—No, claro que no.

—Pues yo he oído decir que estuviste aquí con Aidan el fin de semana pasado –dijo Felicia–. Y mis fuentes son de total confianza.

—Ah, eso –dijo Shelby–. Eso no es ningún romance. Solo somos amigos. No tengo ningún amigo, y Aidan no tiene amigas. Hemos pensado que quedar de vez en cuando nos vendría bien.

Madeline se relajó, pero todas las demás se quedaron mirándola con asombro.

—¿Para qué? Ya nos tienes a nosotras –dijo Isabel.

—Esto es diferente. Es agradable tener una perspectiva masculina.

—Tiene razón –dijo Taryn–. Yo quiero mucho a mis chicos. Aunque sus consejos son distintos a los vuestros, algunas veces ayudan mucho. Creo que todas las mujeres deberían tener amigos.

Los chicos de Taryn eran tres jugadores de fútbol retirados que eran sus socios en Score PR, pero, de todos modos, Shelby le agradeció el apoyo.

–¿Lo veis? No tiene nada de raro.

–Sí es raro –dijo Destiny–, pero bueno para ti. Aunque no te vayas a enamorar de él. Por lo que tengo entendido, no es muy dado a las relaciones estables. No me gustaría que te hiciera daño.

–No es nada romántico –dijo Shelby. Y sabía que, con aquella afirmación, estaba diciendo algo que era completamente cierto.

Aidan era un gran tipo. Ella había disfrutado mucho de la tarde que habían pasado juntos. Y, claro, era guapo y divertido. Pero ellos solo eran amigos, y nada más.

Tenía un plan, y no iba a permitir que nada la apartara del camino del éxito.

Una de las ventajas de ser socia de una empresa era que tenía acceso al local cuando no estaba abierto. Así que, aunque The Man Cave estaba cerrado, Aidan tenía la llave. Por eso estaban jugando al billar a las diez de la mañana del sábado.

Shelby no había jugado al billar nunca en la vida, así que él había tenido que explicarle las reglas más básicas del juego. Y, en aquel momento, ella estaba practicando para aprender a golpear una de las bolas. No estaba yendo bien.

–Creo que se mueve –dijo Shelby, cuando su taco pasó de largo la bola y ella se cayó un poco hacia delante.

Aidan contuvo la sonrisa.

–No, no se mueve. Tienes que apuntar bien con el taco y darle a la bola.

–Pero ¿y qué pasa con el lugar al que quiero que vaya?

–Aprende primero a darle a la bola y, después, nos preocuparemos de la dirección.

Ella lo miró.

—Sé que hablas en un tono muy paciente, pero también sé que te estás riendo de mí por dentro.

—Solo un poco.

Shelby llevaba unos pantalones vaqueros y una camiseta azul. Se había hecho una coleta y no se había maquillado apenas. Sin embargo, cuando le sonrió, toda la cara se le iluminó.

—Bueno, está bien —dijo con un suspiro—. Vuelve a decirme qué estoy haciendo mal.

Aidan se acercó.

—Te lo voy a enseñar.

Puso la bola a medio metro de la tronera central de la banda derecha y empujó suavemente a Shelby hacia delante.

—Separa los pies a una distancia un poco mayor que tu anchura de hombros, posa la mano izquierda en la mesa. Dobla los dedos como te he enseñado y apoya el taco sobre los dedos.

Ella siguió sus indicaciones y, después, movió el brazo derecho hacia delante y hacia atrás. El taco se movió con ella.

—Muévelo con un poco más de fuerza.

Él la observó mientras ella retiraba el taco y lo impulsaba hacia delante. Casi ni rozó la bola blanca, que saltó un poco hacia la izquierda y se detuvo. Shelby soltó un gruñido, pero Aidan vio qué estaba haciendo mal.

—Cuando practicas, lo haces con suavidad, pero en cuanto le imprimes fuerza al movimiento, subes el extremo del final.

—¿Y se supone que yo tengo que verle el sentido a eso?

Él se echó a reír.

—Te lo voy a enseñar.

Se colocó detrás de Shelby para poder sujetar con ella el taco de billar. Puso la mano izquierda junto a su mano izquierda y puso la derecha sobre la suya. Entonces, movió el taco lentamente hacia delante y hacia atrás, manteniéndolo horizontal.

–Esto es lo que tienes que hacer cuando estés intentando darle a la bola.

Levantó el extremo posterior del taco al mismo tiempo que lo impulsaba hacia delante.

–Tienes que hacerlo suavemente, sin presión.

–Vaya, sí que tiene técnica –murmuró ella–. Voy a intentarlo otra vez.

Hizo el movimiento completo una vez y, después, fue por la bola. En aquella ocasión, consiguió mantener el nivel adecuado del taco, y la bola blanca rodó por la mesa.

–¡Lo he conseguido!

Aidan se irguió.

–Sí. Inténtalo otra vez.

Shelby fue al otro lado de la mesa y se colocó.

–¿Así?

Él asintió, porque, de repente, le costaba hablar. Le estaba sucediendo algo. No sabía qué, pero sentía cierta tensión. Casi, una opresión por dentro.

Se lo quitó de la cabeza y rodeó la mesa para ver la postura que adoptaba Shelby. Comprobó que extendía bien el brazo y que sujetaba el taco correctamente y, sin querer, bajo la vista hasta su trasero cuando ella se inclinó sobre la mesa.

Los pantalones vaqueros dibujaron sus curvas perfectas. Era raro que nunca se hubiera fijado en su trasero antes, y…

¡Mierda! Dio un par de pasos hacia atrás y estuvo a punto de golpearse con otra mesa. Se sentía atraído por ella. ¿Cómo había ocurrido eso? No estaban saliendo. No tenían ninguna relación sentimental. Eran amigos. Amigos sin sexo, sin género.

No, no debía dejarse invadir por el pánico. Aquella era una reacción normal ante la proximidad de una mujer atractiva. No tenía por qué significar nada. No era más que una respuesta a un estímulo biológico, como cuando uno estornudaba por el polen. Eso era todo: él tenía alergia, y Shelby era el polen. Además, llevaba una temporada sin mantener relaciones sexuales. Eran las circunstancias, se dijo.

—¿Así, Aidan? —le preguntó ella, mientras golpeaba la bola, que rodó con fuerza por la mesa.

—Ya lo tienes. Ahora, vamos a intentar darle a una bola con otra.

Iba a concentrarse en el juego, y no en ninguna otra cosa. Era más fuerte que la biología o, por lo menos, más decidido. No iba a desperdiciar aquella oportunidad de mejorar solo por ser un tipo libidinoso. No iba a dejar que su pene lo derrotara. Aquella vez, no.

—¿Estás asustado? —le preguntó Shelby, intentando controlar el temblor de su propia voz.

—No.

Aidan y ella estaban delante del ayuntamiento. Los había convocado la alcaldesa, algo que no les había ocurrido nunca. La alcaldesa Marsha era una mujer mayor, muy agradable, y no había nada que temer. Sin embargo, Shelby no conseguía librarse de la sensación de que la habían llamado para que se enfrentara con algo con un poder superior.

—¿Seguro? —le preguntó ella.

Aidan negó con la cabeza.

—Todo va a salir bien.

—¿De verdad lo crees?

—No. Todo el mundo sabe que no es bueno que te llame la alcaldesa, pero decir que todo va a salir bien es mejor que decir que deberíamos salir corriendo.

Ella se echó a reír.

Hacía una mañana fresca y soleada. Llevaba varios días sin nevar, así que las calles estaban despejadas. El pueblo parecía una escena de postal, o de película. Allí no podía ocurrir nada malo.

—No nos va a pasar nada —susurró ella.

—No lo dices muy convencida.

—Voy a hacer todo lo que pueda por fingirlo.

Aidan la rodeó con un brazo y la estrechó suavemente.

—Yo voy a estar contigo. Fingiéndolo.

Se sonrieron y empezaron a subir las escaleras.

Shelby pensó que las cosas estaban yendo muy bien entre ellos. Le caía muy bien Aidan. Era muy fácil estar con él. Ella había disfrutado aprendiendo a jugar al billar, y él había sobrevivido a su primer día de chicas. Lo siguiente era una fiesta para celebrar la próxima llegada de un bebé, y eso iba a ser muy interesante para los dos.

Entraron al edificio y subieron al despacho de la alcaldesa, que estaba en el segundo piso.

—Soy una buena ciudadana —murmuró Shelby—. Cumplo las leyes. Pago los impuestos.

—Vamos, deja de hacer elucubraciones —le dijo él—. No vas a adivinar lo que quiere y solo vas a conseguir ponerte más nerviosa. Cualquier suposición será más terrorífica que la anterior.

—¿No te desveló este asunto anoche?

—Un poco.

Llegaron al despacho y Bailey Scott, la secretaria de la alcaldesa, les sonrió.

—Hola, Shelby. Llegas muy puntual —dijo Bailey. Era

una mujer pelirroja y muy guapa. Se puso en pie y rodeó el escritorio para darle la mano a Aidan.

–Creo que no nos conocemos.
–Soy Aidan Mitchell.
–Yo, Bailey Scott.
–Ah, eres la mujer de Kenny Scott –dijo Aidan–. Era un jugador fantástico. Fue una pena que se retirara.

Bailey sonrió.

–Le diré que eres admirador suyo. Casi siempre está contento de haberlo dejado, pero, de vez en cuando, recuerda aquellos días de gloria. Le gustará mucho saber que no es el único –dijo. Después, los miró a los dos–. La alcaldesa Marsha os está esperando. Vamos.

Cuando entraron en el despacho, Marsha Tilson se levantó para saludarlos. Era la alcaldesa que llevaba más tiempo en servicio de toda California. Tendría unos sesenta años, se había criado en Fool's Gold y dirigía el pueblo como si fuera una máquina bien engrasada. Era querida y respetada. Hasta la fecha, Shelby no había conocido a nadie que no la apreciara.

La alcaldesa, que tenía el pelo recogido en un moño, llevaba un traje rojo oscuro, una blusa blanca, un collar de perlas y calzaba unos zapatos cómodos.

–Gracias a los dos por venir –dijo–. Sé que sois empresarios y tenéis mucho trabajo, así que voy a procurar que esta reunión sea lo más breve posible.

Les señaló la zona de asientos que había enfrente de su escritorio. Había un par de sofás y tres butacas dispuestos alrededor de una mesa de centro.

Shelby se sentó junto a Aidan, como si buscara su protección. Una idea estúpida, teniendo en cuenta que la alcaldesa no iba a hacer nada peligroso. Pero, de todos modos...

Marsha los observó durante unos segundos.

—Me parece que vuestro plan de ser amigos durante seis meses es estupendo —les dijo.

Shelby se quedó boquiabierta.

—¿Cómo lo sabe?

La alcaldesa sonrió.

—Yo oigo cosas por ahí. Los cambios siempre son difíciles, pero, si uno no lo intenta, nunca llega adonde quiere llegar. Creo que vosotros dos vais a tener un gran éxito.

—Eh... um... Gracias —murmuró Shelby.

Se había quedado asombrada de que alguien le hubiera hablado a la alcaldesa sobre Aidan y ella. ¿Por qué? Lo que estaban haciendo era importante para ellos, pero no podía ser demasiado interesante para nadie más. ¿Acaso la gente no estaba ocupada con su propia vida?

—Pienso que otra gente podría beneficiarse de vuestro ejemplo —prosiguió la alcaldesa—. Aunque enamorarse es maravilloso, en la vida hay más cosas, más relaciones que son importantes. La amistad, por ejemplo. No hay suficientes amistades entre hombres y mujeres.

Shelby miró a Aidan, que estaba tan confuso como ella. ¿Adónde iba encaminada aquella conversación?

Entonces, como si le hubiera leído el pensamiento, la alcaldesa dijo:

—Quiero hacer un experimento y me gustaría que los dos me ayudarais. Deberíamos tener un lugar de reuniones para la gente soltera del pueblo. Un sitio donde hombres y mujeres pudieran reunirse sin la presión de tener que iniciar una relación romántica. Así tendrían la oportunidad de conocerse los unos a los otros y ser amigos. Solo amigos.

Shelby abrió la boca y volvió a cerrarla.

—¿Quiere que organicemos una fiesta? —preguntó Aidan.

—Que no sea algo formal —le dijo la alcaldesa—. Estaba

pensando en un par de eventos. Cuanto más informales, mejor. Que todo el mundo pueda relajarse y conocerse –añadió con una sonrisa–. Bailey tiene una lista de nombres con sus direcciones de correo electrónico. Solo tenéis que poneros en contacto con la gente de la lista de decirles dónde será la primera reunión. La noticia se difundirá.

–Creía que todo el mundo era muy amigable en el pueblo –dijo Shelby–. Conmigo siempre lo han sido.

–Y lo son. Ese es parte del encanto de Fool's Gold. Pero la gente soltera necesita un poco de ayuda, y vosotros sois los más indicados para ofrecérsela.

No podían decir que no, Shelby lo sabía. Ella no solo era nueva en el pueblo y estaba deseosa de causarle una buena impresión a la alcaldesa, sino que, además, estaba en deuda con ella. Cuando Kipling estaba ingresado en un hospital de Nueva Zelanda, y ella estaba cuidando a su madre agonizante y soportando las palizas de su padre, había sido la alcaldesa la que le había ofrecido a Kiplin un trabajo en Fool's Gold, y la que había enviado a Angel y a Ford para salvarla.

–Por supuesto que lo haré –le dijo Shelby–. Voy a enviar los correos electrónicos esta semana.

–Y yo voy a ayudarla –dijo Aidan.

Shelby lo miró sorprendida, y él le guiñó un ojo.

–Excelente –dijo la alcaldesa, y se puso en pie–. Entonces, os dejo que volváis a vuestros quehaceres.

Shelby y Aidan se despidieron de ella y salieron a la calle. Cuando iban caminando por la acera, ella se giró hacia él.

–¿Por qué has accedido? Podías habérmelo dejado todo a mí.

–¿Tú no has visto *Titanic*?

–Claro, pero ¿qué tiene eso que ver?

Aidan sonrió.

—Estamos juntos en esto, Shelby. Si tú saltas, yo salto. Ella ha dicho que fuera algo informal. Podemos pensar en un par de cosas que hacer con los solteros del pueblo y, después, se acabó. No creo que eso sea muy difícil.

—Eso lo dices ahora, pero ya verás. Esta idea va a hacer que nos arrepintamos.

Él se echó a reír.

—Es posible, pero, de todos modos, tenemos que hacerlo.

Así era Aidan, pensó Shelby. Un tipo que hacía lo que tenía que hacer. Era muy agradable, pensó, mientras se despedían en la esquina y ella volvía a la pastelería. Sólido. Alguien en quien uno podía apoyarse. Y esas eran buenas cualidades en un amigo.

También era guapo y, de vez en cuando, ella se preguntaba sin querer cómo sería besarlo. Aunque no iba a hacerlo. Eran amigos, y nada más. No podían ser otra cosa. Ser amiga de Aidan era algo importante, porque su felicidad futura estaba en juego. Y no merecía la pena arriesgarla por ningún beso.

Capítulo 6

—¿Qué pasa en una fiesta de estas? —preguntó Aidan, aunque no sabía muy bien para qué lo preguntaba. Había una parte de sí mismo que no quería saber la respuesta.

—Es una fiesta. Se celebra el próximo nacimiento de un bebé con regalos, comida y juegos.

—¿Y no hay ningún bebé?

Shelby se echó a reír.

—No, nada de bebés. Bueno, algunas veces. También hay fiestas para familias y para parejas. Pero esta es de bebés.

—Entonces, va a estar Destiny y van a estar sus amigas. ¿Y Kipling?

—No, Kipling, no.

Sus eventos de género seguían alterándose. En aquella ocasión se trataba de una cosa de chicas, lo cual significaba que él iba a ir a su primera fiesta de recibimiento de un bebé. La idea daba un poco de miedo.

—¿Voy a ser el único hombre?

Estaban junto a la casa de Jack McGarry. Era una vivienda de dos pisos que estaba en el campo de golf, con grandes extensiones de hierba, mucho espacio entre las casas y garajes para tres coches. Jack había sido *quarterback* y había ganado la Super Bowl en varias ocasiones, así que podía permitirse una casa así. Aidan pensó que era curioso que tres antiguas estrellas del fútbol americano hubieran decidido afincarse en aquel pueblo tan tranquilo. Aunque no tenía queja. De vez en cuando, los tres iban a The Man Cave a ver algún partido, y poder escuchar sus comentarios sobre el juego era una experiencia increíble.

–Sí, vas a ser el único hombre –dijo Shelby–. Y he tenido que pedir permiso para traerte, así que... bueno... ya sabes...

Aidan se echó a reír.

–¿Que me porte bien?

–Tú siempre te portas bien. Pero acuérdate de que esto es una cosa de chicas.

Se ponía muy mona cuando estaba preocupada. Él se inclinó hacia ella.

–¿Crees que, cuando termine todo esto, me habrán salido pechos?

–Te preocupas a menudo por si te van a salir pechos, y yo no sé por qué –respondió ella, riéndose, y la preocupación desapareció de su mirada–. Te prometo que eso no va a suceder. Pero creo que deberías estar más en contacto con tu parte femenina.

Él preferiría estar en contacto con una mujer de verdad, pero eso no iba a suceder durante una buena temporada. Se dijo que iba a acostumbrarse a aquel deseo sutil que siempre sentía cuando estaba con Shelby. De repente, se daba cuenta de que estaba observando la forma de su mentón, y de que su risa le llegaba al alma.

Cinco meses y unos cuantos días. Entonces, estaría curado.

–Bueno, regalos –dijo él, y soltó una palabrota–. Yo no he traído ningún regalo.

–No te preocupes, yo he puesto tu nombre en el mío. Ya me darás las gracias después.

—Y te pago mi parte.

Ella se echó a reír.

—Bueno, no diría que no. Me he vuelto un poco loca con esta temática.

—¿Hay una temática?

—Mariposas.

—¿La temática de tu regalo para el bebé son los bichos?

—Las mariposas no son bichos —replicó Shelby, y arrugó la nariz—. Bueno, sí lo son, pero son muy bonitas y era lo que quería Destiny. Vamos a jugar a unos cuantos juegos y a comer algo y, después, ella abrirá los regalos. Todo habrá terminado antes de que te des cuenta.

—Ojalá.

Ella le dio un golpecito en un brazo.

—Vamos, sé bueno.

—Siempre soy bueno.

Ella alzó la cabeza, y se quedaron mirándose el uno al otro en uno de aquellos momentos en los que ninguno podía apartar la mirada y que parecía que solo ocurrían en las películas, y no en la vida real. Aidan se dio cuenta de que, verdaderamente, no podía apartar la mirada. Ni quería hacerlo.

—Lo eres —dijo Shelby—. Bueno, quiero decir.

—Y tú.

Vieron pasar un coche hacia la entrada de la casa, que ya estaba llena de gente. El ruido del motor del coche rompió el hechizo, y siguieron caminando.

—Mariposas —dijo él—. Es raro.

—Tienes que superarlo.

Shelby no había mentido, pensó Aidan, media hora más tarde. No solo era el único hombre de toda la fiesta, sino que había mariposas por todas partes. Los platos de papel eran rosas y tenían mariposas. También las había en los globos y en los centros de mesa, y la tarta, que él suponía que era obra de Shelby, tenía forma de mariposa.

—Las mariposas me recuerdan a la abuela Nell —le había dicho Destiny—. Son tan bonitas y bellas.

Y eran bichos, pero Aidan no se lo dijo. Se limitó a darle la enhorabuena por el próximo nacimiento de su hija y le agradeció que lo hubiera invitado a la fiesta.

—Lo que estáis haciendo Shelby y tú es raro, pero también es algo especial —le dijo ella—. Gracias por ayudarla.

Aidan quiso decir que también estaba siendo una ayuda para él, pero decidió aceptar el cumplido. No había habido muchas mujeres en su vida hasta la fecha, y debería valorar a las que tenía ahora.

Aparte de la sobredosis de mariposas, el resto de la fiesta no estuvo tan mal. La comida era buena, aunque hubiera demasiadas cosas dulces y azucaradas. Taryn, la única socia femenina de Score, la empresa de relaciones públicas de la cual era propietaria junto a otros dos antiguos jugadores de fútbol, se le acercó con una copa de champán. Champán rosa.

—No te preocupes —le dijo, riéndose—. El color es natural. Creo que lo consiguen dejando la piel de las uvas —explicó, y frunció el ceño—. O tal vez sea por el tipo de uva. Bueno, lo único que sé es que está buenísimo.

Hasta aquel momento, él había evitado aquella bebida rosa y burbujeante, pero parecía que no podía seguir haciéndolo.

—Gracias —dijo. Le dio un sorbito y comprobó que no estaba tan mal.

—¿Qué están bebiendo ellas? —le preguntó a Taryn, señalando a Destiny y a Isabel, las dos embarazadas, con un gesto de la cabeza.

—Un cóctel de ginger-ale y zumo de arándanos, o algo así. Jo dio con la receta hace varios años. Es una forma de pasar los embarazos y no sentirse excluida de las celebraciones —explicó Taryn, y lo miró con la cabeza ladeada—. Tengo entendido que últimamente vas por el bar de Jo.

—Con Shelby, sí.

—¿Y qué tal?

—Como el champán. Mejor de lo que yo creía.

—El experimento es interesante. ¿Crees que va a ser útil?

—Eso espero.

—¿Debería preocuparme por alguno de vosotros dos? —le preguntó ella.

Aquella pregunta fue algo inesperado. No debería sorprenderse de que Taryn se preocupara por Shelby, pero ¿por él?

—Gracias, pero sé cuidarme.

—Trabajo con dos tipos grandes y duros. Antes de que Jack se fuera a vivir a la costa, eran tres. Todos ellos te dirían que saben cuidar de sí mismos, pero te sorprendería la de veces que se han equivocado en la vida —dijo ella, y le dio un sorbito a su copa—. Tú también puedes equivocarte.

—Merece la pena correr el riesgo.

—Entonces, buena suerte.

Taryn se alejó. Aidan esperó un momento y fue a buscar a Shelby. Al cruzar el salón, oyó a Larissa decir la palabra «bebé». Él se detuvo y le quitó la última pinza del jersey.

Larissa se echó a reír.

—Se te da muy bien.

—A ti se te da muy mal no decir «bebé».

Al llegar, Larissa le había dado a cada invitado cinco pinzas de la ropa y les había explicado las reglas de un juego: nadie podía decir la palabra «bebé». Si alguien oía a otra persona decir la palabra, podía quitarle una de las pinzas. Al final, ganaría quien más pinzas tuviera en su poder. Hasta el momento, era Aidan.

Shelby estaba con varias mujeres. Al verlo, se separó del grupo.

—¿Qué tal te lo estás pasando? —le preguntó.

—Bien. Me gusta el champán.

—Tenemos que hacer nuestras páginas del libro del alfabeto.

—¿El qué?

Ella lo tomó del brazo y lo llevó a la cocina. En la gran mesa había pedazos cuadrados de tela y varios rotuladores.

Él se sentó junto a Shelby y miró varios de los retales que estaban terminados. En cada uno de ellos había una letra del alfabeto y el dibujo de un objeto que comenzara con esa letra. Para la eme, una manzana, para la efe, una flor.

—Aquí está la lista —dijo Shelby—. ¿Qué letras quieres tú?

Aidan eligió la o y la pe; dibujó un oso y un paraguas. Shelby eligió la ge y la y griega.

—¿Qué vas a hacer para la y griega? —le preguntó él.

—Un yak. Se me da bien dibujar animales. Hice un curso de pasteles y dulces para fiestas infantiles y una parte era aprender a hacer animales con coberturas. Los rotuladores son mucho más fáciles de utilizar.

—Ah. ¿Y qué pasa con los cuadrados de tela?

—Larissa los recogerá y los encuadernará. Así, Destiny tendrá un libro para su hija y, cuando se lo lea, nos recordará a todos y recordará este día.

Vínculos, pensó Aidan. A las mujeres les gustaban sus vínculos. Aunque, en ese caso, él lo entendía. Aunque aquella fiesta no era la que les hubiera gustado a sus amigos, tenía algo especial. Era como un rito. O, tal vez, el valor estuviera en el cariño que todas se demostraban. Aunque, seguramente, había mujeres que necesitaban los regalos de aquel tipo de fiestas, no era el caso de Destiny. Ella podía comprar todo lo que necesitara su hija.

Sin embargo, los regalos eran creativos. Inteligentes. Un triciclo hecho de pañales. Elefantes rosas hechos de bayetas. Regalos que eran especiales por el tiempo invertido en ellos. Como el libro del alfabeto.

Recordó una vieja película, *Único testigo*, en la que una comunidad de amish se reunía para construir un granero entre todos. La construcción era necesaria, pero, por encima de eso, era un legado tradicional de aceptación y cariño de una comunidad. Y aquella fiesta del bebé era algo parecido.

Shelby y él volvieron a casa andando. Aidan llevaba el gran centro de mesa que había ganado en el juego de las pinzas.

–Has sobrevivido –le dijo ella–. Enhorabuena.

–Ha sido divertido. Algo diferente. Entre tus amigas no hay competitividad.

–¿La hay entre los hombres?

–Sí. Nosotros queremos saber cuál es nuestra posición en la jerarquía. Algunas veces, tenemos que competir por el puesto. O alejarnos, cuando se trata de un juego que no podemos ganar.

–Como Del y tú con tu padre.

–Exacto.

–¿Y el resto de la fiesta?

–Me ha gustado. La comida estaba muy rica. Un poco rosa, pero buena.

Llegaron a casa de Shelby. Él la acompañó hasta el porche y le entregó el centro de flores.

Ella sonrió.

—¿No quieres llevártelo a casa?

—No. Puedo soportar nuestros eventos de género, pero tengo que poner un límite con las flores.

—Vaya, un hombre con convicciones. Qué impresionada estoy.

—Lógico.

Ella se echó a reír.

—Bueno, hablando de eventos de género, ¿cuál es el siguiente?

—¿Sabes jugar al Texas hold'em?

—Eso es un tipo de póquer, ¿no?

—Lo tomaré como un «no».

Ella agarró las flores.

—No, no sé. ¿Tengo que aprender a jugar al Texas hold'em?

—Por lo menos, léete cuáles son las reglas básicas.

—Sí, señor. Supongo que no va a haber demasiada conversación.

—Muy poca.

—Y nada de color rosa.

—Vamos a jugar en The Man Cave. Hay barra. Puedes pedir un cosmo, si quieres.

Ella se echó a reír de nuevo.

—Sería la única que bebe eso.

—Sí, serías la única.

Sin darse cuenta, él se inclinó hacia delante para besarla. Porque quería hacerlo. Porque le gustaba. Porque, cuando estaba con ella, se sentía bien. Porque…

Pero, en el último segundo, recordó que Shelby era su amiga y no podían besarse, así que cambió de dirección y le dio un beso en la mejilla. Se sintió como un tonto, y no supo qué decir.

—Yo… eh… te mandaré un mensaje con la fecha y la hora –dijo, y se alejó. Bajó del porche y se dio la vuelta.

—De acuerdo. Hasta luego, Aidan.

Él se despidió moviendo la mano sin darse la vuelta. Era un idiota. Peor aún, era un idiota libidinoso que no iba a poder hacer nada más que darse duchas frías desde aquel momento hasta junio.

Shelby sabía que era la segunda jugadora a la izquierda, lo cual significaba que iba a tener que apostar en segundo lugar. Por lo menos, estaba bastante segura. Aunque se había pasado dos horas navegando por internet para aprender las reglas del Texas hold'em, todavía estaba intentando aprender cómo funcionaba.

La regla de «no hablar» del juego la ayudaba a concentrarse, y el relativo silencio era tranquilizador. Estaban en una sala al fondo del local y, a través de la puerta abierta, se oía la música del bar y las conversaciones de los clientes. Sin embargo, los únicos sonidos eran los golpes suaves de las botellas de cerveza y los vasos en la mesa, y algún gruñido masculino.

Conocía a los jugadores porque era amiga de la mayoría de sus mujeres o de sus novias. Sin embargo, aquello era territorio nuevo para ella.

Quería preguntarles a los chicos con qué frecuencia se reunían para jugar a las cartas, pero mantuvo los labios apretados. Aidan se lo había explicado con claridad: de la misma forma que ella había tenido que pedir permiso para llevarle a la fiesta del bebé de Destiny, él había tenido que preguntar si ella podía ir a la partida. Los chicos le habían dicho que sí, siempre y cuando cumpliera las normas. Y una de las normas era no hablar.

Así que, allí estaba, con ocho tipos grandes y guapos. En otras circunstancias se habría sentido intimidada, pero todos tenían relaciones estables y ninguno de ellos le resultaba especialmente atractivo. Salvo Aidan, claro. Él sí le resultaba muy atractivo. Pero de un modo amistoso.

Pensó por un momento en el beso que habían estado a punto de darse. Ella había creído que iba a besarla en los labios, pero, por supuesto, él no lo había hecho. Porque no estaban saliendo juntos, y eso era lo mejor. Sin embargo... un beso habría sido algo muy agradable.

Volvió a concentrarse en la partida. Hizo una apuesta y resistió la tentación de mirar sus cartas. Sabía cuáles eran, y mirarlas una y otra vez no iba a cambiarlo. Tenía dos reyes. Y el objetivo era conseguir las cinco mejores cartas posibles con sus dos cartas y las que le tocaran de la baraja. Si una de las que le tocaban era otro rey, tendrían una gran baza. Cruzó los dedos mentalmente.

—¿Qué tal está Isabel? —preguntó Justice.

Ford Hendrix, el marido de Isabel, hizo un mohín.

—Está muy bien. El embarazo todavía no está muy avanzado, pero ella está más grande cada día que pasa. No sé cómo lo va a aguantar su cuerpo. Sé que mi madre pasó por lo mismo y estuvo bien, pero... mierda. Es muy duro verlo.

Shelby no sabía qué le asombraba más, si el hecho de que hubiera conversación, o el miedo y la preocupación del tono de voz de Ford. Ella sabía que su mujer y él tenían un matrimonio feliz y que era lógico que él se preocupara por ella. Sin embargo, oírlo era algo distinto.

—¿Has hablado con tu madre? —le preguntó Jack McGarry—. Seguro que ella puede contarte muchas cosas.

—No quiero hablar de eso con ella —admitió Ford.

—¿Y si vas a hablar con la doctora Galloway? —preguntó Josh Golden, que había sido campeón del mundo del ciclismo y que, en la actualidad, era todo un magnate del negocio inmobiliario—. La conozco por los embarazos de Charity, y es una mujer muy sensata. Dudo que nada pueda asustarla. Pide una cita y ve a verla. Será franca contigo.

—Sí, hazme caso —dijo Kipling, con un gesto de horror—. No se va a guardar nada.

Ford tomó su botella de cerveza.

—Sí, debería hacerlo. No quiero que Isabel sepa que estoy preocupado. Ya tiene suficiente con el embarazo y la empresa y todo lo demás.

Shelby miró a Aidan, que le guiñó un ojo. Ella le devolvió una sonrisa. Aquella breve interacción le provocó una calidez en el estómago. Qué agradable era, pensó con alegría. Un tipo estupendo. Esperaba que aquella relación le estuviera aportando tantas cosas buenas como a ella. No solo era un tipo divertido, sino que, además, ella estaba aprendiendo mucho. Cada vez confiaba más en él, lo cual era su objetivo: saber que también había hombres buenos por ahí.

—Aidan, ¿qué sabes de Del? —le preguntó Josh.

—Me manda correos de vez en cuando. Maya y él siguen en China. Han publicado algunos vídeos en Facebook. Está bien.

—Es curioso cómo han salido las cosas al final —dijo Ford—. Del se marcha, y tú te quedas dirigiendo la empresa.

—Sí, ha salido bien —dijo Aidan—. Claro que, al principio, cuando se fue, yo quería ir a buscarlo y traerlo a rastras.

Josh miró hacia la puerta abierta y bajó la voz.

—¿Y Nick? ¿Sigue haciendo sus obras en secreto en las montañas?

Por la cara de sorpresa de Aidan, Shelby supo que aquella información no debía hacerse pública.

—¿Cómo lo sabes? —preguntó Aidan.

Ford puso su quinta carta boca arriba. Shelby vio que

era el rey de corazones, y tuvo que contenerse para no dar un grito de alegría. Tenía un *full* de reyes. Por lo menos, creía que se llamaba así.

—Todo el mundo lo sabe —respondió Ford, mientras miraba sus cartas secretas—. Es el secreto peor guardado del pueblo. Veo la apuesta. ¿Y tú, Shelby?

Ella quería empujar todas sus fichas al centro de la mesa, pero sabía que eso sería un error. Las apuestas siguieron alrededor de la mesa y, cuando terminaron, todos voltearon sus cartas.

Shelby las observó todas y vio que nadie tenía más que un par. Mantuvo su grito de victoria hasta que Ford dijo:

—Demonios, nos ha ganado una chica.

Ella miró a Aidan, que sonrió y asintió.

—Tómalo todo. Lo has ganado.

—Me gusta este juego —comentó ella, mientras arrastraba todas las fichas.

—Y parece que al juego le gustas tú —refunfuñó Josh.

Siguieron jugando un par de manos más. Ella no volvió a ganar, pero, por lo menos, entendió todo lo que estaba pasando. Cuando terminaron, se excusó y fue al baño.

Al volver, la mesa de juego estaba vacía. Tomó su vaso de agua con gas y se encaminó hacia la barra. Quedaba muy poca gente; una pareja jugando al billar y un grupo de amigos sentados en una mesa. Aidan estaba en la barra, hablando con Nick. Shelby se acercó a ellos.

—¿Qué quiere decir eso de que surgió durante la partida de cartas? —preguntó Nick, en un tono tenso—. ¿Qué les has dicho?

—Nada —respondió Aidan con dureza—. No ha sido necesario porque ya lo sabían, Nick. Lo sabe todo el mundo. No sé qué está pasando entre papá y tú, pero no es bueno para ti ocultar tus obras de arte. ¿De verdad que esto es lo que quieres hacer con tu talento? ¿Trabajar en un bar y esconderte en la sierra?

Nick le lanzó una mirada fulminante a su hermano.

—Déjame en paz.

—Estás permitiendo que Ceallach dirija las cosas sin saberlo.

—No sabes de qué estás hablando —respondió Nick, casi gritando.

—Maldita sea, Nick. Estás echando por la borda todo lo que podrías ser. ¿Y para qué? Él solo es un viejo mezquino.

Shelby notó una opresión en el pecho. No podía respirar. Mientras los hermanos seguían gritándose, ella empezó a perder visión por los bordes de los ojos. Sabía lo que iba a ocurrir. Conocía el sonido que hacían los puños en la carne. Sabía lo rápido que ocurría todo, y lo mucho que dolía. Sabía que no había escapatoria, que estaba atrapada.

El terror la dejó paralizada. Solo quería correr, pero no podía hacerlo. Miró a su alrededor, pero no consiguió concentrarse lo suficiente como para hacer un movimiento. El pánico y el miedo la atenazaron, y en su garganta fue formándose un grito.

Tenía que salir de allí. Tenía que hacer algo.

Se le escapó un gemido y empezó a verlo todo borroso. No podía desmayarse. ¡No podía! Quedaría en una posición demasiado vulnerable. Pero no había ninguna salida, y él iba a pegarla.

Capítulo 7

Aidan vio movimiento por el rabillo del ojo. Se giró y vio a Shelby a pocos metros de ellos. Se había quedado completamente pálida, tenía las pupilas dilatadas y la respiración acelerada. Aquello solo podía ser a causa del terror.

–Dame un vaso de agua –le dijo a Nick. Su hermano empezó a protestar, pero, al ver a Shelby, soltó un juramento.

–Vamos, dámelo –dijo Aidan, en el tono más suave que pudo.

Se acercó a ella muy despacio. No sabía qué podía decir ni hacer, pero sabía que ella lo necesitaba. Y que necesitaba no sentir aquel miedo.

–Shelby, cariño, no pasa nada. Nick y yo discutimos a veces, pero no significa nada. Es muy cabezón, pero es mi hermano y lo quiero. No vamos a pelearnos, te lo prometo. Nadie va a sufrir ningún daño. Te voy a proteger, de verdad. Shelby, ¿me oyes? Estoy aquí. Estás a salvo. Estás bien.

Le tocó ligeramente el brazo. Ella se estremeció. Aidan sintió un agudo dolor, no por el escalofrío de Shelby, sino por lo que ella había tenido que sufrir en la vida. ¿Cuántas veces la había pegado su padre? ¿Cuántas veces la había hecho sangrar?

—Shelby, por favor, respira más despacio. Inhala mientras cuentas hasta cinco, y exhala mientras cuentas hasta cinco. ¿Puedes hacerlo?

Ella asintió y respiró más despacio. Nick les llevó un vaso de agua.

—¿Está bien? —le preguntó a Aidan, susurrando.

—Sí, estoy bien —le dijo Shelby, con la voz temblorosa—. Estoy bien.

Aidan tomó el vaso.

—¿Puedes sujetar esto?

Ella asintió y tomó el vaso. Le temblaban los dedos, pero lo agarró y le dio un sorbo. El vaso empezó a resbalársele de la mano, y Nick lo agarró antes de que se cayera. El agua se derramó. A ella se le llenaron los ojos de lágrimas.

—Lo siento. Lo siento.

Aidan juró en silencio y la abrazó. Tal vez aquello fuera lo peor que podía hacer, pero no pudo evitarlo. La estrechó contra sí.

—Estoy aquí, Shelby. Estoy aquí.

Ella se quedó rígida un segundo, pero, después, se relajó y se abrazó a él mientras empezaba a llorar.

—Lo siento —dijo, de nuevo.

—No digas eso. No tienes nada que sentir. Nick y yo no deberíamos habernos puesto a gritar así.

—No, no sois vosotros. Yo sé que las familias se pelean, pero que la mayoría de la gente solo llega a los gritos. Eso lo sé. Lo que pasa es que no siempre puedo recordarlo.

Nick dejó el vaso en la barra.

—Tiene razón en reñirme —dijo, mirando a Aidan—. Por mi trabajo artístico, y mi padre, y todo lo demás. No puedo creer que todo el mundo sepa lo que hago en la montaña.

—Yo no lo sabía –le dijo Shelby–. ¿Qué haces ahí arriba?

—Sobre todo, trabajo con la madera. Hago tallas y manejo la sierra mecánica.

Shelby se enjugó las lágrimas y retrocedió.

—¿Estás loco? ¿Trabajas con una sierra mecánica a propósito?

Nick sonrió.

—Es guay. Un movimiento en falso, y puedo echar a perder toda una pieza.

—O cortarte un brazo.

Él se rio de nuevo.

—Eso no va a suceder nunca.

Aidan escuchó la conversación sin intervenir. Observó atentamente a Shelby y vio que recuperaba el color en las mejillas. Su respiración era más calmada, y parecía que se había relajado.

—¿Vendes tus obras? –le preguntó ella.

—Algunas. Fuera del estado, por medio de un par de galerías.

—Si eres tan bueno, ¿por qué trabajas en el bar?

A Nick se le borró la sonrisa.

—Esa es la gran pregunta –dijo y miró hacia la barra–. Tengo clientes. Nos vemos luego –dijo, y fue a atender a los recién llegados.

Shelby suspiró.

—Le he hecho una pregunta demasiado personal.

—No, lo has hecho muy bien. Mi hermano tiene que averiguar qué quiere hacer con su vida. ¿Cómo te encuentras?

Ella tomó aire y exhaló.

—Estoy bien. Lo siento mucho…

Aidan alzó una mano.

—No te disculpes. No has hecho nada malo.

—Me he aterrorizado.

—Has reaccionado así porque has percibido una amenaza.

—No era una amenaza de verdad.

—Bueno, para ti, sí. Shelby, tú has pasado por un infierno. No seas dura contigo misma.

A ella se le llenaron los ojos de lágrimas otra vez.

—Gracias —susurró—. Por ser tan bueno conmigo.

—No soy bueno. Si no hubiera discutido con Nick, esto no habría sucedido.

—Me alegro de que haya pasado esto. Necesitaba que pasara.

—¿A qué te refieres?

—Necesitaba pasar por esto. Y necesito pasar por ello más veces. Tengo que seguir viendo que la gente puede discutir sin hacerse daño físico. Tengo que aprender qué es normal y qué no.

Seguramente, Shelby tenía razón, pero él preferiría no ver nunca más aquel miedo en sus ojos.

Ella se le acercó, se puso de puntillas y posó los labios sobre los de él.

—Gracias —le dijo—. Gracias por todo.

Y se marchó. Lo cual, seguramente, era lo mejor, porque él solo quería otro beso, y otro. Quería sentir su boca por todas partes y quería hacer lo mismo, desnudarlos a los dos y…

No. Eso no iba a ocurrir. Eran dos amigos con una misión. Gracias al trato que habían hecho, él iba a convertirse en un hombre mejor. Un hombre desesperadamente excitado que no contemplaba un alivio próximo. Eso sí que era forjar con dureza un carácter.

Shelby creía que la discusión entre Aidan y su hermano iba a tenerla nerviosa durante varios días. Sin embargo, nunca se había sentido mejor. Estaba relajada y calmada, y se sentía muy capaz. Notaba una sensación de libertad que no podía explicar. Suponía que era debido al gran paso que había dado en su curación.

Aunque la discusión entre los dos hermanos le había provocado terror, lo que había sucedido después había sido maravilloso. Había habido ira, sí, pero no violencia. Y Aidan la había ayudado. En cuanto había visto que ella tenía miedo, había reaccionado de un modo afectuoso y tierno.

Había pensado mucho en lo ocurrido y se había dado cuenta de que lo más importante no era que él hubiera entendido que ella tenía miedo, sino que, aunque Aidan estaba muy enfadado, no se había encerrado en una oscuridad de la que no podía sacársele.

Su psicóloga le había hablado de ello. Le había dicho que la gente que no era su padre era capaz de enfadarse pero, también, de razonar. Que su trabajo era encontrar a hombres así, a hombres en los que se pudiera confiar por muy enfadados que estuvieran. Ella pensaba que no existían los hombres así, salvo su hermano, pero estaba muy equivocada. Por suerte.

Alisó el glaseado de la tarta que estaba haciendo para Aidan. Era una de sus favoritas; tenía tres tipos diferentes de relleno, uno de ellos con sabor al licor Kahlúa. Tenía el presentimiento de que a él también le iba a gustar. Eso esperaba, al menos.

—Qué preciosidad —dijo Amber, al entrar en la trastienda—. Es una tarta para un novio, se nota mucho.

Shelby se echó a reír.

—No, nada de novios, te lo prometo. Es para un amigo.

—Sí, bueno. Yo no me creo mucho eso de que un hombre pueda ser tu amigo. Hace veintiún años, vi a Tom y pensé que tenía que conseguir un poco de eso —dijo con una sonrisa–. Y sigo pensando lo mismo. Ese hombre me conmueve –añadió, y señaló la tarta con un asentimiento–. Esa tarta es para conseguir un poco de eso, Shelby. Puedes decir lo que quieras, pero el mensaje está en el glaseado.

Shelby sonrió a su socia. Ya le había explicado en qué consistía su experimento con Aidan. Algunas personas lo entendían, pero otras, no. Sin embargo, ella sabía que estaban creando algo estupendo entre los dos, y que no tenía nada de romántico.

Aunque ella sí sentía la atracción. Aidan era grande, fuerte y guapo. Además, era alguien en quien podía confiar. Tierno, listo, divertido y, sí, bueno, también era sexy. Algunas veces, pensaba en cómo serían las cosas si ellos dos fueran algo más que amigos. Estaba segura de que Aidan besaba muy bien, aunque solo fuera porque tenía muchísima experiencia…

Ese pensamiento hizo que sonriera, y Amber enarcó las cejas.

–¿Lo ves? Hay algo.

–Puedo mirar sin tocar.

–¿Y qué tiene eso de divertido? –preguntó Amber. De repente, arrugó la nariz y se puso una mano sobre el estómago–. Tengo cita con la doctora Galloway.

–¿Todavía no te encuentras bien?

–No –dijo su socia, y suspiró–. Seguramente es una menopausia anticipada. Una idea espantosa.

–Eres demasiado joven para eso.

–Yo también lo creo, pero díselo a mis partes femeninas –respondió Amber, y sonrió–. Seguro que no es nada.

–Pero ¿me vas a decir lo que es? –le preguntó Shelby.

–Por supuesto.

Shelby quería creerla, pero no estaba segura. Amber y ella trabajaban muy bien juntas, pero su relación todavía era muy nueva, y forjar una confianza sólida era algo que requería tiempo. Si Amber estaba enferma, ella haría lo que estuviera en su mano por ayudar. Estaba dispuesta a mantener el negocio funcionando el tiempo que fuera necesario. Eso era algo que iba a decir si era necesario, cuando llegara el momento.

—¿Estás seguro? —le preguntó Shelby.

Aidan miró hacia el edificio de una sola planta y a los coches que había en el aparcamiento. Claro que tenía dudas, pero, de todos modos, quería continuar.

—Es el siguiente paso que tengo que dar. Es lo más lógico —dijo, con convencimiento.

—Podrías empezar con una planta.

Él la miró fijamente.

—Qué graciosa. Yo puedo mantener a un perro con vida. Voy a ser un gran dueño de perro.

—Creo que la expresión que estás buscando es «padre de perro» —dijo ella, sonriendo—. Si te causa problemas, yo estoy cerca.

—¿Porque tú sabes mucho de perros?

—Bueno, leo cosas en internet.

—Ah, bien. En ese caso, no hay de qué preocuparse.

Estaban sentados en la furgoneta de Aidan. Estaban a principios de febrero y hacía tanto frío como en enero, así que había bastante nieve. Shelby llevaba un jersey muy grueso y un buen abrigo, y un gorro de color morado, calado hasta las cejas. Pese a todo, estaba muy sexy.

Aidan soportó la avalancha de deseo que lo inundó, algo que ya se estaba convirtiendo en algo muy familiar para él. Cuando llegara junio, podría desahogarse. Había tomado la mejor decisión, no solo por hacerse amigo de Shelby, sino, también, por dejar las relaciones pasajeras.

Aunque aquella era la temporada más larga que había pasado sin mantener relaciones sexuales, estaba contento por la forma en que estaban yendo las cosas. Sabía que él estaba cambiando, y le gustaba salir por ahí con Shelby. Disfrutaba en su compañía. Aceptaba el hecho de que nunca fueran amantes. Eso no significaba que no pensara en muchas maneras de satisfacerlos a los dos cada vez que estaban juntos, pero se imaginó que el dolor y la frustración le servirían para forjar su carácter.

Lo verdaderamente extraño era que ya no sentía la tentación de flirtear con ninguna de las turistas que visitaban el pueblo. Desde que estaba con Shelby, muchas mujeres muy atractivas habían pasado por su oficina para contratar excursiones. Él había llevado a un grupo de mujeres a pasar el fin de semana esquiando, y ninguna de ellas le había atraído lo más mínimo. Un par de ellas habían coqueteado con él, pero él se había sentido inmune.

Era posible cambiar, pensó con satisfacción.

Y adoptar un perro era el siguiente paso para él.

—¿Estás preparado? —le preguntó Shelby.

Él asintió.

—La señora con la que hablé me dijo que no me empeñara en encontrar un perro durante mi primera visita. Dijo que es mejor esperar y hacerlo bien que apresurarme.

—Entonces, ¿solo hemos venido a mirar?

—Más o menos. Cuando vea a mi perro, lo sabré.

Ella sonrió.

—Ya. Como dos almas que se tocan.

—Muy graciosa. Yo estaba pensando en que iba a ser como una alteración en la Fuerza.

Shelby se echó a reír, y el sonido suave y dulce de su carcajada llenó la cabina de la furgoneta. Él tuvo ganas de besarla, pero se contuvo. Se guardó la llave de la furgoneta en el bolsillo y abrió la puerta.

—Vamos a buscar a mi alma gemela —dijo.

Entraron en el refugio. Una mujer menuda de mediana edad y pelo oscuro, llamada Carol, tomó los formularios que él había descargado de internet y había rellenado en casa. Empezó a abrirle una ficha y le explicó cuál era la política del refugio.

—Te daremos un periodo de prueba de dos semanas —le dijo—. Puedes llevarte a uno de nuestros animales a casa durante unos días y ver cómo va todo. Si resulta que no encajáis, puedes traerlo de vuelta y recuperar el dinero de la adopción.

Aidan estaba menos preocupado por el dinero que por encontrar al compañero adecuado.

Carol dejó los papeles sobre el mostrador.

—¿Sabes qué estás buscando?

—Un perro grande.

Carol no se sorprendió.

—Un perro grande necesita hacer mucho ejercicio. ¿Tienes jardín, y estás dispuesto a sacarlo a pasear por lo menos dos veces al día?

Aidan asintió.

—El jardín tiene una valla de tres metros de alto. Yo puedo pasear al perro, y me lo voy a llevar al trabajo conmigo. Tengo una empresa de *tours*.

Carol volvió a mirar los formularios.

—Mitchell Adventure Tours. Claro. Yo trabajé para tu madre cuando estaba en el instituto —dijo—. Entonces, necesitas a alguien a quien puedas llevarte a hacer senderismo y de acampada, ¿no?

—Sí. De unos dos años de edad, más o menos. No creo que pueda controlar a un cachorro.

—Preferiría un macho —añadió Shelby, con una sonrisa de picardía—. Ya sabes, alguien con quien pueda hacer cosas de hombres.

Aidan entrecerró los ojos.

—Creo que me resultaría más fácil un macho. Pero estoy dispuesto a llevarme a una hembra.

Shelby lo tomó del brazo.

—Estás mintiendo, pero es agradable por tu parte.

Carol se echó a reír.

—Vamos a conocer a algunos perros. Tenemos algunos grandes en este momento. Hay algunos más activos que otros. Tenemos a un mestizo de border collie que podría ser perfecto.

Cinco minutos después, Aidan y Shelby estaban en una habitación grande y bien iluminada, amueblada como un salón. Había un sofá, una alfombra y una caja de juguetes para perros. Carol entró con un perro blanco y negro atado con una correa.

—Os presento a Jasper –dijo ella–. Tiene dos años y es muy activo. Los border collies siempre necesitan hacer algo. Son perros de trabajo y, si no se les mantiene ocupados, pueden empezar a tener mal comportamiento.

Aidan se mantuvo sentado, como le había indicado Carol, y permitió que ella le acercara al perro. Jasper le olisqueó la mano y se volvió hacia Shelby.

—Es precioso –dijo ella–. ¿Puedo acariciarlo?

—Claro.

Shelby le acarició suavemente el costado.

—Hola, chicarrón. ¿Cómo estás?

Jasper movió la cola. Después, se acercó a la caja de los juguetes y eligió un hueso. Lo llevó a la alfombra, se tumbó y empezó a morderlo.

Aidan se levantó y se acercó a él. Jasper puso ambas patas sobre el hueso de plástico, miró a Aidan a los ojos y le gruñó. El mensaje de «no te acerques más» quedó bien claro.

Carol recogió la correa y alejó a Jasper del hueso.

Volvieron a acercarse a Aidan. Jasper lo miró con suma atención, con una actitud ligeramente amenazante. Aidan no sabía mucho sobre perros, pero estaba bastante seguro de que a aquel no le caía bien.

—No, este no puede ser —dijo Shelby—. No hay ninguna química entre ellos.

—Estoy de acuerdo —dijo Carol, y se encaminó hacia la puerta—. Voy a traeros a otro.

Después de conocer a un cruce de labrador, a un pit bull y a un gran danés, Aidan estaba empezando a pensar que no estaba hecho para tener perro. El pit bull era hiperactivo, el labrador casi no se movía y el gran danés todavía era un cachorro y estaba más interesado en perseguirse la cola que en prestarle atención.

—No creía que iba a ser tan difícil —dijo Shelby, cuando Carol se llevó al gran danés—. Hay más factores de los que yo pensaba. Tienes que llevarte al perro adecuado, porque vas a tenerlo durante muchos años.

—Supongo que volveré dentro de unas semanas —dijo Aidan, mientras se ponía de pie—. Carol me ha dicho que llegan perros nuevos todo el tiempo.

La puerta se abrió, y la voluntaria entró con un perrito blanco.

—Sí, ya lo sé —dijo, encogiéndose de hombros—. No se parece en nada a lo que has descrito. Pero no he podido evitar pensar que este es tu perro. Se llama Charlie.

—¡Es adorable! —exclamó Shelby, y se puso de rodillas—. Hola, Charlie.

El perrito, que tenía el cuerpo fuerte, las patas cortas y el pelaje blanco y ondulado, se acercó a ella. Le olfateó los dedos, se los lamió y fue a conocer a Aidan.

—Es muy pequeño —dijo él—. No quiero un cachorro.

—Charlie tiene casi cinco años —le dijo Carol—. Es adulto. Es un bichón frisé. Son amigables y alegres. Son perros para el entretenimiento. Muchos de ellos trabajaron en circos.

Shelby se rio y Aidan se estremeció.

—No quiero ese tipo de mascota.

Carol se sacó un premio de perros del bolsillo y se lo entregó a Aidan.

—Dale esto. Pídele que se siente primero.

Aidan tomó el pedazo de carne seca y se lo mostró a Charlie. El perrito se sentó inmediatamente.

—Buen chico —dijo Aidan—. ¿Sabe hacer otras cosas?

Charlie alzó ambas patas y los saludó. Al ver que Aidan no le daba el premio, las movió más deprisa, como si le estuviera preguntando qué más quería de él.

Aidan sonrió y le entregó la comida. Charlie la tomó con educación y se la tragó. Después, se subió de un salto al sofá y se sentó junto a Aidan.

Hombre y perro se miraron. Aidan le permitió que le olisqueara los dedos y, después, lo acarició. Charlie tenía un pelaje suave y un cuerpo sólido. Tenía los ojos de un marrón muy oscuro, casi negro, y una sonrisa de felicidad.

Shelby lo abrazó y se llevó un lengüetazo de amor.

—Es muy cariñoso. Eso es muy bueno para llevarlo a la oficina. Un perro como Jasper podría asustar a los clientes, pero Charlie les dejaría encantados.

Aidan tuvo que admitir que el perrito era precioso y muy agradable, pero... era tan pequeño... casi como de chica.

—No sé —dijo—. Estaba pensando en algo más...

—¿Más macho? —preguntó Shelby, enarcando las cejas—. Vaya, qué tiarrón —dijo, y se volvió hacia Carol—. ¿Podemos llevarlo a dar un paseo?

—Claro. Voy por su abrigo.

Aidan contuvo un gruñido.

—¿Lleva abrigo?

—Es pequeño y bajito. La nieve lo taparía. Además, fuera hay quince bajo cero. Claro que necesita abrigo.

Carol volvió con un trajecito azul con velcro. Les mostró cómo ponérselo a Charlie. El perro se mantuvo inmóvil, salvo por cómo movía la cola. Cuando estuvo vestido, saltó al suelo y los llevó hacia la puerta.

Una vez fuera, Charlie se hizo cargo del paseo y empezó a recorrer lo que debía de ser un camino muy familiar para él. Olisqueó mucho, hizo pis un par de veces y siguió caminando decididamente.

—No podría llevármelo a esquiar —dijo Aidan.

—No podrías llevarte a esquiar a ningún perro —respondió Shelby.

—Bueno, pero ¿y a caminar con raquetas? Desaparecería en el primer remolino de nieve.

—Ponlo en un trineo y tira de él.

Aidan frunció el ceño.

—Creía que eran los perros los que tiraban de las personas, y no al revés.

—Hay que mirar el lado positivo de las cosas, en este caso, el lado positivo de un perro pequeño. Sería muy divertido llevarlo de acampada. No ocuparía demasiado espacio. Podría dormir dentro de tu saco, o cerca de él, cuando sea verano. Además, la limpieza sería más fácil. Perro pequeño, caca pequeña.

—Eso sí es un punto a favor.

Charlie les ladró a unos pájaros. Siguieron caminando unos minutos y, entonces, Aidan lo llamó. Charlie se detuvo inmediatamente y volvió con ellos. Aidan lo tomó en brazos. El perrito tenía las patas mojadas y casi congeladas, y estaba temblando.

—Eh, ¿por qué no has dicho nada? —le preguntó—. Estás helado.

Aidan se bajó la cremallera del abrigo y metió dentro a Charlie, contra su pecho. Shelby le ayudó a subirse la cremallera y envolver al perro. Aidan le sujetó el trasero con una mano. Charlie siguió estremeciéndose un par de minutos. Después, se acurrucó y cerró los ojos.

–Habría seguido caminando –admitió Aidan–. No sé si es valiente o es que está loco.

–Puede que solo quiera tener aventuras.

–Carol dice que viene de una estirpe que trabajaba para los circos.

–Nadie tiene por qué saber eso.

–Ahora me estás tomando el pelo.

–No solo ahora –bromeó ella. Entonces, se puso seria–. ¿Qué te parece?

Aidan no estaba seguro. Charlie no era lo que había estado buscando. Pensaba que terminaría con un labrador, o con un pastor alemán.

–Es un poco ridículo –dijo–, pero creo que me gusta.

Volvieron al refugio. Después de que Aidan le quitara el abrigo a Charlie, el perro se tiró al suelo y se puso boca arriba, frotándose la espalda como si le picara algo. La pura alegría de aquel momento, con las cuatro patas moviéndose al aire y su pequeño cuerpecito retorciéndose de placer, fue lo que terminó de convencer a Aidan.

Carol les dijo que podían tomarse todo el tiempo que quisieran con Charlie. Aidan lo llevó al salón, y Charlie correteó, olisqueó los juguetes y bebió agua. Cuando Aidan y Shelby volvieron al sofá, Charlie subió de un salto, junto a ellos, y se acomodó sobre el respaldo. Miró a Aidan como si supiera lo que estaba decidiendo.

–Demonios –murmuró Aidan, y le acarició la carita a Charlie. El perro le lamió la mano. Después, posó la cabecita sobre las patas y cerró los ojos.

Era un perrito muy bueno. Era cariñoso, alegre y de buen carácter.

—Bueno, supongo que no importaría pasar un periodo de prueba.

Shelby sonrió.

—Qué bobo. No hay periodo de prueba. Si te lo llevas a casa, no vas a traerlo jamás.

Aidan miró al perrito y tuvo la sensación de que ella tenía razón.

La primera parada que hizo Aidan después de dejar a Shelby en casa fue en la tienda para mascotas que había en un extremo del pueblo. En el refugio le habían dado comida, una pelota para jugar y un collar y una correa nuevos, pero no era suficiente. Las mascotas necesitaban comederos y bebederos, y una cama. Y algo más que un par de latas de comida húmeda y un saco de un kilo de pienso.

—Vas a tener que ayudarme —le dijo al perro, cuando abría la puerta del pasajero. Tomó la correa y se la puso a Charlie, y lo bajó al suelo—. No sé lo que te gusta. Te agradecería que me dieras pistas.

Charlie se quedó mirándolo con sus enormes ojos marrones, pensativamente, como si estuviera procesando su petición. Aidan esperó, pero no hubo respuesta. No esperaba que el perro hablara, obviamente, pero le habría gustado notar alguna señal.

—Bueno, ¿estás preparado? —le preguntó, y le señaló la tienda.

Charlie empezó a caminar en aquella dirección, con la cola muy estirada.

Aidan agarró un carro grande. Al principio, se preocupó por si asustaba al perro, pero Charlie se lo tomó con calma. Olisqueó el suelo y lo miró todo con entusiasmo, como si estuviera feliz de poder explorar aquel nuevo mundo.

Aidan compró varias latas de lo que le habían estado dando en el refugio y otra bolsa de pienso. Pensó que investigaría en internet para dar con la mejor comida para aquella raza de perro y haría una transición poco a poco. Compró cuatro clases diferentes de premios, uno de los cuales era para mantener limpios los dientes de Charlie y las encías sanas. Compró media docena de cuencos y, después, se dirigió hacia la zona de juguetes.

Charlie mostró interés en los juguetes que emitían sonidos y en una cuerda gruesa para tirar. Aidan eligió un par de huesos para que mordiera.

Y, después, a las camas. Charlie probó todas las que él puso en el suelo. Parecía que le gustaban todas, así que Aidan eligió una cama de espuma mullida de color marrón.

En último lugar, fueron al pasillo de los collares. Compró un collar nuevo y un arnés, y las correas correspondientes.

Por último, fue al pasillo del objeto más temido: el abrigo.

Había de varios estilos, además de jerséis y, Dios Santo, zapatos para perros.

—No vamos a hacer eso —le dijo a Charlie.

El perro movió la cola.

Aidan recordó que Charlie había caminado por la nieve y el hielo sin quejarse. Las patitas se le habían helado, y había empezado a temblar. Entonces, miró de nuevo las botas caninas.

En lo más profundo de su alma surgió una protesta. Ya era suficientemente malo tener un perrito blanco y pequeño, pero... ¿ponerle botas?

–Está sucediendo ahora –le dijo Aidan a Charlie–. Tú eres testigo. Me estoy convirtiendo en una mujer.

Rindiéndose a lo inevitable, tomó las botas y las echó al carro.

Capítulo 8

La primera reunión de solteros a instancias de la alcaldesa tuvo lugar el sábado antes del día de San Valentín, en la pista de patinaje al aire libre de Pyrite Park. Shelby había quedado allí con Aidan un cuarto de hora antes del evento.

Habían dado la noticia en el foro de internet del pueblo, y Bailey, la secretaria de la alcaldesa, había enviado un correo electrónico a todos los que se habían suscrito para recibir noticias sobre las actividades. Aun así, Shelby no sabía qué esperar. Podía haber dos participantes, o doscientos.

Cuando llegó a la pista de patinaje, Aidan ya estaba allí, sentado en un banco, junto a la caseta de alquiler de patines. Charlie estaba con él, vestido con una elegante chaqueta de cuadros escoceses blancos y negros y... Shelby tuvo que pestañear para asegurarse de que lo estaba viendo bien, pero Charlie también llevaba unas botas negras a juego.

–No digas nada –le pidió Aidan, mientras se ponía de pie–. No lo digas. Sé lo que estás pensando, y no es culpa mía.

–Va muy a la moda.

—Claro, ríete del tipo que está intentando ser un buen padre de su perro. Se enfría. No quiero que esté incómodo —dijo Aidan. Se agachó y acarició a Charlie—. Es un buen chico y tiene mucha personalidad.

—Podríais llevar las chaquetas a juego.

—Ja, ja.

Ella sonrió y se agachó.

—Hola, Charlie. ¿Cómo estás, precioso? —le preguntó. Mientras hablaba, dejó que el bichón le olfateara los dedos. Él movió la cola y le dio un beso rápido.

Ella lo tomó en brazos.

—Entonces, ¿os estáis conociendo?

—Sí. Le gusta conducir.

—¿Disculpa?

Aidan se echó a reír.

—Va en la furgoneta conmigo, y el otro día se subió a mi regazo. Yo creía que quería acurrucarse, pero, no, quería conducir. Le dije que tenía que esperar a ser más mayor.

—Seguro que te entendió.

Aidan acarició la cara del perro.

—He comprado un libro sobre esta raza.

—¿Y hay información útil?

—Claro. Los bichones están felices en pisos con personas mayores. Tengo un perro de anciana de Park Avenue.

Ella sonrió.

—Todavía estás en el periodo de prueba. ¿Quieres devolverlo?

Aidan frunció el ceño.

—Pues no, claro que no. Es mi perro.

Ella ya sabía cuál iba a ser la respuesta, pero al oírlo, se le derritió el corazón. Pobre Aidan. Él, que había pensado tener un gran perro macho, y había terminado con Charlie. Se había dejado guiar por el corazón, y estaba enamorado.

Ella le entregó a su perro. Por un segundo, sus manos se entrelazaron. Ella hizo caso omiso del cosquilleo que sintió y se puso de puntillas para decirle algo al oído:

—Mírate: te has comprometido. Primero, un perro. Antes de que te des cuenta, tendrás novia.

—Paso a paso —le dijo él.

Ella estaba a punto de apartarse, pero sus miradas se cruzaron, y se dio cuenta de que no podía moverse. O de que no quería hacerlo. Le gustaba mirar a Aidan. ¿A quién no iba a gustarle? Era muy atractivo. Sin embargo, había algo más. Se trataba de una conexión. O de algo así.

Pero, no. Aquello solo se debía a la emoción que sentía por la adopción del perro. Ellos dos solo eran amigos. De vez en cuando, sin poder evitarlo, se preguntaba cómo sería convertirse en una de sus conquistas de fin de semana. Sin embargo, los rollos de fin de semana no eran lo suyo. Ella quería más.

Se recordó que Aidan la estaba ayudando, y que pagárselo fantaseando con acostarse con él no era muy agradable por su parte.

—¿Cuál es el plan?

La pregunta la hizo alguien a sus espaldas. Shelby se giró y vio a Eddie y a Gladys.

—Nos hemos enterado de que van a venir muchos chicos solteros —dijo Eddie—. Eso nos gusta. Tal vez alguno quiera acostarse con nosotras.

Gladys sonrió.

—Pero no al mismo tiempo. No nos gusta la idea de hacer un trío.

Aquella conversación era algo inesperado, sobre todo, teniendo en cuenta que las dos mujeres tenían ochenta años. Aidan dio un paso atrás.

—No es un grupo de solteros —dijo, pero se interrumpió

a sí mismo–. Quiero decir que no es para que la gente soltera se empareje.

Eddie y Gladys se miraron.

–¿De qué estás hablando? Entonces, ¿qué van a hacer?

–Ser amigos –dijo Shelby–. La alcaldesa Marsha pensó que sería bueno que hombres y mujeres tuvieran la oportunidad de hacerse amigos sin la presión de tener que salir juntos. Como estamos haciendo Aidan y yo. Salimos y disfrutamos de nuestra compañía, pero como amigos. Nada más.

–Eso es una bobada –dijo Eddie, poniéndose las manos en las caderas–. ¿Me estás diciendo que esto es platónico? ¿Que nadie consigue nada?

–Bueno, yo no lo diría exactamente así –respondió Shelby.

–¿Sí o no? –preguntó Gladys–. ¿Con sexo o sin sexo?

–Sin sexo –dijo Shelby.

–Absurdo –gruñó Eddie–. Nunca entenderé a los jóvenes de hoy en día.

–Vámonos –dijo Gladys–. A lo mejor hay alguien guapo haciendo ejercicio en el gimnasio.

Las dos señoras se alejaron. Aidan se quedó mirándolas y, después, se fijó en la gente que se estaba reuniendo junto a la caseta. Había unas quince personas.

–¿Crees que ellos se van a tomar mejor la noticia? –le preguntó a Shelby.

–No estoy segura –dijo ella, que se había quedado desconcertada–. ¿Por qué se comporta la gente como si estuviéramos haciendo algo antinatural? Esto es bueno.

–Vamos a ver si convencemos a nuestros nuevos amigos.

Shelby y Aidan se acercaron al grupo. Ella se quedó con Charlie mientras él hacía las presentaciones y explicaba la visión de aquel evento que tenía la alcaldesa Marsha. Shelby dejó a Charlie en el suelo y dejó que saludara a todo el mundo. Fue muy bueno y dulce, y todas las mujeres se pusieron a acariciarlo.

–No lo entiendo –dijo uno de los chicos. Tenía unos veintitantos años, era rubio y llevaba gafas–. Yo creía que esto era para conocer chicas.

–Sí, pero como amigas –le dijo Shelby.

–Yo no quiero tener más amigas. ¿Qué sentido tiene eso?

Shelby miró a Aidan, que se encogió de hombros.

–Es agradable, y no hay presión. Aidan y yo somos amigos y hemos aprendido mucho el uno del otro.

Una chica alta y pelirroja, de unos treinta años, frunció el ceño.

–Yo opino lo mismo que él. Pensaba que podía conocer chicos solteros. Trabajo mucho y me cuesta salir. Ya tengo muchos amigos. Estoy buscando algo un poco más interesante.

Shelby vio que uno de los chicos se acercaba a ella. Miró a Aidan.

–Ayuda.

–Por favor, intentadlo –les dijo a todos.

El chico de las gafas lo miró con incredulidad.

–¿Tú eres sincero con nosotros, tío? He visto cómo la mirabas. No era como amigo.

Shelby pestañeó.

–¿De qué estás hablando? Somos amigos de verdad. Solo amigos.

Aidan asintió.

–Ella tiene razón.

–Sí, ya. Lo que tú digas. No soy yo el que va a juzgar a nadie.

Aidan tomó aire.

—Vamos a intentarlo, ¿de acuerdo? Tomad vuestros patines y salgamos al hielo. Intentad hablar con todos los que podáis. Como amigos.

Hubo algunas protestas, pero el grupo empezó a prepararse para patinar. Unos cuantos habían llevado sus propios patines, y el resto se puso a hacer cola para alquilarlos.

Shelby suspiró.

—No sé si esto va a funcionar. Pero estamos haciendo el esfuerzo, así que luego podemos darle un informe a la alcaldesa Marsha con la conciencia tranquila —dijo. Entonces, miró a Aidan—. ¿Qué quería decir el chico con eso de que me mirabas?

Aidan se inclinó para comprobar que el abrigo de Charlie estaba bien abrochado.

—No lo sé. No creo que vaya a volver a nuestro segundo evento.

—No creo que vuelva ninguno de ellos.

Aidan se irguió.

—¿Te apetece patinar?

—Sí, claro. ¿Qué vas a hacer con Charlie?

—Lo va a cuidar Maggie, la encargada de la caseta de alquiler —respondió Aidan, con una sonrisa—. A Charlie se le dan muy bien las damas. En el trabajo tiene a Fay bien enseñada; a las diez y a las dos, se levanta y va a buscar su premio. Se sienta y mueve las patitas hacia ella. Si es demasiado lenta, él mueve las patas más deprisa y ladra, y ella tiene que ir a buscar el premio.

—Sabía que eras muy listo —le dijo Shelby a Charlie.

Aidan llevó a Charlie a la caseta. Shelby se quedó mirándolos. Tal vez Charlie no fuera el perro en el que había pensado Aidan, pero estaban muy bien juntos, y ver a Aidan cuidar de aquel perrito era muy dulce. Y sexy, también. Aquel lado tierno de él era inesperado.

Por un segundo, Shelby se imaginó lo tierno que sería con ella. Tierno, pero fuerte. Haría que ella se sintiera segura y cuidada. Rápidamente, se quitó aquello de la cabeza. Eran amigos, y solo amigos, pese a lo que pensaran... o dijeran los demás.

–Quería que supieras que estoy bien –dijo Amber.
Shelby alzó la vista del género que estaba organizando. Había seguido el consejo de Taryn y había puesto un anuncio en el instituto. Había turnos de dos horas en la pastelería para decorar galletas. Sus pedidos para el día de San Valentín se habían triplicado con respecto a los del año anterior. Parecía que todo el pueblo, además de varias docenas de clientes de fuera del estado, querían galletas con cobertura de azúcar para las fiestas. Shelby y sus empleados no podían cubrir toda la demanda a tiempo, así que iban a contratar refuerzos.

A las tres y media llegarían ocho niñas de quince años. Eso significaba que tenía que dotar ocho puestos de azúcar, coberturas, galletas, delantales, redecillas para el pelo y guantes.

Miró a su socia y trató de entender lo que le estaba diciendo. Antes de que lo consiguiera, Amber se echó a reír.

–Lo siento. Supongo que he pensado que todo gira en torno a mí. Fui a ver a la doctora Galloway la semana pasada. ¿Te acuerdas de que últimamente no me encontraba bien? Quería que supieras que estoy bien.

–¡Es cierto! –exclamó Shelby con una sonrisa–. Claro que sí. Lo siento. Tenía que haberme acordado.

–Estás ocupada.

–De todos modos, eso no es excusa. Entonces, ¿va todo bien? Me alegro muchísimo. ¿Te ha dado vitaminas, o algo así?

Amber miró hacia la mesa.

—Um, sí. Me ha dado vitaminas y otras cosas. No estoy enferma.

El tono de voz de su amiga era extraño, pero Shelby no sabía exactamente por qué. Sin embargo, si todo iba bien, ella tenía que volver al trabajo.

—Me alegro. Sé que no estabas tranquila.

—No, no lo estaba, pero ahora ya sí. Estoy... eh... bien —dijo Amber, y señaló los puestos donde iban a decorarse las galletas—. Tengo mucha curiosidad por saber cómo va a ir esto.

—Yo, también. O tenemos un apoyo perfecto al que acudir en las ocasiones especiales, o es un desastre total.

—¿No hay término medio?

—Creo que no.

—Pues buena suerte con todo.

—Gracias.

Shelby terminó de preparar los puestos y volvió a la tienda. Justo en aquel momento, entró Madeline.

—Hola —dijo su amiga con una sonrisa—. ¿Cómo va todo? Hace mucho que no nos vemos.

—He estado muy ocupada, y tú también.

Madeline se echó a reír.

—Dímelo a mí. Hay muchas jóvenes que esperan que les pidan matrimonio en San Valentín, así que han venido a probarse vestidos. Eso significa mucho mirar y poco comprar. No dejo de decirme que volverán. Mientras tanto, nuestros muestrarios se están llevando un buen sobo.

—Hablando de muestrarios —dijo Shelby, mientras le mostraba una fuente con algunas galletas—. Vamos a hacer algunas galletas especiales para San Valentín. Si quieres alguna para tu novio, tienes que encargarlas pronto.

Madeline tomó una y se la metió a la boca.

—Ya lo he hecho. Son tan ricas... —dijo, y tomó una segunda galleta–. Jonny ha estado yendo y viniendo de Los Ángeles aquí las dos últimas semanas. Está preparando su próxima película. Cuando tenga su horario, estaba pensando en dar una cena para unas cuantas personas. Ya sabes, parejas. ¿Puedo invitaros a Aidan y a ti?

–Nosotros no somos una pareja.

–No dejas de decir eso, pero nadie te cree –replicó Madeline–. Vamos, di que sí. Será divertido.

«Pero nosotros no somos una pareja», pensó Shelby. Sin embargo, no lo dijo en voz alta. Estaba empezando a asimilar que nadie entendía lo que estaban haciendo. No sabía por qué era tan difícil de entender, pero lo era. Así que, probablemente, debería aceptarlo.

–Voy a preguntarle a Aidan y te llamo. Seguro que dirá que sí.

–Estupendo –dijo Madeline–. ¿Quieres venir a la tienda a probarte algún vestido?

–No. No es eso.

–Sigue diciéndote eso a ti misma y, tal vez, algún día será cierto.

Y, con eso, su amiga se despidió agitando la mano y se marchó.

Shelby dejó la bandeja de galletas en el mostrador y suspiró. Aidan no iba a pedirle que se casara con él, ni en San Valentín, ni nunca. Sin embargo, el hecho de imaginárselo hacía que se sintiera rara. No de un modo malo… Más bien, era inquietud. Como si la posibilidad no fuera exactamente horrible.

Aidan miró a Shelby mientras ella se movía de un modo vacilante por la nieve. Estaban haciendo esquí de fondo, y era la primera vez para Shelby. Sus movimientos eran rígidos y le faltaba coordinación. Él tenía que admitir que, siempre que probaban un deporte nuevo, se quedaba asombrado de lo mal que lo hacía. Era cierto que lo intentaba con toda su alma, pero no tenía la capacidad atlética que él había imaginado. Después de todo, su hermano era un campeón olímpico. Claro que su propio padre era un artista internacionalmente famoso y él nunca había conseguido dibujar nada que no fueran figuras de palitos. La genética era algo extraño.

Ella siguió deslizando las piernas hacia delante y hacia atrás ayudándose con los bastones, tal y como él le había enseñado.

—Es un gran ejercicio —dijo ella, sin aliento—. Entiendo que me voy a poner en forma. Pero la parte de la diversión es más difícil de entender.

—Es más divertido a medida que lo haces mejor.

—¿Dónde he oído yo eso antes?

Pero Shelby no se rindió. Siguió moviéndose y, después de un rato, su paso mejoró mucho.

A pesar de que Aidan iba tirando de un pequeño trineo con unas correas que llevaba atadas a los hombros y al pecho, le resultaba fácil seguir su ritmo. A cada pocos minutos, se daba la vuelta para comprobar que Charlie estaba bien. El perrito iba en una caja sobre el trineo, sobre un colchón de abrigos viejos que Aidan había tomado de una caja de objetos perdidos que tenían en la oficina. Charlie llevaba puesto su abrigo y sus botas, y parecía que estaba muy feliz viendo pasar el mundo.

Shelby se movió un poco más deprisa.

—Bueno, creo que lo estoy consiguiendo.

Acababa de decirlo, cuando se le escapó un gritito y cayó de lado. Aidan la ayudó a ponerse en pie.

—Siempre tan grácil —dijo, bromeando, mientras le quitaba la nieve del costado.

Shelby se echó a reír.

—Sí, ya lo sé. Hazme un favor, dile a todo el mundo que lo he hecho de fábula. Así me sentiré mejor.

Se tambaleó mientras hablaba, como si estuviera a punto de caerse otra vez. Él la agarró. Ella puso las manos en su pecho.

Aquella postura era íntima y, a la vez, no lo era. Las capas de ropa de abrigo, por no mencionar las correas del trineo, los mantenían apartados físicamente. Sin embargo, había una parte de él que sentía que estaba en contacto con ella por todas partes. Que sentía su piel suave y que la besaba mientras…

Contuvo un gruñido y dio un paso atrás. No la estaba acariciando, eso solo era un deseo por su parte. Shelby era su amiga, y él quería que formara parte de su vida, y la amistad era la única manera de que eso ocurriera. Además, habían hecho un trato, y él siempre cumplía su palabra.

Seguramente, podría encontrar a alguien y aliviar su deseo, pero no le parecía bien. Sería una falta de respeto hacia Shelby, y sería un paso atrás para él. Era una persona adulta, así que podía reprimir algunos impulsos.

—¿Lista para seguir intentándolo? —le preguntó.

—Siempre —dijo ella. Irguió el cuerpo y comenzó a moverse hacia delante—. Avísame cuando llegue la diversión.

—Te lo prometo.

—¿De verdad la gente te paga para hacer esto todo el día? ¿Para hacer ejercicio en la nieve? Porque podrían apuntarse a un gimnasio.

—¿Y dónde está la emoción en eso? Ahora estamos al aire libre, en plena naturaleza.

—Frío.

—Para —le dijo él.

Ella obedeció.

Él le señaló los altísimos árboles que había alrededor. La blancura de la nieve contrastaba con el verdor de las acículas y el marrón de los troncos. El cielo estaba tan azul que casi hacía daño mirarlo.

—Esto no se ve en un gimnasio.

Ella asintió.

—Eso es cierto, lo reconozco. Pero tampoco te congelas en un gimnasio.

—Creía que las chicas erais las románticas —dijo él, y empezaron a moverse de nuevo.

—Eso es un mito para que los hombres se crean más fuertes. En el fondo, somos el género más despiadado.

Shelby habló alegremente, y él se echó a reír.

—Nadie te cree —le dijo ella.

—Merecía la pena intentarlo —dijo ella, y se detuvo para recuperar el aliento—. Mi amiga Madeline quiere invitarnos a cenar. Jonny y ella van a invitar a unas cuantas parejas —dijo. Entonces, alzó una mano enguantada. El bastón le colgaba de la muñeca—. Sé lo que estás pensando: que nosotros no somos una pareja. He intentado explicárselo un montón de veces, pero no me cree, así que, ¿quieres ir?

Ella llevaba gafas de sol, así que él no veía sus ojos azules, pero se imaginó que estaban llenos de esperanza y preocupación. Esperanza, porque quería divertirse con sus amigos. Preocupación, por si él no lo entendía.

Sin pensarlo, se inclinó hacia ella y la besó. En cuanto sus labios tocaron los de ella, se dio cuenta de que había cometido un error. Empezó a retroceder, pero se dio cuenta de lo mucho que le gustaba sentir la suavidad de sus labios, y el ligero frío de la temperatura del aire, bajo el que se adivinaba la calidez de su piel.

El deseo luchó contra el sentido común y, al final, ganó el sentido común. Aidan se irguió.

—Sí —dijo, firmemente, como si no hubiera pasado nada—. Vamos a la cena.

Shelby se quitó las gafas. Tenía los ojos abiertos como platos.

—Acabas de besarme.

Él juró en silencio.

—Te has dado cuenta.

—Era difícil no hacerlo.

—Ha sido un accidente.

—¿Te has resbalado?

—No estaba pensando —dijo él. Miró a Charlie para cerciorarse de que el perro estaba bien y volvió a concentrarse en ella—. No tiene por qué significar nada. Ha sido un acto reflejo, como un estornudo.

—¿Yo soy tan mona que tenías que besarme?

—Sí, algo parecido. Lo digo en serio, Shelby. Ha sido un error. Estamos haciendo algo muy bueno, y no quiero estropearlo. Todavía nos quedan varios meses para terminar el experimento. Olvídate del beso.

Ella se quedó pensativa.

—Está bien. No ha ocurrido —dijo.

—Gracias.

—De nada —dijo Shelby. Se puso nuevamente las gafas y se dispuso a avanzar—. Vamos. Cuanto antes terminemos en la naturaleza, antes podré ir a tomar algo caliente.

—Ese es el espíritu que hay que tener.

Antes de que él pudiera decir algo más, sonó el teléfono móvil de Shelby, y ella se lo sacó del bolsillo.

—Tengo que decirle a Kipling que los repetidores nuevos funcionan muy bien. Sé que los han puesto para que los grupos de búsqueda y rescate tengan buena cobertura aquí. Va a sentirse muy orgulloso —dijo, y miró la pantalla—. Hablando de mi hermano…

Apretó un botón y respondió la llamada.

—Eh, Kipling, justamente estamos...

De repente, se puso tensa.

—¿Ya? ¿De verdad? Muy bien, muy bien. Enseguida estamos allí —dijo, y miró alrededor—. Estamos haciendo esquí de fondo, pero seguro que Aidan conoce un camino para volver rápidamente. Nos vemos en el hospital. Sí, no te preocupes. Va a salir todo muy bien.

Aidan pensó en doce desastres diferentes, pero no preguntó nada. Esperó a que ella colgara, y Shelby le sonrió.

—Destiny se ha puesto de parto. Tengo que ir al hospital para estar allí cuando nazca el bebé y para llevarme a Starr a casa. Dime que conoces un atajo.

—Claro. Estamos a unos diez minutos del coche.

Ella gruñó.

—Vaya, entonces es que me has tenido esquiando en círculos.

—Por si te hacías daño.

—Una organización perfecta. Siempre tan precavido. Muy bien, señor Guía de Montaña. Llévame otra vez a la civilización.

Shelby tomó al bebé en brazos. La niñita era muy pequeña y estaba muy calentita, y tenía los ojos cerrados. Todo era mágico en ella: cómo movía las manos, parecidas a estrellas de mar, el mohín de su boca en forma de capullo de rosa... Si Dios quería enviarle un mensaje diciéndole que tenía que seguir con su vida, lo estaba dejando bien claro.

Ella quería aquello. Quería tener en brazos a su propio hijo. Quería que se le llenaran los ojos de lágrimas como le estaba sucediendo a Destiny. Quería que su marido la mirara como Kipling miraba a su mujer. Eran felices.

—La niña te queda muy bien —dijo Aidan con una sonrisa.

Ella se rio.

—No puedo creer que tú hayas dicho eso. ¿No te asusta todo esto?

—¿Por qué me iba a asustar? No es mi hija —respondió él—. Aunque tengo que admitir que es más tentador de lo que yo pensaba.

Shelby se inclinó hacia él.

—¿Quieres tenerla en brazos?

Aidan retrocedió tan rápidamente que estuvo a punto de tirar una silla. Alzó las dos manos como si se estuviera rindiendo.

—Ni hablar. Yo no soy ese tipo.

Shelby tuvo ganas de decirle que sí, que era exactamente aquel tipo, y que iba a ser muy buen padre. Sin embargo, sabía que esa idea le iba a producir terror. No quería sentirse atrapado. Pero, bueno, soñar no era delito.

Ella se giró hacia su cuñada.

—Es increíble. Tienes mucha suerte.

Destiny se enjugó las lágrimas.

—Sí, ya lo sé.

Sonrió a Starr, su hermanastra de quince años, y le preguntó:

—¿Vas a quedarte?

Starr asintió, aunque tenía cara de asombro total. Una cosa era saber que iba a haber un bebé nuevo en la casa y, otra muy diferente, ver a la niña una hora después de que hubiera nacido.

Shelby pensó que tenía que hablar con su sobrina aquella noche. Starr iba a quedarse a dormir en su casa las dos primeras noches después del nacimiento, para darles a los nuevos padres tiempo para instalarse. Shelby quería aprovechar el tiempo para asegurarse de que Starr se estaba adaptando bien a aquel cambio. Aunque la chica estaba emocionada por tener una sobrinita, una recién nacida iba a cambiar mucho las cosas.

Kipling sonrió a Starr.

—Debes de tener amigas que puedan darte consejos sobre lo que hay que hacer cuando hay un bebé en la casa.

Starr sonrió también.

—Sí. Dicen que hay que desaparecer cuando toca cambiarle los pañales.

Más tarde, cuando Kipling dejó a Shelby y a Starr en casa, Shelby llevó a la adolescente al cuarto de invitados.

—¿Estás bien? —le preguntó—. ¿De verdad?

Starr se sentó en la cama.

—Es raro. Yo sabía que Destiny iba a tener una niña, pero, cuando la ha tenido, ha sido tan…

—¿Inesperado? —le preguntó Shelby—. ¿Real?

—Sí.

Shelby se sentó a su lado y le dio un abrazo.

—Sabes que el bebé va a tener la atención de todo el mundo. No solo de Kipling y de tu hermana, sino de todo el pueblo.

Starr asintió.

—Sí, lo sé. Es muy pequeña y muy mona.

—Con esos enormes ojos. Nadie lo va a poder evitar. Solo tienes que recordar que eso no significa que a ti te quieran menos. Eres una parte muy importante de esa familia. Durante una temporada, va a parecer que todo es un lío, pero, después, mejorará.

Starr se apoyó en ella.

—Gracias por cuidarme.

—Eres mi sobrina favorita.

Starr se echó a reír.

—Deja de decir eso. Ahora tienes dos.

–Ah, sí, claro. No lo había pensado. Bueno, voy a tener que decirlo un poco más y, después, solo lo pensaré.

Le dio un beso a Starr en la frente, y le preguntó:

–¿Te apetece pizza para cenar?

–Sí, me encantaría.

–A mí también. Vamos a elegirlas.

Starr fue a la cocina, abrió un cajón y sacó el folleto de la pizzería.

–Yo, de *pepperoni* –dijo ella.

–Por supuesto. Sin el *pepperoni* no sería pizza. ¿Qué más?

Starr ladeó la cabeza.

–Estás saliendo con Aidan.

Aquel cambio de tema dejó a Shelby muy sorprendida.

–No, no estamos saliendo. Somos amigos.

–Pero… vosotros estáis juntos todo el tiempo, y tú no sales con ningún otro chico. Te gusta. ¿Eso no es estar saliendo?

–Es difícil de explicar, ya lo sé, pero solo somos amigos, de verdad.

–Pues la gente no dice eso.

Entonces, la gente estaba equivocada. Pero Shelby no dijo nada, porque sus respuestas estaban empezando a ser repetitivas. Se limitó a señalar el folleto.

–Extra de queso.

Starr sonrió.

–Muy bien.

Capítulo 9

El silbido de la bajada de un hacha, seguida por el golpe seco de la hoja hundiéndose en la madera, era satisfactorio. El crujido del leño al abrirse. Aidan se inclinó a recoger las astillas y las arrojó a la pila cada vez más grande que había en un lateral de la casa.

Hacía sol y la nieve se estaba derritiendo poco a poco a medida que subía la temperatura. Él ya había tenido que quitarse el abrigo y dejarlo en la barandilla. Dentro de media hora, estaría remangándose la camisa.

–Podrías ayudarme –le dijo a su hermano.

Nick estaba en el porche, sentado en una de las butacas, con Charlie en el regazo. No parecía que ninguno de los dos tuviera la intención de moverse.

Nick movió la botella de cerveza.

–Lo tienes controlado, hermano. Lo único que haría yo es estorbar.

–Te gusta verme trabajar.

–Reconozco que es muy gratificante –dijo Nick, mientras le acariciaba las orejas a Charlie–. ¿En qué estabas pensando con este perro?

–A ti te gusta Charlie.

–Sí, claro. Pero no es tu tipo.

—Mi tipo está cambiando. Además, es un buen perro.

Pese a su tamaño, Charlie estaba revelándose como un gran compañero. Tenía muy buen carácter, y solo las manías justas para resultar interesante. Cuando iba en la furgoneta con él, no solo quería estar en su regazo, sino que quería conducir. O, por lo menos, dar indicaciones. En casa, tenía un reloj interno que superaba a cualquiera que hubiera desarrollado la NASA. Si pasaba un solo minuto la hora de su cena, ya estaba empujando a Aidan hacia la cocina.

Le gustaba jugar a la pelota, o pasar la tarde en el sofá viendo partidos. También le gustaba ir a la oficina. Hacía sus cosas fuera, en el jardín, esperaba educadamente a que le dieran comida de la mesa y protegía la casa con unos fieros ladridos.

Nick siguió acariciándole las orejas.

—¿Cuántos troncos vas a partir hoy?

—No lo sé. ¿Cuántos necesitas tú?

—El invierno ya se está terminando, así que casi ninguno. Pero te aguantarán para el año que viene. Tú sigue desahogándote de tus problemas, sean los que sean.

Aidan tomó otro tronco.

—¿Qué te hace pensar que tengo problemas?

—Aquí estás, partiendo troncos. Eso es lo que hace un hombre cuando tiene que pensar. ¿Es por Shelby?

—¿Qué? No, no. ¿Por qué iba a tener que pensar acerca de ella?

—No te pongas así. Solo te lo preguntaba.

—Shelby y yo estamos perfectamente. Somos amigos, y eso me gusta.

—Y ella también te gusta.

Aidan abatió el hacha sobre un tronco y lo vio partirse en dos.

—Me cae bien. Si no me cayera bien, sería un mal amigo.

—No, no. Te gusta.

—No nos acostamos —dijo Aidan—. Si es eso lo que quieres insinuar. No podemos. Si nos acostamos, no podremos ser amigos.

—Interesante —dijo Nick—. Entonces, quieres decir que los amantes no pueden ser amigos.

—Estoy diciendo que el sexo lo complica todo. Lo que estamos haciendo Shelby y yo es diferente —respondió Aidan. No iba a traicionar la confianza de Shelby revelando por qué quería que aquel proyecto terminara, pero su hermano lo conocía lo suficientemente bien como para poder hablarle de sus propios problemas—. Es importante para mí. Yo quiero cambiar.

—¿Mediante la abstinencia sexual? Un plan interesante.

Aidan partió otro tronco y se giró hacia su hermano mientras se quitaba los guantes. Tomó la botella de agua.

—No entiendes lo más importante de todo. Para mí, el sexo es muy fácil. Quiero algo más. Algo que tenga valor.

—¿El amor?

No quería llegar a eso. El amor significaba quedar atrapado. Pero, sí, quería algo que se le pareciera.

—El amor de verdad —añadió Nick en voz baja—. No lo que tienen mamá y papá.

—Puede ser —dijo Aidan, dubitativamente.

—Hay buenas parejas, ¿sabes? Del y Maya, por ejemplo. Todos los chicos del pueblo. La mayoría de nuestros amigos están casados y les va bien.

—Sí, pero no veo que tú recorras el camino hacia el altar.

Nick se echó a reír.

—Creo que es la novia la que tiene que hacer eso, tío. Nosotros tenemos que esperarla allí.

—¿Y a quién estás esperando tú?

Nick le dio un sorbo a su cerveza.

—Esa pregunta no tiene respuesta.

Aidan se preguntó si Nick no lo sabía, o si no estaba interesado.

Su hermano señaló la pila de troncos.

—¿Te ayuda el ejercicio?

Él estaba cansado, y eso era bueno. Tal vez, aquella noche pudiera dormir en vez de dar vueltas por la cama.

—Ya te lo diré.

—¿Cuánto tiempo vas a tener que guardar castidad?

—Shelby y yo tenemos un trato de seis meses.

Nick dio un silbido.

—Vaya, eso es mucho tiempo. Sobre todo, para ti. Tú solo aguantabas quince minutos sin...

Aidan se puso los guantes otra vez.

—Pero qué gracioso eres.

—A ti te gustan mucho las mujeres.

—Y yo les gusto a ellas. Pero eso puede esperar. Necesito cambiar algunas cosas.

—¿Y Shelby no es una opción porque sois amigos?

—Sí, exacto. No quiero estropear las cosas. Ya sabes lo que quiero decir.

—Sí —respondió Nick, mirando a su hermano—. La mayoría de los matrimonios dicen que son amigos además de marido y mujer, y duermen juntos.

—Me alegro por ellos. Y, ahora, déjame en paz. Tengo que seguir partiendo leña.

Nick se echó a reír.

—Adelante. Charlie y yo estamos encantados de verte desahogar tu frustración. Cuando hayas terminado aquí, te diré que mi casa necesita una buena mano de pintura.

—Vete al cuerno.

Nick todavía se estaba riendo cuando Aidan partió el siguiente tronco.

La segunda reunión de amigos solteros transcurrió con tan poco éxito como la primera, con la emoción añadida de ver a un par de exnovios observándose cautelosamente el uno al otro, como lobos que defendían su territorio.

–¿Por qué han tenido que salir juntos? –preguntó Shelby, mientras observaba a dos personas que estaban besándose al final de la reunión del patinaje en el parque y que, en aquel momento, se fulminaban con la mirada desde extremos opuestos de la bolera–. Las reglas eran muy claras: solteros que se hacían amigos. Nada de besos, de acostarse juntos. Solo, ser amigos. ¿Por qué es tan difícil?

Aidan se acercó a recoger la bola que había elegido. La sujetó con la mano izquierda y se encaminó a su calle.

–Es la biología –dijo–. Los hombres y las mujeres están programados para procrear. Solo están haciendo lo posible para transmitir su ADN.

–Eso es la condición humana reducida a su mínima expresión –bromeó ella–. Tu profesor de Ciencias estaría orgulloso.

Él se echó a reír y lanzó la bola. Tiró todos los bolos.

–Enhorabuena, Aidan –dijo una mujer.

–¡Muy bien! –exclamó otra.

Las dos estaban sentadas con Charlie. El perrito estaba encantado en la bolera, aunque Shelby pensaba que estaban infringiendo varias ordenanzas municipales por tenerlo allí. Sin embargo, nadie se había quejado. De hecho, mucha gente se había acercado a acariciarlo.

Shelby se dijo que era estupendo que Charlie recibiera tantas atenciones. Era un perrito precioso y amable, así que tenía sentido que le gustara tanto a la gente. En cualquier otra situación, seguramente le habría tomado el pelo a Aidan diciéndole que su perro era un imán para las mujeres. Salvo que, en aquel momento, la situación no le parecía tan divertida.

Tal vez estuviera cansada. No podía haber otro motivo por el que le molestara que las mujeres se acercaran a acariciar a Charlie y a hablar con Aidan. Era agradable que su perro y él les cayeran tan bien a la gente. Y, aun sin el perro, él era guapo y sonreía con facilidad.

Aquel día, además, estaba especialmente bien. Los pantalones vaqueros le sentaban bien, y se le ajustaban al cuerpo cuando se agachaba para tirar la bola. Ni siquiera las horribles zapatillas de jugar a los bolos que se alquilaban en el local conseguían restarle atractivo. Ella se había dado cuenta de que no era la única que le prestaba atención cuando le tocaba tirar.

El letrero electrónico reflejó la puntuación del lanzamiento de Aidan. Su equipo iba ganando, pero eso no hacía que ella se sintiera mejor. Estaba rara. No, tal vez, inquieta. Algo marchaba mal, pero no sabía qué era.

Se acercó al banco en el que estaba Charlie. El perrito movió la cola al verla llegar. Cuando ella se sentó, él se colocó a su lado, apoyó la cabeza en su regazo y la miró a los ojos.

–Hola, cariño –murmuró ella, acariciándolo–. ¿Te lo estás pasando bien?

–Espero que sí, porque yo, no –dijo Amanda, una guapa pelirroja–. Rob y yo duramos dos semanas antes de romper. No era tan majo como parecía.

–Ah, a mí me cae muy bien –dijo una chica rubia, con una sonrisa.

–Espera a que se haya acostado contigo –le advirtió la rubia–. Cuando se haya apuntado el tanto, se acabó todo.

Allison, la rubia, se quedó un poco asombrada con aquella información. Miró al equipo de los chicos.

−¿De verdad?

Shelby suspiró.

−¿Sabéis que el propósito de este grupo es conocerse los unos a los otros sin que haya relaciones románticas?

−¿Y por qué íbamos a querer hacer eso? −inquirió Allison−. Yo ya tengo muchas amigas. Estoy buscando novio. ¿Tú no?

−No, en este momento, no −le dijo Shelby−. Estoy tomándome una temporada de descanso.

Allison se animó al oírlo.

−Entonces, ¿quieres decir que él está soltero?

Aidan se acercó y se sentó junto a Shelby.

−¿Soy yo el «él» de esa pregunta?

Shelby tuvo ganas de empujar a la rubia, lo cual no tenía sentido. En vez de eso, dijo con una alegría fingida:

−Sí, eres tú. Sigues atrayendo a las mujeres.

−No, no estoy soltero −dijo Aidan, con firmeza.

−¿No? −preguntaron Allison y Shelby al unísono.

Aidan enarcó las cejas.

−No. Estoy... No estoy soltero.

Allison fulminó a Shelby con la mirada.

−Entonces, estáis saliendo juntos.

−No.

−Tú eres el motivo por el que no quiere salir conmigo.

Aidan se apoyó en el respaldo del asiento.

−Ahí te ha pillado.

−No tiene gracia −dijo Allison, poniéndose en pie−. ¿A qué clase de juego estáis jugando vosotros dos?

−No es ningún juego −dijo Shelby, que se sentía feliz e incómoda al mismo tiempo−. Solo estamos... Bueno, es difícil de explicar.

−Obviamente −dijo Allison. Se dio la vuelta y se alejó.

—Vaya, no le caemos bien –dijo Aidan con ligereza–. La verdad es que mi hermano Nick tampoco lo entiende.

—¿Has hablado con tu hermano de lo que estamos haciendo?

—Le conté lo más general. No le dije por qué estamos haciendo el experimento.

Eso significaba que no le había contado nada acerca de su padre. Shelby no se sorprendió, pero, de todos modos, aquellas palabras le provocaron una sensación cálida y dulce en el pecho. Aidan era tan bueno, y tan...

Allison volvió con la pelirroja y Rob.

—Decidles lo que me habéis dicho a mí –exigió Allison–, porque creo que estáis jugando a un juego enfermizo.

Otros integrantes del grupo se acercaron. Charlie levantó la cabeza y puso las orejas en alto. Toda su postura cambió de la relajación a un estado vigilante. Aunque Shelby le agradecía que quisiera defender a su nueva manada, lamentó no poder explicarle que no era necesario.

Miró a Aidan, que le lanzó una sonrisa.

—Yo me encargo de esto –le dijo él, y se giró hacia el grupo.

—Shelby y yo solo somos amigos. Hemos pactado que vamos a salir como amigos durante seis meses para aprender cómo piensa y se comporta el otro. Nuestro objetivo es crecer como personas y aprender a apreciar al sexo opuesto, para poder tener relaciones mejores a la larga.

Todos los miraron con incredulidad.

—Sois solo amigos –repitió Allison, con escepticismo–. ¿Solo sois amigos, pero no salís con nadie más?

—Exacto –dijo Shelby–. Salir con otras personas sería una distracción. Así es mejor.

—¿Mejor que qué? –le preguntó Rob–. ¿Estáis juntos,

pero no os acostáis? ¿Y vais a estar seis meses así? Vaya, eso sí que es duro.

Amanda se giró hacia él.

—Lo sabía. Tú solo quieres salir con una mujer para acostarte con ella. Eres un idiota, ¿lo sabías?

—Eh, si tuvieras algo interesante que decir, yo querría escucharte.

Un par de tipos soltaron un gruñido. La pelirroja se quedó boquiabierta. Uno de los hombres tomó a Rob del brazo y lo llevó hacia la puerta.

—Deberías marcharte de aquí mientras puedas.

El drama era fascinante, pero no lo suficiente como para acaparar toda la atención de Shelby. Se puso a observar a Aidan. El Aidan que, según Rob, iba a pasar seis meses muy duros.

Su primer impulso fue ofrecerle la solución al problema. Con ella. Y se le pasaron por la mente imágenes que la hicieron temblar. Abrazar a Aidan, besarlo y hacer el amor con él. Sabía que no debía pensarlo, pero no podía evitarlo.

Entonces, se recordó a sí misma que él era su amigo, y que se merecía algo mejor de ella.

—¿Qué? —le preguntó Aidan—. ¿Estás pensando en algo?

—En ti. En el sexo.

Él entrecerró los ojos.

—No vamos a tener esta conversación.

—Pero tú...

—No. No quiero hablar de eso. Todo va bien. Esto está funcionando, Shelby. Los dos hemos cambiado. Tú estás confiando en mí y yo estoy llegando a conocerte como persona. Estamos consiguiendo lo que nos propusimos. No voy a echarlo todo por tierra.

—Pero tú tienes necesidades.

—Yo estoy perfectamente, y no vamos a hablar más de esto.

La miró con convicción hasta que ella asintió. Muy bien. No iban a hablar más de eso, pero ella sí iba a pensar en ello. Su amigo tenía un problema, y ella iba a tener que solucionarlo.

Aidan pasó una semana esperando a que Shelby insistiera en el tema, pero ella cumplió su palabra y no lo hizo. No hubo más conversaciones sobre sus necesidades, ni sobre nada que pudiera hacerle sentir incómodo. Él quería que las cosas fueran exactamente así, pero no podía evitar preguntarse cómo habría sugerido Shelby que solucionaran el problema. Él tenía un par de buenísimas ideas, que requerían que ambos estuvieran desnudos.

Por desgracia, el hecho de pensar en el problema solo servía para agravarlo. Así que tuvo que darse varias duchas frías y unas cuantas charlas a sí mismo, e ir de nuevo a casa de Nick a cortar madera. Si aquello seguía así mucho más tiempo, su hermano iba a tener leña preparada para seis inviernos.

Al viernes siguiente, Shelby apareció en su porche con una cesta.

—Vamos, pasa —le dijo él, y tomó la cesta de sus manos.

Shelby se la entregó. Sorprendentemente, pesaba bastante. Ella colgó su chaqueta en el perchero y se agachó para saludar a Charlie. Después, se irguió.

Habían quedado para cenar juntos y charlar; un evento de chicas. Después, iban a ver un partido de baloncesto. Un evento de chicos.

Hacía dos meses, él habría soltado un gruñido si le hubieran propuesto sentarse a charlar. ¿De qué servía?

Sin embargo, en aquel momento comprendía el atractivo de la idea. No iba a llamar a sus amigos y sugerírselo, pero, de vez en cuando, era bueno hablar de las cosas. No solo de los problemas, sino de lo que pasaba en la vida. Le gustaba conocer la opinión de Shelby en todo, desde las últimas fiestas del pueblo, hasta sobre quién estaba embarazada o quién salía con quién.

Shelby tomó en brazos a Charlie y le hizo unos mimos.

–¿Cómo está mi niño?

El perrito le lamió la barbilla y gimió de alegría.

Mientras se saludaban, Aidan sacó una olla de la cesta y cuatro vasos altos llenos de algo que parecía *parfait*. Porque cenar con Shelby siempre significaba que habría un postre magnífico.

–¿Qué has traído? –le preguntó.

Ella dejó a Charlie en el suelo y fue a la cocina.

–El estofado de carne que ganó el concurso de estofados de las fiestas –dijo ella–. Me enviaron la receta por correo electrónico esta semana, y decidí probarla.

Él se echó a reír.

–Otra diferencia entre hombres y mujeres.

–¿Qué quieres decir?

–A mí también me mandaron ese correo el servicio de información del Ayuntamiento –dijo él–, pero no se me ocurrió hacer ninguna de las recetas.

–Pues cuando lo pruebes vas a cambiar de opinión. Además, no es difícil de hacer –dijo ella, y señaló el postre–. Y eso es un helado de flan de pan y chocolate. La receta dice que uses pan empapado en café y ron, pero yo utilicé un bizcocho de chocolate. Creo que la textura va a ser mejor. Aunque, por supuesto, lo empapé en ron.

–Chica lista.

Desde que había conocido a Shelby, había tenido que

aumentar sus horas de ejercicio. Aunque el trabajo siempre lo mantenía activo, intentaba ir al gimnasio un par de veces por semana a correr y levantar pesas. Con los postres, galletas y tartas que ella siempre aportaba a las cenas, él había tenido que añadir un tercer día.

No sabía cómo conseguía Shelby mantenerse en su peso, pero, desde que él la conocía, no había engordado ni un gramo.

Dejó el estofado en la encimera de la cocina y guardó el postre helado en la nevera. Ella encendió el horno y miró la botella de vino que él había seleccionado para cenar.

—Tengo que aprender más sobre vinos —dijo Shelby, con un suspiro—. Siempre me estoy preguntando si tal botella es buena o no. Creo que voy a tener que ir a clases.

—Habla con alguien de la Bodega del Valle del Cóndor. Ellos saben por dónde empezar —dijo él—. Yo tampoco sé mucho. Podríamos ir juntos a las clases —añadió, y pensó en el postre que se iban a tomar—. ¿Y si aprendiéramos los diferentes vinos que pueden ir con cada postre? La gente siempre está eligiendo vinos para la comida, pero ¿y para las cosas dulces? Sería divertido tener cursillos en la pastelería.

Ella asintió rápidamente.

—Tienes razón. Y, si la bodega quisiera patrocinarlos en parte, podríamos conseguir los vinos a muy buen precio. Me pregunto si será muy difícil conseguir la licencia para vender vinos en la pastelería. Si a Amber le interesara...

Aquella última frase sonó a pregunta.

—No pareces muy segura.

—Creo que tengo demasiadas ideas para ella. Aunque somos socias, yo tengo una participación minoritaria, y el negocio ha tenido siempre un rumbo particular. No quiero decir que Amber no sea estupenda, que lo es. Me encanta trabajar con ella. Pero intento tener cuidado y no presionar demasiado.

Él abrió la botella de vino.

–Para mí fue igual cuando entré a formar parte del negocio de mi madre. Yo siempre había trabajado en la agencia a tiempo parcial, pero, cuando me hice con las riendas, tuve que mantener el equilibrio entre lo que yo quería hacer y lo que a mi madre le parecía mejor. Fue mucho más fácil cuando le compré las acciones. Entonces, las decisiones pude tomarlas yo.

–Tus ideas –dijo ella, mientras tomaba la copa de vino que le ofrecía Aidan–. De modo que el éxito o el fracaso serían cosa tuya.

–Exacto. No podía culpar a nadie, ni nadie se llevaría el mérito. A mí me va bien.

–Me da envidia –reconoció Shelby–. Se que Amber conoce el negocio mucho mejor que yo, pero no dejo de pensar en todas las cosas que pueden hacerse. Me encantaría expandirlo. El local de al lado lleva disponible un par de meses. Podríamos hacer muchas cosas con él. Me parece buena la idea de abrir una tetería. A los turistas les encantaría, y podríamos limitar el horario, de modos que solo necesitáramos un turno de camareros.

–¿Has hablado con Amber?

–Se lo comenté, pero no le interesó. Lo intentaré dentro de unos meses. Durante el verano, cuando estemos hasta la bandera de turistas.

Él se acercó y le pasó el brazo por los hombros.

–Siento que sea difícil. Pero, si te sirve de algo, yo valoro tu opinión y estoy a punto de aprovecharme de nuestra amistad pidiéndote que me la des sobre un tema.

Ella se inclinó hacia él. Estaban muy bien juntos, pensó Shelby, pero se dio cuenta de que aquel solo era un gesto amistoso y reconfortante. Al menos, por parte de Aidan.

Por su parte, Aidan quería quitarle la copa de vino para que tuviera libres las manos. Quería girarla hacia él y atraerla como los hombres atraían a las mujeres a las que deseaban. Quería besarla, acariciarla y…

—Entonces, ¿ya están listas las maquetas? —preguntó Shelby.

La pregunta, tan alejada de lo que él estaba pensando, lo devolvió a la realidad.

—Sí. Quiero saber qué te parecen.

Entraron al comedor. Él había puesto manteles individuales, servilletas y platos en un extremo de la mesa. En el otro había un taco de hojas de papel de veintiocho por cuarenta y seis centímetros. Shelby se sentó al extremo de la mesa, y él, a su lado.

La primera maqueta de póster era una fotografía de un paravelista sobre un enorme lago azul. Sobre la figura aparecía el logo de su empresa con la dirección de su página web y, al fondo, la dirección de Fool's Gold.

—Parece emocionante, pero, al mismo tiempo da miedo —dijo ella—. ¿La gente hace esto de verdad?

—Pues sí. Del y yo lo hicimos en el lago Tahoe el otoño pasado. El lago Ciara es mucho más pequeño, pero sigue siendo grande. Se empieza en una plataforma y la lancha tira de ti hasta que te elevas por encima del agua. Es alucinante.

—Si tú lo dices…

Sonó el timbre del horno. Shelby se levantó para meter la cazuela del estofado y volvió al comedor.

—Enséñame los demás.

Él extendió los otros pósteres, y estudiaron las diferentes opciones. Shelby le hizo buenas sugerencias sobre lo que creía que podía funcionar mejor y lo que no.

—Este es el que más me atrae —dijo—, y el de los niños es estupendo. Quieres que esto lo hagan familias. Las familias son el mayor porcentaje de turistas que nos visitan.

Eligieron las tres maquetas que más les gustaban. Aidan apuntó los cambios que quería mientras ella comprobaba cómo iba el estofado. Después, salieron a dar un paseo con Charlie antes de cenar.

El perrito fue todo el camino olfateando y deteniéndose a marcar su territorio. Aidan pensó que, aunque Charlie solo llevaba unas semanas en su vida, ya no podía imaginarse sin él.

—Me alegro de que haga menos frío —dijo Aidan—. Charlie ya no tiene que llevar abrigos.

Shelby se echó a reír.

—Eres todo un tío.

—Los perros tienen dignidad. No debería humillárseles poniéndoles ropa.

—No creo que a Charlie le importe.

—No es eso lo que me ha dicho a mí.

Ella sonrió.

—Entonces, ¿me estáis ocultando secretos?

—Solo cosas de hombres que tú no entenderías.

—Ah, me las vas a pagar por haber dicho eso.

Ya se había derretido casi toda la nieve, y empezaban a aparecer las señales de la primavera. Aidan le señaló los brotes de algunos crocus y de los tulipanes.

—El Festival de los Tulipanes es uno de mis preferidos —dijo ella—. Las flores son preciosas.

—Entonces, deberíamos ir.

—Me gustaría —dijo ella, y lo miró—. Aidan, tengo que hablar contigo de una cosa.

Su tono de voz avisó a Aidan de que no iba a gustarle el tema.

—¿Qué? —preguntó, cautelosamente.

—Estoy preocupada por tu vida sexual. Bueno, más bien, por tu falta de vida sexual.

—No.

Aidan volvió hacia la casa, y Charlie se puso a trotar a su lado.

—Tenemos que hablar de eso —dijo ella, cuando lo alcanzó.

—No, no tenemos por qué.

—Aidan, lo digo en serio.

Él se detuvo y la miró.

—Y yo. Me gusta lo que estamos haciendo. Me está ayudando y te está ayudando a ti. No hay por qué hablar de nada más.

—Pero tú tienes necesidades, y yo me preocupo.

—Hay muchas cosas por las que preocuparse en este mundo. La pobreza. El cambio climático. Mi vida sexual no es una de ellas.

Ella se agarró las manos con fuerza.

—Entre los dos, podríamos pensar en algunas soluciones.

—No. Escúchame, Shelby. No. No vamos a tener esta conversación.

—Podríamos...

Él agitó la cabeza.

—Como amiga mía, tienes que respetar mis deseos en esto. Déjalo ya. Estoy bien. Además, ¿y tú? Tú también debes de tener tus necesidades.

Ella se ruborizó y bajó la cabeza.

—Yo no mantenía relaciones sexuales con nadie antes. No es nada nuevo para mí.

—Pero te estás aguantando.

—Por supuesto.

—Pues entonces, ten la cortesía de asumir que yo también puedo hacerlo.

Cuando llegaron a casa, Charlie entró el primero. Después, esperó a que le quitaran la correa y entró corriendo al salón, donde dio un par de vueltas.

Shelby se puso frente a Aidan y lo miró a los ojos.

—Tienes razón. Lo siento. Me preocupo por ti, pero es evidente que no quieres hablar de ello, y tengo que respetarlo. Te prometo que no voy a volver a tocar el tema.

Lo que él dijo fue «Gracias». Lo que él pensó era que no había forma de que su suerte fuera tan buena.

Capítulo 10

A Aidan le preocupaba que Shelby no cumpliera su promesa, pero las dos semanas siguientes transcurrieron sin que hubiera mención alguna a sus necesidades, o como ella quisiera llamarlo. Por desgracia, el deseo que sentía por ella no disminuyó. Le parecía que, cada vez que estaban juntos, encontraba algo más delicioso y sexy en ella. Podía ser la voz tan dulce con la que le hablaba a Charlie, o su manera de llevar con cuidado la tarta que le había hecho a su madre.

Elaine la cortó inmediatamente y sirvió generosas porciones de tarta de mango y chocolate. Aidan tomó un poco y tuvo que contenerse para no soltar un gruñido. Era un doble beneficio: se apuntaba un tanto por llevarle a su madre una tarta que no había hecho y, además, podía probarla.

Elaine suspiró al tragar.

—Shelby, no sé cómo lo haces, pero cada cosa que traes está mejor que la anterior. Me parece imposible. Has encontrado tu vocación.

—Gracias. Echo de menos el verano, y esta tarta me parece una buena forma de recordar esos meses.

—Llegarán muy pronto —dijo Elaine, y se dirigió a

su hijo–. Hacía mucho que no traías a una chica a casa, Aidan, pero tengo que decir que ha merecido la pena esperar a Shelby. ¿Te acuerdas de aquella horrible chica gótica del instituto? Era muy macabra, no solo con la ropa y el maquillaje, sino porque se pasaba todo el rato hablando de la muerte. Yo nunca entendí lo que veías en ella. Lo de Shelby, sin embargo, me parece lo más lógico del mundo.

Aidan decidió no explicarle a su madre que parte del atractivo de Caitlyn era que estaba dispuesta a llegar hasta el final. Su madre no necesitaba saber eso. En cuanto a Shelby... Se miraron. Ella le dijo «Lo sé» formando las palabras con los labios, en silencio.

Veinte minutos después, estaban en su furgoneta.

–Le he dicho por lo menos cinco veces que no estamos saliendo –dijo Aidan, cuando salían a la carretera principal para volver al pueblo–. No sé qué más puedo hacer.

–Deberíamos hacernos con uno de esos carteles gigantes y colgarlo en el centro del pueblo –refunfuñó ella–. A mí tampoco me cree nadie. ¿Por qué es tan difícil de entender que solo somos amigos?

Él sabía por qué les costaba tanto a sus amigos. Era imposible mirar a Shelby y no desearla. Todos pensaban que era idiota por no intentar, al menos, tirarle los tejos. Y, aunque todo su cuerpo estaba de acuerdo, su cabeza le decía otra cosa: a él le caía muy bien Shelby. Mucho. Quería seguir con ella tal y como estaban. Si se acostaban, todo lo que tenían se esfumaría y las cosas empezarían a complicarse.

Shelby suspiró.

–Yo puedo aguantarlo si tú puedes.

–Yo sí puedo.

–Bien. Porque esto funciona. Ya me siento más cómoda con los hombres. La semana pasada, cuando estuvimos jugando a los dardos con tus amigos, me sentía perfectamente bien.

–Yo estoy entrando en contacto con mi lado femenino –dijo él con una sonrisa–. Aunque, si se lo cuentas a alguien, lo negaré todo.

Ella se echó a reír.

–Yo nunca le diría eso a nadie. Pero esto es muy raro. Tú y yo estamos muy bien. Son todos los demás. Ojalá hubiera un modo de mantener una conversación sincera con todo el pueblo para decirles lo que está pasando.

–No nos creerían. Piensan que somos una pareja.

–Prácticamente, un matrimonio. Oh, Aidan, tengo una idea muy mala. Dime que no. Tienes que decirme que no.

Al instante, a él le hirvió la sangre y se le dirigió a las ingles. Tuvo que carraspear antes de poder hablar.

–¿De qué se trata?

–Es el Día de los Inocentes de abril dentro de un par de días. Vamos a poner un anuncio en el periódico diciendo que nos hemos casado. A toda página. Todo el mundo se volverá loco. Después, podemos publicar que era una broma, y tal vez se den cuenta de lo tontos que son.

Bueno, no era exactamente el «Te deseo desesperadamente en mi cama» que él había esperado, pero era una segunda opción muy divertida. Nick se iba a quedar alucinado, como sus amigos.

–Tal vez así nos quitemos a todo el mundo de encima –dijo él, sonriendo–. Me parece que debemos hacerlo.

Shelby tenía a su preciosa sobrina en brazos. Tonya estaba dormida entre las mantas, apretando y relajando una de las manitas, como si estuviera soñando.

La habitación del bebé era tranquila y relajante. Destiny estaba sentada en la otra silla, con el pelo recogido y los ojos cerrados.

Tenía aspecto de estar agotada. Tenía ojeras y estaba pálida. Kipling le había dicho que la niña la despertaba todas las noches. Lo bueno era que comía, hacía sus necesidades y volvía a quedarse dormida, pero aquel horario tenía que ser agotador.

—¿Qué tal lo estás llevando? —preguntó Shelby.

Destiny abrió los ojos y sonrió.

—Estoy tan cansada que no puedo ni pensar, pero estoy bien. Mejor que bien. La niña es increíble. La adoro.

De repente, sonrió con arrepentimiento.

—Aunque, te digan lo que te digan de dar el pecho, es difícil. Es incómodo y extraño. Sé que todos los mamíferos lo hacen, pero, de todos modos... Es raro. Mi abuela Nell me diría que me aguantara, así que es lo mismo que me digo yo.

—¿Y te sirve de ayuda?

—Un poco —dijo Destiny, y puso los ojos en blanco—. Mi representante ya me está preguntando cuándo podemos ir de gira Starr y yo. Le he recordado que tengo una hija recién nacida, pero eso no le ha impresionado mucho.

—Has terminado ya el álbum, ¿no?

—Sí. Saldrá dentro de un par de meses.

El padre de Destiny y Starr era un famoso cantante de country, y las dos hermanas habían escrito varias canciones juntas y habían grabado un disco.

—¿Ibas a ir de gira en verano?

—Ese era el plan —reconoció Destiny—. Kipling estará ocupadísimo en el trabajo, así que Starr y yo íbamos a llevarnos a la niña con la ayuda de una niñera. Solo son unas cuantas actuaciones y tendríamos una caravana muy grande. Así que Tonya tendría un ambiente familiar. Todo parecía razonable, pero, ahora... no lo sé.

—¿Cuándo tienes que decidirlo?

—Tengo un mes. Quiero decir que no, pero Starr se llevaría una desilusión muy grande...

Shelby sabía que era cierto. La muchacha estaba increíblemente emocionada por el estreno del disco.

—Hablando de Starr, se acerca su cumpleaños. Yo te ayudo a organizar la fiesta. Tú ya tienes bastante que hacer.

Destiny se frotó la cara.

—Gracias. Creo que Kipling y yo lo tenemos controlado. Todavía hay tiempo.

No tanto, pensó Shelby, pero no la presionó.

—Bueno, yo estoy aquí —repitió—. Solo tenéis que avisarme. Y, hablando de avisar, voy a darte la exclusiva de mi broma de los Inocentes con Aidan. Hemos contratado una página completa del periódico para anunciar que nos hemos casado.

Destiny se quedó asombrada.

—Pero ¿os habéis casado?

—No. Es una broma, porque la gente cree que somos pareja.

—Pero si lo sois.

—No, no lo somos. Somos amigos.

—Entonces, ¿vais a hacer un anuncio para decirle a todo el mundo que estáis casados?

Shelby asintió.

—Es divertido.

—Si tú lo dices... Supongo que yo estoy demasiado cansada para captarlo. Espero que vosotros os divirtáis.

—Lo haremos.

Aidan movió el cursor por la hoja de cálculo. Para cuadrar el horario de verano siempre tenía que hacer malabarismos. Había actividades que se vendían con facilidad, pero otras requerirían un grupo más específico. Los fines de semana de fiesta siempre había muchas contrataciones, pero durante el resto del tiempo tenía que ser más flexible. Saber lo que iba a ofrecer, y cuándo, requería que estuviera seguro de que tenía el personal y el equipo necesarios.

Durante los tres últimos años había trabajado con la universidad, ofreciéndoles trabajos a tiempo parcial a los estudiantes que se quedaban en el pueblo a hacer los cursos de verano. Una de las residencias universitarias permanecía abierta y los estudiantes tenían un lugar relativamente asequible para alojarse. Los padres podían relajarse sabiendo que sus hijos estaban a salvo, y los estudiantes tenían un trabajo divertido al aire libre.

Varios de los monitores de esquí también trabajaban para él en verano. Conocían bien las montañas y tenían afición a los deportes extremos. También agradecían tener ingresos fijos durante todo el año. Así podían alquilar apartamentos y compartir casa.

Aidan tenía suficientes empleados en verano como para cubrir el setenta por ciento de la demanda. Eso significaba que tenía que enseñar al otro treinta por ciento de la gente a la que contratara.

Se rio al imaginarse lo que pensarían los nuevos jugadores de fútbol del entrenador McGarry de tener que acompañar a doce turistas de la tercera edad a una excursión para observar pájaros. Sin embargo, todos los empleados nuevos comenzaban con excursiones de senderismo.

—Me alegro de ver a un hombre que ama su trabajo —dijo Nick, al entrar en el despacho de Aidan—. ¿Qué es lo que te resulta tan divertido?

—Unos cuantos chicos del equipo de fútbol de la universidad han presentado la solicitud para trabajar aquí en verano. El entrenador McGarry y yo hemos organizado el horario de modo que tengan tiempo para trabajar y entrenar.

—También sirve para que estén demasiado cansados y como para meterse en líos —dijo Nick, mientras se agachaba para saludar a Charlie. El bichón movió la cola y le lamió la mano. Después, fue a su rincón y se tumbó en su camita. Nick añadió, moviendo la cabeza—: Jugadores de fútbol acompañando a ancianas a recoger flores silvestres.

—Algo parecido —dijo Aidan. Guardó la información del documento y cerró el programa. Se volvió hacia su hermano y le preguntó—: ¿Qué te trae por aquí?

—Pues... Todavía no se lo he dicho a nuestros padres —dijo su hermano, después de un titubeo—. Pero quería decírtelo a ti. Voy a marcharme de Fool's Gold.

Aidan se inclinó hacia delante.

—¿Qué? ¿Cuándo? ¿Lo dices en serio?

—No tengo una fecha todavía. Y, sí, va en serio. He pensado mucho en lo que me dijiste en el bar. Tenías razón en muchas cosas. Quiero dedicarme al arte, y estoy cansado de soportar a papá y sus mierdas. Siempre estaré bajo su sombra de un modo u otro si sigo viviendo aquí. Aunque sea algo que solo está en mi cabeza.

Aidan entendía lo que le estaba diciendo Nick, pero también sabía que iba a echar mucho de menos a su hermano. Primero se marchaba Del. Después, los gemelos. Ahora, Nick.

—Te vas a Happily Inc —dijo.

Nick asintió.

—He hablado con los mellizos. Con Mathias y Ronan, quiero decir.

—Yo sigo pensando que son mellizos. Seguramente, siempre lo pensaremos.

—Voy a ir a verlos —prosiguió Nick—. Ver cómo es. Si es tal y como dicen ellos, me mudaré allí. Dicen que tienen sitio en su estudio para que yo pueda trabajar.

—Me alegro de que vayas a dedicarte más al arte —le dijo Aidan—. Pero tú no eres como ellos. Tú no quieres vivir y respirar siempre lo que estás creando.

Nick asintió.

—Es cierto. Encontraré otro trabajo. Al menos, un trabajo parcial —dijo, y sonrió—. Soy bueno trabajando con las manos.

—No pensaba que fuera ese tipo de pueblo.

Nick se echó a reír.

—Me refería a que podía aceptar cualquier puesto de carpintería. De mantenimiento del hogar.

—¿Así es como lo llaman ahora?

Los dos se rieron. Nick sacó su teléfono móvil y le mostró la pantalla.

—Hay una galería en el pueblo. Les he enviado unas cuantas de mis obras —dijo, y le dio el teléfono.

Aidan fue pasando las fotografías que había enviado Mathias por correo electrónico. La galería estaba en una plaza pequeña del centro de un pueblo que parecía muy agradable. Había montañas al fondo, y eran distintas a las que rodeaban Fool's Gold, más escarpadas. Parecía que las rocas pinchaban el cielo con agresividad. En comparación, las Sierras parecían más refinadas.

Le devolvió el teléfono a su hermano.

—Creo que estás tomando una buena decisión —le dijo—. Y te voy a echar de menos.

Nick enarcó una ceja.

—¿Vamos a hablar de nuestros sentimientos?

—Ahora sé hacerlo. Elige un tema, y lo exploraremos.

—No, gracias. ¿Es por influencia de Shelby? ¿Qué será lo próximo? ¿Vas a mear sentado?

—Quiero ser un hombre mejor, pero seguiré meando de pie —dijo Aidan, conteniendo la sonrisa—. ¿Te sientes amenazado por los cambios? ¿Te preocupa que la estructura familiar se resienta? No te preocupes, Nick. Tu lugar está seguro.

Nick se quedó espantado, con los ojos muy abiertos. Su expresión fue gratificante para Aidan.

—¿De qué estás hablando? ¿Qué te ha hecho?

Aidan mantuvo una expresión seria, de preocupación.

—Siempre seré tu hermano. Deberíamos abrazarnos. Eso te reconfortaría.

Nick soltó un juramento.

—¿Quién eres?

Aidan se echó a reír.

—Te estaba tomando el pelo.

No parecía que Nick se estuviera divirtiendo mucho.

—No tiene gracia. No hables así. Me das miedo.

—De verdad, tienes que tomar conciencia de tu lado femenino.

Su hermano se puso de pie rápidamente.

—No, de eso nada. Y tú deberías alejarte del tuyo. Tengo que irme ya.

Aidan todavía se estaba desternillando cuando Nick salió por la puerta.

El Día de los Inocentes caía en viernes, lo cual era perfecto. En la pastelería había mucho trabajo los viernes, sobre todo por la mañana, y Shelby estaba impaciente por oír lo que tuviera que decirle la gente. Dejó un ejemplar del *Fool's Gold Daily Republic*, el periódico del pueblo, en el mostrador, solo para asegurarse de que la gente mencionara el anuncio a toda página que habían puesto Aidan y ella.

Sin embargo, los clientes entraron y salieron sin decir nada. Nadie le dio a entender que hubiera visto algo, lo cual no tenía sentido. El anuncio estaba en la página once del periódico, así que, ¿cómo era posible que se lo hubiera perdido alguien?

Un poco después de las ocho, llegó Gladys. Era una mujer de ochenta y tantos años que caminó decididamente hacia el mostrador.

—Quiero hablar de negocios —dijo.

—Muy bien —respondió Shelby—. ¿Se refiere al periódico?

—¿Qué? No, no. De mi nieta, Nancee. Está pensando en venir a pasar unos meses a Fool's Gold, para sentar la cabeza. Yo quiero que se quede, pero ya veremos lo que pasa. Lo cierto es que ella hace magdalenas.

Shelby no entendía por qué a nadie le importaba el anuncio. Era enorme, y estaba todo bien claro. Aidan y ella habían anunciado su matrimonio. ¿Acaso nadie había leído el periódico aquel día?

—¿Me estás escuchando? —le preguntó Gladys.

—¿Eh? No, no, disculpe. ¿Qué estaba diciendo?

—Que mi nieta Nancee hace magdalenas y las adorna. Son buenísimas. Tú siempre estás probando cosas nuevas en la pastelería, y eso tiene que ser muy exigente en cuanto a empleados y máquinas. No tienes mucho espacio en el obrador, y sí muchos empleados. Si Nancee te hiciera las magdalenas, ahorrarías tiempo y espacio.

Aquella propuesta de negocios tan inteligente hecha por una anciana con un vestido de flores era un poco desconcertante. Si Amber aceptaba poner en marcha la mitad de las ideas que ella le había propuesto, les resultaría difícil funcionar en su ubicación actual. Ese era uno de los motivos por los que ella quería expandir el negocio.

–Es una idea interesante –le dijo a Gladys–. Avíseme cuando Nancee esté aquí. Podemos hablar. Además, tendré que consultárselo a Amber.

–Muy bien, te avisaré –dijo Gladys con una sonrisa–. Que tengas un buen día.

La mujer se dio la vuelta para marcharse. Shelby tomó el periódico.

–¡Un momento! ¿No quería comentarme algo sobre esto?

Gladys la miró sin comprenderla.

Shelby suspiró.

–Del anuncio que hemos puesto Aidan y yo.

–Ah, sí. Que os habéis casado. Enhorabuena. Si queréis un regalo, tenéis que dar una recepción. O hacer una fiesta. Y, no, no son la misma cosa.

Shelby no esperaba aquella reacción.

–¿No está sorprendida? ¿Asombrada? ¿Ligeramente descolocada?

–No. ¿Por qué?

Y, con eso, se marchó.

Shelby se pasó el resto de la mañana atendiendo a clientes que no le dijeron nada. Era como si a nadie le importara en absoluto. Vaya broma, pensó. Un poco después de las once, Madeline entró en la pastelería con una expresión tirante.

–¿Cómo es posible que no me lo hayas dicho? No puedo creer que Aidan y tú os hayáis casado en secreto.

Shelby gruñó.

–No nos hemos casado en secreto.

–Ha tenido que ser así, porque no es posible que os hayáis casado en el pueblo y nadie se haya enterado –replicó su amiga, con los ojos llenos de lágrimas–. ¿Es que habéis celebrado la boda en un lugar paradisíaco y no me has invitado? Pensaba que éramos amigas.

Shelby salió del mostrador y le acarició el brazo a Madeline.

–No ha habido ninguna boda. Aidan y yo no nos hemos casado.

–¿Y el anuncio?

–Es el Día de los Inocentes.

Madeline se enjugó las lágrimas.

–¿Y?

–Es una broma. Lo hicimos para divertirnos.

Su amiga hizo ruido con la nariz.

–Entonces, ¿no te has casado?

–No –le dijo Shelby, y le dio un abrazo–. Tú eres mi mejor amiga. Cuando me comprometa con alguien, serás la primera en saberlo, te lo prometo. Es solo que Aidan y yo somos amigos, y todo el mundo nos considera una pareja. Eso es muy frustrante, así que nos pareció que esto sería divertido.

Madeline le devolvió el abrazo y se irguió.

–Me siento mejor. Cuando vi la noticia, no podía creérmelo. Me sentí muy dolida. Tenía que haber confiado en ti.

–No, soy yo. Debería haberte dicho algo, pero es que nunca pensé que te lo creerías. Tú sabes que Aidan y yo no somos una pareja.

Parecía que Madeline iba a decirle algo, pero, finalmente, su amiga movió la cabeza.

–Vosotros dos sois raros. Lo sabes, ¿no?

–Estoy empezando a pensar que sí. ¿Estás bien?

–Sí, no te preocupes. Tengo que volver al trabajo. Quedamos para comer muy pronto, ¿de acuerdo?

–Por supuesto.

Su amiga se marchó. Unos segundos después, la alcaldesa Marsha entró en la pastelería.

–Shelby, quería pasarme por aquí a darte mi enhorabuena. Tenía un presentimiento con vosotros dos. Me alegro de haber acertado.

Capítulo 11

—Fue una locura –dijo Shelby, refunfuñando–. Todo. Y la alcaldesa Marsha fue la peor de todas. ¿Sabes lo que me costó convencerla de que era una broma? No le sentó nada bien.

—Me alegro de que fuera a verte a ti, y no a mí –admitió Aidan.

—Eres un gallina –replicó ella.

Él se echó a reír.

—Puedo vivir con ello.

Aunque Aidan también se había quedado asombrado por la falta de respuestas a su anuncio, Shelby se lo había tomado mucho peor, porque se esperaba protestas airadas. En vez de eso, solo había recibido silencio o la famosa frase de «Te lo dije».

—Me siento mal por Madeline –admitió–. Tenía que haberle dicho lo que íbamos a hacer. Pero, de verdad, ni siquiera ella estaba demasiado sorprendida. Estaba muy disgustada porque pensaba que me había casado y no la había invitado.

Él cerró los ojos. Había aprendido que, cuando Shelby estaba disgustada, lo mejor era dejar que hablara y se desahogara. No había ningún problema que él pudiera solucionar, así que lo que tenía que hacer era escuchar.

Ella le pasó una toalla.

–Todo es muy raro –continuó–. Pero supongo que tengo que olvidarlo ya.

–El desmentido saldrá el martes.

–Dudo que le importe a nadie. Ni siquiera se van a dar cuenta. Y yo que pensaba que era una broma estupenda. Detesto equivocarme en cosas como esta.

Aidan sacó el pie del agua caliente y se lo secó. Después, hizo lo mismo con el derecho.

La primera vez que Shelby le había sugerido que se hicieran la pedicura a ellos mismos, él había salido corriendo. Le había explicado que era un hombre, y que los hombres no hacían esas cosas. Ella lo había escuchado pacientemente y le había recordado que tenían un trato: un evento de chicas, un evento de chicos. La pedicura era de chicas.

Así que él había sufrido durante la experiencia. Después de tener los pies en agua caliente durante un rato, ella le había dado un pequeño estuche lleno de instrumentos extraños que daban un poco de miedo, y le había enseñado a utilizarlos.

Al final, la experiencia no había sido tan horrible, y se había convertido en algo que hacían cada tres semanas.

Cuando cada uno terminó de cortar y limar las uñas del otro, él se puso los calcetines mientras ella tomaba unos separadores de dedos de color fucsia. Él miró las lacas de uñas que había sacado Shelby y eligió una de color rojo vivo.

–¿No te parece demasiado? –preguntó ella.

–Después de lo que ha pasado, necesitas algo alegre.

–Es cierto.

Aidan se movió para poder colocar el pie derecho de

Shelby sobre su muslo y, cuidadosamente, aplicó una primera capa. Ignoró la ligera presión sobre su pierna y, también, el hecho de que ella llevara unos pantalones cortos y una camiseta y estuvieran solos. No, no iba a pensarlo. No iba a notar que la camiseta tenía el escote suficiente como para que él pudiera ver la parte superior de sus pechos. No iba a mirar su boca mientras ella se concentraba en limarse las uñas. Iba a concentrarse en el trabajo que estaba haciendo. Más tarde, se daría la ducha fría número novecientos sesenta y siete y contaría los días que quedaban hasta que terminara el plazo y por fin pudiera mantener relaciones sexuales.

Shelby inspeccionó las bandejas de galletas glaseadas. Habían tenido muchísimos pedidos, así que había llamado a las estudiantes para contar con su ayuda, y las chicas habían hecho un trabajo estupendo con las flores y los corazones. No había nada que evocara tanto la primavera como una fiesta para la novia.

Contó las unidades por segunda vez para cerciorarse de que había suficientes para los pedidos y las ventas de fin de semana en la pastelería. Después, volvió al despacho y se encontró a Amber sentada en la silla de las visitas.

Su socia alzó la vista de la tablet.

—Aquí estás. Quería hablar contigo antes de que te pusieras a hacer el pan, y pensé que pasarías por aquí antes de empezar. Por eso te estaba esperando.

Amber hablaba demasiado deprisa y miraba a todas partes por el despacho. A Shelby se le hizo un nudo en el estómago. Ocurriría algo.

Se sentó tras el escritorio y miró a Amber.

—Tenemos que hablar —le dijo su socia.

Shelby puso las manos sobre la mesa.

—Vamos, adelante. ¿Qué querías decirme?

Amber bajó la cabeza. Después, volvió a mirar a Shelby. Tenía los ojos brillantes de emoción.

—Estoy embarazada.

Shelby se quedó boquiabierta.

—No me lo esperaba —admitió, y se echó a reír—. ¿En serio? Es maravilloso.

Amber sonrió.

—Sí, ya lo sé, es una locura. Llevo varias semanas queriendo decírtelo, pero he esperado porque quería estar segura de que iba a superar el primer trimestre. Tengo más de cuarenta años. Tom y yo nunca pensamos que iba a suceder esto, pero ha sucedido. Estoy emocionada y asustada a la vez. Y estoy de cuatro meses.

Shelby ató cabos.

—Entonces, cuando te sentías extraña, ¿era por el embarazo?

—Sí. Fui a la médica y ella se lo figuró. Pero yo no te había dicho nada porque temía sufrir un aborto. Ahora todo va bien. Tom está muy feliz, y yo, también.

Shelby se levantó y le dio un abrazo.

—Estoy muy contenta por ti. Esto es fantástico —le dijo.

—Sí, ya lo sé —respondió Amber, y suspiró—. Es aterrador y maravilloso. Pero es un embarazo de riesgo, por mi edad, así que tengo que hacer todo lo posible por mantener la calma y bajar la actividad.

Shelby alzó una mano.

—No tienes ni que pedírmelo. Voy a trabajar más horas y me haré cargo de lo que tú quieras. Haz como si no tuvieras pastelería.

—Gracias. Esperaba que no te lo tomaras a mal. Hay muchas cosas de las que preocuparse, pero, al mismo tiempo, se supone que no debo preocuparme por nada —dijo, y se acarició el vientre.

—Soy muy feliz.

—Y yo soy muy feliz por ti.

Amber se puso de pie.

—Hablamos pronto, ¿de acuerdo? Ah, y, por favor, no digas nada hasta dentro de unos días. Se lo estoy contando a los amigos y a la familia primero. Mi padre está entusiasmado, por supuesto. Amenaza con comprar todos los libros infantiles que se han publicado en la historia.

Shelby sonrió al imaginarse la felicidad que debía de sentir Morgan por convertirse finalmente en abuelo.

—No lo voy a mencionar hasta que no lo oiga en boca de otra persona.

Amber sonrió.

—Bueno, a Aidan puedes decírselo.

De repente, Amber se tapó la boca con la mano.

—Oh, no. No me lo puedo creer. Lo siento mucho. Yo, hablando de mi bebé, cuando tú tienes otras cosas en la cabeza. Enhorabuena por la boda. Es estupendo.

Shelby tuvo ganas de dejar caer la cabeza en el escritorio.

—No estamos casados.

—¿Qué? ¿Ya os habéis divorciado?

—No, no. Es que nunca hemos estado casados. El anuncio era una broma, porque nosotros dos... Bah, no importa. Haz como si no hubieras visto ese anuncio.

—De acuerdo. Por si sirve de algo, a mí me parece que hacéis una buenísima pareja.

—Gracias.

El desmentido publicado en el periódico suscitó la misma reacción que el anuncio. Aidan observó a Shelby mientras ella recorría su despacho de un lado a otro una y otra vez.

—Es tan extraño —dijo Shelby, sin dejar de caminar—. Todo está cambiando. Como Amber está embarazada, voy a tener más responsabilidad en la pastelería, cosa que me gusta. Pero ella tampoco va a estar mucho por allí, y eso también va a ser una dificultad para cambiar las cosas —le explicó, mirándolo—. No me siento cómoda para hacer lo que quiero sin hablar con ella antes y, si no está allí, no vamos a poder hablar de nada.

—Claro. Además, también puede que se sienta tan estresada con lo del bebé que no quiera hacerse cargo de una cosa más.

—Sí, ya lo sé —dijo Shelby. Se dio la vuelta y se puso a caminar—. Estoy muy contenta por ella. Mucho. Pero es que, justo en este momento... Ojalá hubiéramos podido hacer más. Además, cuando nazca el bebé va a estar muy ocupada, así que no podré hablar con ella.

—¿Te agobia tanto cómo están yendo las cosas?

—No, no. Van bien. A mí me encanta mi trabajo, pero podríamos crecer. Aunque no importa, porque Amber no va a querer que hagamos una expansión en este momento. Va a tener que cuidar al bebé, y habría gastos extra, la obra, el estrés... Lo único que pasa es que yo tenía muchos planes.

Él se levantó y caminó hacia ella.

—No pasa nada.

Shelby se detuvo frente a él.

—Bueno, en realidad, sí.

—De acuerdo, entonces, dime cómo vas a afrontar esto. Podemos hablar de ello y, así, darás con algunas soluciones.

Ella lo miró. Tenía el flequillo demasiado largo, y casi se le metía en los ojos. La imagen era adorable.

Sonrió un poco.

—Lo que tú quieres es decirme exactamente lo que tengo que hacer. Te agradezco que no lo hagas.

—Yo solo quiero escucharte.

Shelby apoyó la frente en su pecho y le posó las manos en la cintura.

—¿Por qué la vida siempre tiene tanto sentido del humor? —preguntó—. Soy muy mala persona.

—No, claro que no. Te alegras por tu amiga, pero te sientes frustrada por lo que significa su noticia para vuestro negocio. Ninguna de las dos emociones es mala.

Ella alzó la cabeza.

—¿Me lo prometes?

Ella estaba cerca. Tan cerca, que él notaba el calor de su cuerpo. Con el más ligero de los roces, podría estrecharla contra sí. Sin embargo, no era eso lo que él quería.

—¿Aidan?

Seguro que era su imaginación, pero aquella palabra le sonó a súplica. A una petición a la que no podía resistirse. Bajó la cabeza y la besó.

Ella no retrocedió. Se quedó exactamente donde estaba, besándolo.

Su piel era cálida y suave. Ella movió las manos desde su cintura a sus hombros. Él la rodeó con su cuerpo y, sin saber quién se movió primero, se apretaron el uno contra el otro.

El deseo lo invadió como un rayo ardiente. Se le cortó la respiración al notar que ella se adaptaba a él perfectamente. Sus pechos se aplastaron contra el suyo, y su vientre le frotó la erección. Y el beso...

Su boca era todo lo que él esperaba: cálida, dulce y ávida. Ella separó los labios antes de que él se lo pidiera, y él entró en su boca. El calor aumentó tanto que lo consumió, y en lo único que podía pensar era en lo mucho que la deseaba.

Metió las manos entre su pelo y le acarició el cuello, la espalda. Allí donde tocaba, encontraba la perfección.

Aquella era Shelby, pensó vagamente, y la besó tan profundamente que ambos se apretaron con desesperación uno contra el otro. Aquella mujer, que le gustaba y a la que deseaba en igual medida. Aquella mujer, cuya risa le hacía feliz. Su amiga y su...

Amiga. Aquella palabra fue como un cubo de agua fría. Retrocedió un poco, interrumpió el beso y dejó descansar la frente sobre la de ella. Tenía la respiración entrecortada, y el ritmo de sus jadeos coincidía con el dolorido pulso de sus ingles. Estaba más excitado que nunca y completamente preparado para hacer el amor con ella. La quería desnuda, retorciéndose de deseo. Quería complacerla y llenarla hasta que el orgasmo lo lanzara al otro extremo del universo.

Su lado más primitivo le decía que ella también lo deseaba, que todavía lo estaba tocando, apoyándose en él. Tenía que estar notando su erección contra el vientre, y no parecía que eso la incomodara. Además, estaba casi aturdido por las imágenes de ellos dos juntos que le inundaban la cabeza. Iba a ser maravilloso.

Sin embargo, el resto de su persona, esa maldita parte sensible y civilizada de su cerebro, le recordó que había mucho más en juego que sus propios deseos. Aunque estuviera dispuesto a ignorar sus objetivos, ¿qué ocurriría con los de Shelby? Ella necesitaba superar el daño que le había hecho su padre para poder seguir con su vida. Y, si él se acostaba con ella en aquel momento, podría echarlo todo a perder.

—Demonios —murmuró, con la voz enronquecida de pasión—. Te respeto. Me gustas. Quiero que tengas todo lo que estás buscando. Y no es esto.

Aunque fue lo más difícil que había hecho en la vida, dio un paso atrás.

Shelby se quedó mirándolo fijamente. Tenía los ojos

muy abiertos y las pupilas dilatadas. Estaba excitada y bella, y él tuvo que contenerse para no volver a acariciarla.

—Deberías irte —le dijo él—. Por favor, vete.

Ella empezó a decir algo, pero agitó la cabeza antes de darse la vuelta y alejarse.

Aidan sabía, desde hacía tiempo, que su hermano tenía un estudio secreto en el bosque. Incluso había ido a visitar a Nick allí en alguna ocasión. Pero nunca lo había explorado. Aparte de mirar en qué pieza estaba trabajando Nick, nunca se había preguntado qué otras cosas podía tener allí almacenadas. En aquel momento, estaba junto a su hermano, mirando filas y filas de creaciones increíbles.

Había tallas de madera. Decenas de ellas, algunas terminadas y otras en diferentes etapas del proceso: figuras tradicionales de osos y ciervos y algunos mapaches. Pero también había figuras humanas a tamaño real. Una bailarina con una pierna en el aire, por ejemplo, y una mujer con un bebé. Eran tan reales que uno casi podía esperar que se movieran.

La obra en vidrio soplado de Nick era igual de extraordinaria. Remolinos tan grandes como un hombre, un árbol de cristal, cuencos enormes, una serpiente de casi tres metros de largo.

—¿Qué decían en *Tiburón*? —le preguntó Aidan—. «Vamos a necesitar un barco más grande».

—Siempre me he superado en mis logros.

Una forma de decirlo. Aidan no sabía por dónde empezar. Cuando Nick le había pedido ayuda, había accedido al instante, con tal de aclararse la cabeza aunque solo fuera unas horas. Llevaba un par de días sin ver a Shelby, pero solo podía pensar en su beso.

Un trabajo duro, moviendo piezas enormes y pesadas de madera y de cristal, le distraería un poco. O eso esperaba, al menos.

—¿Qué vas a hacer con todo esto? —le preguntó a Nick.

—Vender algunas cosas. Otras, llevarlas a un almacén. El resto, puede servir de leña. O refundirse.

Charlie caminaba entre las filas, olfateando. Aidan sabía que el perro no iba a alejarse mucho; durante los dos meses pasados, Charlie y él se habían convertido en un equipo. ¿O era una manada? Charlie iba a casi todas partes con él, y Aidan estaba haciendo diferentes diseños para construir una carretilla robusta para poder llevárselo de senderismo por la montaña. Se imaginaba que el perro podía caminar bastante bien, pero esperar que hiciera ocho o diez kilómetros subiendo por la ladera de una montaña era demasiado.

Nick se sacó unas pegatinas del bolsillo trasero del pantalón.

—Los puntos rojos son para las que van a la galería. Las verdes, al almacén. Las azules, para las piezas que pueden ser destruidas.

Aidan se estremeció.

—¿Cómo vas a destruir algo que has creado tú mismo?

—Algunas tienen un defecto que las hace insalvables, o en el material o en el diseño. No van a convertirse en nada.

Aquello era muy duro, pero, seguramente, era un criterio necesario para un artista.

Caminaron por el estudio. La luz entraba a raudales por las ventanas y los tragaluces. Nick se detuvo delante de la talla de un niño con una caña de pescar, que medía unos sesenta centímetros de altura.

El niño estaba sentado con las piernas cruzadas. Tenía unos rasgos delicados, pero masculinos. Las manos estaban perfectamente talladas y, al verlas, Aidan recordó que su hermano era un gran artista.

Nick le puso una pegatina azul.

—¿Pero qué haces? —le preguntó Aidan—. Es una talla magnífica. Incluso yo me doy cuenta.

Nick le dio la vuelta para que Aidan viera que se había abierto una grieta en la madera de la espalda del niño.

—No creo que siga abriéndose, pero no puedo venderla.

—Yo me la quedo.

Nick lo miró durante un segundo. Después, sonrió.

—Gracias.

Terminaron de catalogar las piezas y empezaron a moverlas a diferentes zonas del estudio. Algunas tenían que trasladarlas entre los dos o utilizar una carretilla. Unos cuantos osos tendrían que esperar a que hubiera más ayuda.

Charlie supervisó las actividades durante un rato, hasta que se acomodó en un sofá que había en la parte delantera del estudio. Aidan y Nick se tomaron un descanso después de dos horas de trabajo.

Aidan abrió la cerveza que le dio su hermano y tomó un sorbo.

—Así que te vas de verdad.

—Si no me voy a Happily Inc., a otro sitio, al menos.

—¿Se lo has dicho ya a mamá?

—No. Quiero tener un plan antes de decírselo.

—No le va a gustar nada que otro de sus hijos se marche del pueblo.

Nick se puso serio.

—Ahora te lo vas a tener que tragar todo tú. Lo de la familia, quiero decir. Lo siento.

—No te preocupes, puedo con ello. No entiendo la relación que tiene con papá, pero es obvio que le quiere.

Él es su mundo. Los demás solo somos un segundo plato –dijo Aidan, y dio otro sorbo a la cerveza–. De todos modos, creo que las cosas deben de ser así cuando te casas. Los hijos son importantes, pero crecen y se van de casa. Si pierdes a tu pareja cuando estás criando a tus hijos, algún día no tendrás a nadie.

Nick enarcó las cejas.

–¿Qué te está haciendo Shelby?

Aidan se echó a reír.

–Nada malo. Hablamos de las cosas. A veces, hablar está muy bien.

–No, claro que no –dijo Nick, y soltó una palabrota–. A lo mejor resulta que el que se tiene que ir eres tú.

–Mi sitio está aquí.

–¿Por la agencia?

–En parte. Pero, también, porque me gusta vivir aquí.

–¿Eres feliz?

–Esa pregunta es muy femenina.

–Tú, precisamente, deberías ser más comprensivo en ese sentido.

–Es verdad –respondió Aidan–. Sí, lo soy. Lo que hacía antes, lo de ir de mujer en mujer, era una forma de esconderme. Pensaba que así estaba a salvo, pero ese comportamiento tenía un precio. Me había convertido en un imbécil.

–¿Y ahora?

–Bueno, supongo que menos –dijo Aidan, y le acarició las orejas a Charlie.

–¿Esto es cosa de Shelby?

–En parte, de ella, y en parte, mía.

–Pero vosotros no habéis...

Aidan pensó en el beso y en lo mucho que había deseado a Shelby. En cómo había conseguido resistirse. Y en que, desde entonces, no habían vuelto a hablar.

–No. No es así.

–Pero tú quieres que sea así –dijo Nick–. La deseas.

–¿Y quién no? Pero somos amigos, y me gusta ser su amigo. Me cae muy bien. Si me acostara con ella, todo cambiaría.

–Puede que no. Puede que, si lo hicieras, te lo sacaras de la cabeza y consiguieras que las cosas volviesen a ser igual que antes.

–No. Eso no iba a funcionar.

–Entonces, acuéstate con otra mujer.

–No puedo.

–¿Por qué no?

–Porque hemos hecho un trato.

–Un trato que no funciona.

–Entonces, seguramente deberíamos hablar de ello.

Aidan se giró y vio a Shelby en el vano de las puertas abiertas del estudio de Nick.

Capítulo 12

–Bueno, yo tenía que irme ya –dijo Nick.

–No tienes que irte –le dijo Shelby, pero solo porque era lo más correcto. En realidad, necesitaba que Nick se marchara para poder hablar a solas con Aidan.

Llevaba cuarenta y ocho horas evitándolo, porque estaba muy confusa. Estaba confusa por el beso y por lo que significaba, y no sabía qué iba a hacer. Cuando, de repente, se había dado cuenta de que tenía que hablar con él, había ido a buscarlo, pero no estaba en su oficina. Fay le había dicho dónde podía encontrarlo.

Esperó mientras Nick recogía las llaves de su coche.

–Cerrad con llave cuando hayáis terminado –le dijo a Aidan, y se marchó.

Charlie se levantó y fue corriendo a saludar a Shelby. Ella se agachó y lo acarició. Después, tuvo que levantarse para mirar a Aidan.

Se observaron de lejos. Ella no podía saber lo que estaba pensando él. Aunque fueran amigos, había muchos misterios entre los dos.

Él le señaló el sofá.

–Siéntate.

Ella se sentó en un extremo, y Aidan, en el otro. Charlie se acurrucó entre ellos y posó la cabecita en sus patas. Entonces, se hizo el silencio.

Shelby intentó pensar en algo que decir.

—Te he echado de menos —dijo Aidan.

Aquella afirmación tan inesperada hizo que ella también lo confesara:

—Y yo. Ha sido difícil no quedar contigo, ni hablar por teléfono, ni nada.

Shelby lo miró, y apartó los ojos. Tomó aire y volvió a mirarlo.

—Tenemos que hablar del beso.

—Sí, ya lo sé.

—¿De verdad?

—No estoy diciendo que quiera hablar de ello, estoy diciendo que deberíamos. A no ser que tú estés de acuerdo con que solo fue un beso y podemos olvidarnos de él.

Lo dijo en un tono tan esperanzado, que Shelby tuvo que sonreír.

—No.

—Lo sabía.

—Pero has hecho el esfuerzo. Eso cuenta.

—No es suficiente. Shelby, no podemos seguir por ese camino. Sería un error. Yo te deseo, eso es evidente, y estar juntos sería increíble. Pero no es para eso para lo que estamos aquí.

¿Que él la deseaba? De repente, Shelby sintió mariposas en el estómago. ¡Él la deseaba! Se sintió impaciente al pensar en lo bien que se encontraría entre sus brazos. Segura, sexy y apasionada.

—No es la peor idea —dijo.

Él la interrumpió cabeceando con vehemencia.

—Sería un desastre.

—¿Por qué? Tú tienes mucha experiencia. Sabes lo que estás haciendo.

Shelby esperaba que él sonriera, aunque fuera ligeramente, pero Aidan continuó hablando con seriedad.

—Estamos haciendo algo bueno —le dijo—. No quiero perderlo.

—Entonces, si me lanzo a tus brazos en este momento, ¿me vas a rechazar?

—Por desgracia, sí.

Ay.

—Pero ¿no te vas a acostar con nadie más durante los seis meses del experimento?

—No. Hicimos un trato.

Vaya, Aidan sí que era un hombre honorable, pensó ella sombríamente. Tenía integridad, y ella debería sentirse entusiasmada, impresionada. Sin embargo, se sentía rechazada y molesta.

No obstante, respetaba su postura, porque sabía que tenía razón. Estaban haciendo algo bueno. Aunque, después de aquel beso, bueno, todo era diferente.

—No soy capaz de decidir si debo aplaudirte o darte con un palo —dijo Shelby.

—¿Y si volvemos a ser amigos?

En aquel momento, alguien llamó al teléfono de Shelby. Lo sacó y miró la pantalla.

—Es Destiny —dijo, mientras descolgaba—. Hola, ¿va todo bien?

Destiny respondió con la voz quebrada.

—No–no. Esto es un desastre. Estoy agotada. Necesito que me ayudes.

—¿Seguro que sabes lo que estás haciendo? —preguntó Destiny, en un tono de duda.

—Sí, no te preocupes —le aseguró Shelby, antes de que Aidan pudiera admitir que no tenía ni idea.

Él todavía no sabía cómo había cambiado tan rápido la situación. En un momento dado, estaba intentando convencer a Shelby de que no podían ser amantes y, por cierto, ¿en qué clase de mundo retorcido vivía, si le estaba diciendo eso a una mujer hermosa a la que deseaba con toda su alma? Y, al instante, estaban de camino a casa de Destiny.

La flamante madre estaba agotada. Estaba pálida y tenía unas ojeras muy marcadas. Shelby le había quitado al bebé de los brazos y se lo había dado a Aidan. Después, se había puesto a preparar el té.

Aidan tenía a la niña de seis semanas en brazos, con cuidado de no despertarla. Era una cosita muy hermosa, con una nariz pequeñita y una boca muy dulce. Mientras siguiera dormida, él podría controlar la situación.

Destiny se sentó en la mesa de la cocina.

—Kipling se fue hace dos días. Me dijo que podía cancelar este viaje, pero llevaba mucho tiempo esperando que llegara esta conferencia. Le dije que todo iba a ir bien. Y Starr está muy ocupada con su vida, así que, realmente, solo estamos Tonya y yo. La niña es muy buena, pero la mitad de las veces yo no sé lo que estoy haciendo. ¿Y si la rompo, o le hago daño?

Shelby puso las hojas de té en el filtro y, después, puso el filtro en la tetera. El agua ya estaba empezando a hervir, así que apagó el fuego y vertió el agua en la tetera.

—No vas a romperla ni a hacerle daño —le dijo a Destiny—. Tú eres una de las personas más organizadas que conozco, pero tienes que aprender a pedir ayuda. Acabas de tener un bebé, y es lógico que tengas temores. No tienes por qué pasar sola por todo esto.

—Sí, ya lo sé —dijo Destiny, entre lágrimas—, pero es que me siento como una inútil. Estoy cansada todo el rato.

—¿Duermes algo? —le preguntó Aidan.
—Un par de horas, de vez en cuando.
—No es suficiente.
Destiny se enjugó las lágrimas.
—Starr es una adolescente. No quiero pedirle demasiadas cosas. Tiene que divertirse con sus amigas. Pero llega su cumpleaños, y no tengo tiempo para organizarlo como es debido. Estoy intentando escribir un par de canciones, de gestionar la publicidad para la gira y... ¡estoy gorda!

Empezó a llorar otra vez, tapándose la cara con las manos. Shelby se sentó a su lado y la abrazó.

—A ver si lo entiendo —dijo—. Tienes una hija recién nacida y le estás dando el pecho, así que tienes que despertarte cada dos horas. Haces la comida para tu marido y tu hermana, cuidas a Tonya, llevas la casa... Todo eso, mientras intentas componer música nueva, organizas una gira nacional, haces la publicidad y ensayas con Starr. Y, además, tienes que organizar su cumpleaños y estás intentando ponerte en forma después de dar a luz.

—Sí. Y me han mandado DVDs con coreografía que tengo que aprender.

Aidan se cansó solo de oírlo.

—Contrata una asistenta —le dijo—. Y una niñera a tiempo parcial. Vas a necesitar una niñera para la gira, así que búscala ahora para que ya te sientas cómoda dejándole a la niña cuando tengas que dar un concierto. Dile a Kipling que venga para acá. Él es el padre, y tiene que asumir un poco más de responsabilidad. Y tienes razón en cuanto a Starr. Es una adolescente, así que déjala vivir la vida. Shelby y yo nos ocupamos de su fiesta de cumpleaños.

Las dos mujeres se quedaron mirándolo. Destiny se había quedado boquiabierta.

—¿Qué? —preguntó él, en un tono defensivo—. ¿Es que solo tenía que escuchar?

Shelby sonrió.

—No. Se suponía que tenías que arreglarlo, y has hecho un buen trabajo.

Shelby navegó por el tablero de Pinterest. La gente era muy creativa, pensó alegremente, y tomó notas mientras estudiaba distintos tipos de bollería con adornos relativos a la música. Habían resuelto la crisis de Destiny, y una de las cosas que tenía que hacer ahora era organizar el décimo sexto cumpleaños de Starr.

Aidan le había sugerido una fiesta con temática musical, y Shelby había estado muy de acuerdo. Iban a divertirse mucho con eso. Habían decidido centrarse en la década de los cincuenta, que les ofrecía muchas posibilidades.

Amber entró en su despacho y se sentó. Su socia llevaba una blusa amarilla y suelta y unos pantalones vaqueros. Tenía el pelo recogido hacia atrás y se había maquillado muy ligeramente. Apenas se le notaba el embarazo, pero irradiaba una felicidad que Shelby no había visto antes en ella.

—Estás radiante.

Amber se echó a reír.

—Gracias. Me encuentro muy bien, muy sana. Por suerte, ya no tengo náuseas matinales. Era horrible. Y tú, ¿qué tal estás?

—Muy bien. El negocio va estupendamente, como sabes. Mis estudiantes están haciendo un gran trabajo con las galletas. Quiero empezar a preparar un horario para la temporada de verano. Tenemos el carro para las fiestas y algunos otros de los proyectos de los que hemos estado hablando –dijo Shelby, y alzó una mano–. No te preocupes. Yo me encargo de todo.

Esperaba que su socia empezara a tomarle el pelo por la cantidad de planes que tenía, pero pareció que Amber se encogía un poco.

–He tomado una decisión –dijo, cuadrándose de hombros–. Sé que es lo mejor, pero va a provocar muchos cambios.

A Shelby no le gustó cómo sonaba aquello.

–¿Qué cambios?

–Este embarazo es muy inesperado, y me va a cambiar la vida. Quiero vivirlo todo, experimentarlo todo. Quiero estar siempre ahí para mi hijo –le explicó Amber, y tomó aire para continuar–: Shelby, voy a vender la pastelería, y me gustaría que tú la compraras.

Aidan le había prometido que subir en bicicleta de montaña por una ladera iba a ayudarla mucho a aclararse la cabeza. Shelby no estaba tan segura, porque casi no podía pensar. Ni respirar. Pero, tal vez, ese era el objetivo: jadear y soportar el dolor muscular de las piernas para distraerse de la indecisión con la que había estado luchando durante los dos últimos días. Estaba funcionando.

Hacía un día precioso, soleado y frío. Había señales de la llegada de la primavera por todas partes. Brotes y hojas nuevas en los árboles, flores silvestres, cánticos de pájaros y la brisa, que movía suavemente las ramas.

Habría sido mucho más fácil observar todo aquello si no estuviera tan preocupada por no caerse de la bici.

–Ve siempre por el centro de la pista –le dijo Aidan, a su espalda.

Shelby no sabía qué le resultaba más molesto, si las

instrucciones que le daba, o el hecho de que no le faltara ni un ápice el aliento.

Ella estaba en forma. Hacía ejercicio. Sin embargo, parecía que no era suficiente para aquella prueba, pensó, al ver que el camino seguía ascendiendo por la montaña con una inclinación casi vertical.

Aidan se puso a su lado.

—Te prometo que las vistas merecen la pena.

—¿Y no podemos comprar una postal?

Él se echó a reír.

El sonido de su risa hizo sonreír a Shelby. Estar allí, aunque fuera en una bici de montaña, era estupendo.

—No me dolerá el trasero después, ¿no? —preguntó él.

—Sin dolor no hay beneficio.

—Eso es una mentira que se inventó un masoquista. No me vas a convencer de lo contrario.

Él señaló el final de la pista.

—¿Podrás llegar?

—Vamos a ver.

Shelby empezó a pedalear con fuerza. Le dolían los muslos y los pulmones. Mantuvo la cabeza agachada, concentrada solamente en el próximo par de metros. Subir y subir; al final, iba a conseguirlo.

—Vamos, Shelby —le dijo Aidan—. Queda muy poco.

Cuando llegó a la cima, se encontró ante las vistas de todo el pueblo y el valle a sus pies. Vista que habría sido mucho más bonita si ella hubiera estado consciente.

Posó la bicicleta en el suelo, se quitó el casco y posó las manos en los muslos temblorosos mientras respiraba a bocanadas.

Aidan le pasó una botella de agua.

—Bebe despacio. Solo un traguito.

¿Un trago? Tenía la garganta seca, el cuerpo acalorado y el corazón acelerado. Y ninguna de las tres cosas era buena. Tomó la botella, se irguió y dejó que el agua cayera por su garganta.

—¡Shelby, para...

Aidan solo tuvo tiempo para decir aquellas dos palabras antes de que ella sintiera el primer espasmo. Dejó caer la botella y se agarró el estómago. Un segundo después, vomitó todo el agua.

Siguió con las náuseas varios minutos. Cuando todo terminó, cayó de rodillas y se apoyó con las manos en la tierra.

—Odio la bicicleta —dijo.

—No, no parece que sea el mejor deporte para ti —dijo él, asintiendo—. ¿Puedes sentarte?

Ella se sentó y posó la cabeza en las rodillas. Tenía mucho calor, estaba sudando y se sentía mortificada. ¿Qué podía decir después de algo así?

Aidan se arrodilló a su lado y le pasó un trapo húmedo por la cara. Después, le dio otra vez la botella de agua.

—Bebe —le dijo, con firmeza—. Da un sorbo, espera veinte segundos y da otro sorbo.

—Lo siento.

Él sonrió.

—No te preocupes, esto pasa muchas veces. Nadie escucha, y todo el mundo paga el precio.

—Nunca más voy a dudar de ti.

Él se echó a reír.

—Ojalá fuera cierto.

Cuando tomó unos cuantos sorbos de agua, Shelby se sintió mejor. El aire de la montaña la refrescó, y su corazón empezó a latir con normalidad. Incluso las vistas le parecieron más bonitas que antes. No obstante, aunque le habría encantado admirarlas, tenían que hablar de cosas para tomar decisiones.

—Gracias por ofrecerte a ayudarme con la fiesta de Starr.

—¡No me des las gracias! Va a ser la mejor fiesta del mundo. He buscado por internet, y hay un montón de cosas estupendas que podemos hacer.

—Nunca pensé que te iba a gustar tanto organizar una fiesta para una chica de dieciséis años.

Él se tocó el pecho.

—Me duele que me digas eso. ¿Por qué no iba a gustarme? Starr me cae muy bien, y cumplir dieciséis años es algo muy importante. Me pregunto si Kipling va a enseñarle a conducir.

Shelby se quedó mirándolo.

—¡No! No vamos a hablar de eso. ¿No crees que ya suceden suficientes cosas sin que nos metamos en si Starr aprende o no aprende a conducir?

—Tiene que aprender. Solo me inquieta que Kipling no tenga tiempo al tener que ocuparse de la niña. Starr no debería quedar desatendida en medio de todo esto.

—Vaya, ahora me siento culpable. Eres más sensible que yo.

—Soy un hombre muy sensible.

—Eso parece.

En realidad, Aidan tenía razón. Starr tenía que aprender a conducir. Era un rito de madurez para todos los niños de Estados Unidos y, además, le serviría para ser de gran ayuda en casa.

—Es muy duro ver que eres mejor persona que yo —refunfuñó Shelby—. Está bien. Vamos a hablar con Kipling sobre la conducción.

—Yo soy increíble —dijo él con una sonrisa—. Eres muy afortunada por tenerme a tu lado.

—Oigo ruidos, pero no entiendo nada —dijo ella.

Aidan se echó a reír.

Su carcajada de felicidad reverberó por las montañas. Ella tomó un poco más de agua y disfrutó de aquel momento. Un par de problemas resueltos, y otros cuantos esperando en la recámara. ¿No era siempre así?

—¿Quieres que hablemos ya de ello? —le preguntó Aidan en voz baja.

—Claro.

—Tienes que empezar tú —le dijo ella—. Yo me lo imagino, pero tal vez me equivoque. ¿Qué piensas?

Ella lo miró con una sonrisa.

Lo que estaba pensando era que se sentía bien con él. Que había vomitado todo lo que tenía en el estómago y que él todavía estaba allí. Que era un gran tipo y que había acertado al elegirlo. Que no quería que su amistad terminara cuando se cumplieran los seis meses. Por supuesto, seguirían siendo amigos, pero todo sería diferente. Él empezaría a salir con mujeres, y ella sabía que eso lo cambiaría todo. No tendrían organizado un tiempo para estar juntos, como ahora, y ella iba a echarlo de menos.

Pensaba en otras cosas, también. En su beso, y en cómo había hecho que se sintiera ese beso. Sabía que Aidan había hecho bien al interrumpirlo y alejarse, porque intimar a nivel físico lo cambiaría todo. Pero... ¿cómo iba a olvidarlo? ¿Cómo iba a renunciar a ello?

Todo aquello, al final, no era más que una distracción. Una bonita distracción, pero distracción de todos modos.

—No sé qué hacer con respecto a la pastelería —dijo, por fin—. Sé lo que quiero, pero ¿tiene sentido? Obviamente, todavía estoy aturdida por la noticia. No me lo esperaba. Sabía que Amber estaba embarazada, pero nunca se me había pasado por la cabeza que fuera a deshacerse de la pastelería.

—Y tú quieres comprársela.

—Sí. Podría hacer tantas cosas... Hay tantas formas de expandir el negocio... Pero Amber es la que tiene la experiencia. Puede que haya una buena razón por la que ella no hizo todas esas cosas antes. Puede que mis ideas sean descabelladas y que, si las pongo en práctica, el negocio se vaya a pique.

—¿De verdad piensas eso?

—Algunas veces, sí. No sé qué pensar. No sé qué hacer. Estoy emocionada, asustada y confusa a la vez.

—Vamos a mirarlo de otro modo —dijo él—. ¿Qué es lo que no quieres?

Aquella era la pregunta idónea en el momento más oportuno. Ella tomó aire.

—No quiero sentirme atrapada —dijo, y sonrió—. Creo que eso me lo has contagiado tú. No quiero quedarme atrapada en un lugar que me haga infeliz. No estoy diciendo que no quiera trabajar para otra persona; eso puede estar muy bien, dependiendo de quién sea. No lo sé. Me encanta mi trabajo, pero, a veces, me siento muy constreñida. Tengo muchas ideas y puede que algunas sean una locura, pero otras son muy buenas. Quiero tener la oportunidad de experimentar, de intentar cosas nuevas. Quiero tener una flota de puntos de venta itinerantes por todas las fiestas y que mis galletas vayan a todas partes del país. Quiero me asocien con los buenos momentos. Bueno, no a mí, sino a mi negocio.

—Respira. No puedes hacer nada de eso si no respiras.

Ella lo hizo. Después, tomó otro sorbo de agua.

—¿Qué piensas tú?

Tuvo que preguntárselo porque no podía adivinarlo solo con mirarlo. Pero sabía que, pensara lo que pensara Aidan, sería algo bueno, algo que le serviría de apoyo. No temía lo que él pudiera decir. Incluso si le decía que pensaba que comprar el negocio era un error, ella sabría que tenía buenas intenciones y que solo quería lo mejor para ella.

Tendría que recordar este sentimiento. Cuando pasaran los seis meses y ella se pusiera a buscar a un hombre para enamorarse, quería sentirse así cuando estuviera con él. Segura y cuidada. Y quería que se sintiera de la misma manera con ella.

—Creo que deberías comprar la pastelería.

Aquello era mucho más rotundo de lo que ella se esperaba.

—¿Cómo puedes decir eso? ¿Qué sé yo de llevar un negocio? ¿Y si lo hago todo mal? ¿Y si todo el mundo deja su empleo y nadie más me compra una galleta? Moriré arruinada, sola y humillada.

—Ese es el espíritu positivo que todos admiramos.

Ella lo fulminó con la mirada.

—¿Es que quieres ser gracioso? Esto no tiene gracia. Es algo muy serio.

No parecía que Aidan estuviera muy impresionado. Estiró las piernas y sonrió.

—¿He dicho lo de respirar? Es la regla número uno. Después de eso, todo lo demás es fácil.

—¿Qué sabes tú de respirar? Tú tienes un negocio próspero. Para ti es fácil decir lo que yo debería hacer y no debería hacer. Tú no eres el que va a fracasar.

—Ni tú. Tú quieres esto, Shelby. Llevas mucho tiempo trabajando por ello. Hablas de sentirte atrapada. Bueno, pues con Amber, estabas atrapada. Querías volar, y ella no quería despegar. No estoy diciendo que tú tuvieras razón y ella estuviera equivocada. Eso no lo sabremos hasta dentro de un tiempo. Pero esta es tu oportunidad de alcanzar tus sueños, así que aprovéchala. No mucha gente la tiene.

Ella abrió la boca, pero volvió a cerrarla. ¿Qué podía decir? Si aquel era su sueño, no podía dejarlo escapar.

—Tengo miedo —reconoció—. Mucho.

—Razón de más para hacerlo.

¿Tendría razón Aidan? Aunque, tal vez, esa no era la pregunta correcta. Tal vez, la pregunta que debía hacerse era: ¿cómo se sentiría si nunca lo intentaba?

Capítulo 13

Shelby nunca se había considerado a sí misma una persona demasiado emocional. Había pasado muchas situaciones horribles en su vida y había tenido que acudir a sesiones de terapia psicológica. Estaba bastante segura de que entendía cómo funcionaba su cabeza. Observaba a la gente, intentaba comprenderla y responder adecuadamente. Casi nunca se sentaba en la mesa de una reunión de negocios conteniendo las ganas de llorar.

Sin embargo, en aquel momento tenía que pestañear rápidamente. Estaba conmovida y muy agradecida. Había llegado a Fool's Gold con las manos vacías. La habían aceptado y acogido, y le habían dado la bienvenida de todas las formas posibles.

—La valoración de un negocio es sencilla y complicada a la vez —decía Sam Ridge, un antiguo jugador de la Liga Nacional de Fútbol americano que había disputado la Super Bowl con su equipo y la había ganado—. Están las cosas tangibles: el valor de los equipos y el valor del inventario. Como se trata de una pastelería, supongo que la mayoría del inventario es perecedero —explicó—. Se supone que son *brownies*, y no coches.

—Claro —respondió Shelby—. No tenemos muchos coches que vender.

—Entonces, no hay inventario real, salvo los ingredientes. También están los ingresos, cuánto se gana a la semana y al mes. De eso hay que restar lo que pagáis: el coste de la harina, el azúcar y la mantequilla. Los sueldos de los empleados. Los seguros y el alquiler. En este punto es donde se vuelve complicado: todo debe ser valorado. La lista de vuestros clientes de fuera del pueblo. Las recetas, el logotipo, el buen nombre que se ha ganado la pastelería. La reputación también tiene valor. La cuestión es... ¿cómo se le pone el precio a eso?

Patience Garrett arrugó la nariz.

—No te enfades, Sam, pero me estás asustando a mí, y yo ya tengo Brew-haha. No me imagino lo que le estás haciendo a la pobre Shelby.

Sam se quedó sorprendido.

—Le estoy dando consejos. Creía que habíamos venido a eso.

—Hay una ligera diferencia entre dar consejos y torturar —le dijo Patience—. ¡Cómo eres! —añadió, y se volvió hacia ella—. Shelby, ¿estás bien?

Shelby asintió, porque casi no podía hablar. Si se permitía el lujo de llorar, se le pasarían los síntomas, pero dejaría azoradas a aquellas buenas personas que habían ido a ayudarla. Y aquella ayuda, que había llegado tan inesperadamente, era el motivo de las lágrimas.

Parecía que Amber le había contado a más gente que quería vender la pastelería, y la noticia se había difundido rápidamente. En los dos últimos días, había recibido muchos consejos sobre lo que debía hacer. Todo el mundo estaba de acuerdo: querían que comprara Ambrosia Bakery.

Cuando Patience la llamó para pedirle que pasara por

su casa, Shelby no sabía qué pensar. El hecho de que Sam Ridge también estuviera en la reunión había sido una sorpresa para ella. Patience le sirvió una taza de café y Sam comenzó a hablar. A diferencia de las otras personas que habían ido a la pastelería para darle sus opiniones, Sam y Patience le estaban brindando consejos reales y prácticos. A los veinte minutos de explicación sobre la valoración del negocio, le daba vueltas la cabeza, pero también se sentía más segura. Al menos, ya sabía qué preguntar.

—Amber será justa —dijo Patience—. La conozco de toda la vida, y es muy buena.

—Esto son negocios —respondió Sam, con firmeza—. En los negocios es preciso ponerlo todo por escrito. ¿Tienes abogado? —le preguntó a Shelby.

—¿Necesito un abogado? —preguntó ella. No lo había pensado—. Supongo que también necesitaré un contable.

—Puedo recomendarte a ambos —le dijo Sam—. Vas a necesitar un préstamo para comprar el negocio. Hay varias formas de estructurarlo. En el banco te explicarán las condiciones, pero yo puedo darte unas pautas básicas ahora.

Pasó cinco minutos hablándole de amortizaciones y cuotas finales. A ella empezó a dolerle la cabeza. Se le daba bien diseñar galletas y hacer nuevas recetas para *brownies*, pero no hablar de finanzas. ¿Cuánto iba a costarle la pastelería? Tenía unos pequeños ahorros, pero estaba empezando a darse cuenta de que ni por asomo iban a ser suficientes.

—No te asustes —le dijo Patience—. Sé que esto es un poco abrumador. Además, Sam es demasiado meticuloso.

—Yo solo quiero ayudar.

—Me estás ayudando mucho —le aseguró Shelby—. Te lo agradezco muchísimo. Me has dado mucho que pensar.

—¿Pero? —preguntó Patience.

Shelby tomó aire.

—Es mucho —admitió.

Patience sonrió.

—Mira, yo llevaba mucho tiempo soñando con abrir mi propio negocio, pero no tenía ni el dinero ni la experiencia. Cuando llegó mi oportunidad, me emocioné mucho. Y tuve miedo, también, porque era arriesgado. Podía haber dejado mi herencia en el banco y haber seguido con mi vida, pero sabía que siempre me iba a arrepentir. Tenía que elegir entre estar segura y tranquila o intentar hacer realidad mis sueños. Ahora, un par de años después, estoy muy contenta de la decisión que tomé. Solo tú sabes lo que es mejor para ti, Shelby. Yo solo quiero recordarte que uno no tiene muy a menudo la oportunidad de hacer realidad los sueños.

—Entonces, ¿yo estoy aquí para dar consejos que asustan mientras tú eres la motivadora? —preguntó Sam.

—Pues sí —dijo Patience, alegremente.

—Ni siquiera me sorprende —dijo Sam, sonriendo.

—Os lo agradezco muchísimo —dijo Shelby—. Mucha gente me ha dicho que lo hiciera, pero solo vosotros me habéis explicado los pasos prácticos. Eso significa mucho para mí. Tengo mucho que pensar.

—Lo vas a resolver —le aseguró Patience—. Escucha a tu corazón. Nosotros podemos darte consejos, pero eres tú la que tienes que decidir lo que es mejor para ti. Nadie más —dijo, y sonrió—. Me alegro tanto de que nos llamara Aidan... Esto ha sido divertido.

—Es cierto —dijo Sam, y le guiñó un ojo.

Shelby pestañeó.

—¿Aidan os llamó para que hablarais conmigo?

—Sí —dijo Patience, y suspiró—. Qué buena pareja hacéis. Está preocupado por ti. A mí me encanta eso de un hombre. Nunca pensé que vería a ese pájaro de rodillas, pero aquí está, comportándose como un hombre enamorado.

Shelby no sabía qué decir.

—Solo somos amigos.

—¿Así es como lo llaman ahora? —preguntó Sam, mientras se levantaba, y le dio una tarjeta—. Puedes pasar por la oficina, o también podemos programar una reunión. Lo que mejor te venga. Mientras, te paso esos nombres.

—Gracias.

Sam se marchó. Shelby le dio un abrazo y las gracias a Patience, y salió a la calle.

Ya no estaba a punto de llorar, pero seguía dándole vueltas la cabeza. Aidan les había pedido a sus amigos que la ayudaran. Eso sí era un apoyo y, además, inesperado. Ella ya sabía que era un tipo estupendo, pero, de todos modos, aquello iba más allá de lo normal.

Patience estaba equivocada. No estaban enamorados. Eran amigos y, aquel día, eso le parecía mucho más importante que cualquier otra cosa.

Después de haber sobrevivido al parto de Delivery, aunque fuera a distancia, Aidan se consideraba un experimentado ayudante en cuestiones de partos. Así que, cuando se enteró de que Isabel Hendrix había roto aguas prematuramente, supo que iban a ser necesarias provisiones. Por eso, fue rápidamente a la pastelería, en vez de a casa de Shelby. Ella le había dicho que Isabel iba a querer *pretzels*, y él sabía que no debía preguntar por qué.

En cuanto frenó delante de la pastelería, Shelby subió a la furgoneta con dos bolsas, una llena de *pretzels* y la otra, llena de galletas.

—Gracias por venir a buscarme —le dijo, con una sonrisa—. No era necesario. Podía haber ido yo sola.

—¿Y perderme toda la diversión? Ni hablar. Además, con esto podré librarme de algún evento de chicas después.

Shelby dejó las bolsas en el asiento trasero, subió al asiento del pasajero y se puso el cinturón.

—Finge todo lo que quieras. Sé que te gustan las cosas de chicas.

Aidan sabía qué quería decir. Sin embargo, solo pudo pensar en las diferencias entre hombres y mujeres. Más físicas que emocionales, sí, pero... cuánto le gustaban aquellas diferencias, y cuánto las echaba de menos.

—Me gusten o no, siempre es bueno tener un vale en el bolsillo.

—Te doy todos los vales que quieras —dijo ella—. No puedo creer lo que has hecho por mí. Bueno, sí, sí puedo. Me lo creo totalmente —añadió, y se movió en el asiento hasta que estuvo ladeada hacia él.

Lo decía con vehemencia, y su lenguaje corporal era intenso, como si quisiera estar segura de que él entendía lo que le estaba diciendo.

—¿De qué estamos hablando? —le preguntó Aidan, con cautela.

—De que le pidieras a Patience y a Sam que hablaran conmigo. Fue maravilloso y un poco angustioso, al mismo tiempo. Ellos tienen tanta información... Pero, espera un momento. Tú también tienes un negocio. ¿Por qué no me lo contaste tú mismo? Tú debes de saberlo todo sobre cómo se dirige una empresa.

—Aunque me halaga que me creas un dios, la verdad es que yo sé lo que necesito para que funcione mi empresa, no lo que necesitas saber tú. Pensé que era mejor que hablaras con alguien del ámbito financiero, como Sam. Y sabía que Patience ha hecho algo parecido a lo que quieres hacer tú. Vosotras podríais establecer un vínculo a través de vuestra experiencia.

—¿Eso es una ironía? Las mujeres no nos hacemos amigas automáticamente por cualquier cosa.

—Bueno, más o menos, sí.

Ella suspiró.

—Bueno, tal vez. De todos modos, muchas gracias. Estoy en deuda contigo. Eres un buen amigo.

Aquel cumplido alegró a Aidan.

—Tú también eres una buena amiga. Entonces, ¿te han ayudado?

—Patience me dio mucho apoyo moral. Sam fue más práctico. Ahora tengo una lista muy larga de tareas, que cada vez crece más. Tengo que hablar con mucha gente. Con un abogado, con un banco. Creo que nunca he hablado con un banco. Bueno, sí. Empecé a pedir un préstamo para comprar una parte de la pastelería. Fue una conversación breve, y me dio un poco de miedo. Supongo que hablar con un abogado será incluso peor.

—No es mi actividad favorita, pero los abogados son necesarios. Por lo menos, eso es lo que me digo a mí mismo.

Entraron en el aparcamiento del hospital y encontraron sitio cerca de la puerta. Aidan y Shelby entraron al ascensor con las bolsas.

—No puedo creer que esta sea nuestra segunda visita por un nacimiento en tan poco tiempo –dijo Shelby.

—Somos un pueblo muy fértil.

Ella se echó a reír.

—Pues eso ha debido de ponerte muy nervioso, con la de amigas que has tenido.

—No, yo, no. Yo creo firmemente en el uso de los anticonceptivos. Es más fácil para todos.

Ella sonrió. Empezaron a brillarle los ojos, y Aidan supo que se había metido en un lío.

—No sé lo que estás pensando –le dijo a Shelby , pero no lo digas en voz alta.

Las puertas del ascensor se abrieron en la planta de maternidad. Shelby sonrió dulcemente, y dijo:

—Las empresas de preservativos debían de adorarte. ¿No te enviaban una felicitación navideña todos los años?

—Pero qué graciosa eres —refunfuñó él.

Junto a la puerta de la habitación de Isabel había bastante gente. Aidan supuso que ya habían llegado sus familiares y los de su marido.

Al verlos, Madeline les hizo un gesto para que se acercaran.

—Está muy bien —dijo—. Obviamente, le han hecho la cesárea. Eran trillizas. ¡Niñas! Todas pesan más de un kilo y medio, lo cual es fantástico. El mayor problema que pueden tener unos trillizos es un peso bajo al nacer, porque eso puede causarles un montón de problemas.

Shelby le dio un abrazo a su amiga.

—Me parece que alguien ha estado en internet.

Madeline se echó a reír.

—Quería que pareciera que sé mucho, porque la gente iba a hacer preguntas. Hola, Aidan.

—Maddie.

Madeline arrugó la nariz al oír el diminutivo de su nombre.

—Eso es lo malo de vivir en el mismo sitio toda tu vida, que cualquiera puede hacer que te sientas como si tuvieras seis años.

—Entonces te encantaba, y estoy seguro de que ahora también.

Ella sonrió.

—Shelby, querida, cuando tengamos un rato tranquilo, recuérdame que te cuente una vez que Aidan se pringó las manos con pegamento y entonces tuvo que hacer pis.

Él gruñó.

—Ni se te ocurra.

Madeline sonrió.

—Claro que se me va a ocurrir, y lo voy a hacer. Ahora, venid a ver a la nueva madre.

La gente se apartó cuando entraron en la habitación. Había mucha gente, incluidos los padres de Isabel y la gran familia de su marido. Ford tenía cinco hermanos, y tres de sus hermanas también eran trillizas. Denise, la madre de Ford, estaba con su novio, Max.

Shelby se acercó a su amiga y le dio un abrazo. Aidan se quedó junto a los hombres. Ford estaba pálido.

—¿Cómo lo llevas? —le preguntó Aidan.

—No lo llevo —admitió Ford—. He estado en el campo de batalla, y he visto cosas muy malas. Sin embargo, no estaba preparado para ver al médico abrirle la tripa a mi mujer como si fuera un melón y empezar a sacar niñas. Deberían advertirte.

Aidan no sabía si reírse, ofrecerle un abrazo o salir corriendo. Lo que más le apetecía era lo último, pero no estaría bien. Tenía que apoyar a su amigo.

—Yo sabía que eran tres —dijo Ford, cabeceando—. Lo vi en la ecografía. El médico lo dijo bien claro. Pero, demonios... se puso a sacar un bebé tras otro, y son tan pequeñas... Muy, muy pequeñas, Aidan. ¿Qué vamos a hacer con ellas?

Aidan no tuvo que responder, porque Shelby lo llamó para que le diera las bolsas. Ella le enseñó a Isabel los *pretzels*, e Isabel se echó a llorar. El baño de hormonas continuó cuando las otras mujeres se acercaron para ver qué ocurría. Él se ocupó colocando las cajas de galletas y, después, lentamente, muy lentamente, salió al pasillo. Shelby sabría dónde encontrarlo.

Lo que no se esperaba era ver a sus padres en el pasillo. A su madre, tal vez, pero ¿a su padre? Ceallach no tenía interés por nada, salvo por sí mismo.

Su madre sonrió al verlo.

—Nos hemos enterado de la noticia y hemos venido a ver a Isabel y a las niñas. ¿Has ido a verlas tú? Son preciosas. Pequeñitas, pero preciosas. Isabel debe de estar muy feliz —le dijo, y le dio un abrazo. Al separarse de él, lo miró fijamente—. Quiero nietos.

Aidan retrocedió y alzó ambas manos.

—A mí no me mires. El que está prometido es Del. Habla con Maya y con él.

—Quiero nietos de todos vosotros. Tienes que empezar ya a planearlo todo. Shelby es la chica perfecta. ¿A qué estás esperando?

Aidan contuvo un gruñido. No iba a empezar de nuevo a decir que solo eran amigos. Se giró hacia su padre.

—Hola, papá. ¿Cómo estás?

Su padre lo miró y entrecerró los ojos como si acabara de darse cuenta de quién estaba ante él.

—¡Tú! Todo es culpa tuya.

—Somos cinco. Lo de los nietos no es solo culpa mía.

—Tú tienes la culpa de que se vaya Nick. Tú lo has echado —dijo su padre, levantando la voz a cada palabra.

—¿De verdad piensas eso? —le preguntó Aidan—. ¿Crees que yo tengo algo que ver? Pues te equivocas. Es todo culpa tuya, papá. Hay un motivo por el que todos tus hijos se han marchado de Fool's Gold. ¿No te has parado a pensarlo?

Elaine le puso una mano sobre el brazo.

—Aidan, no digas eso. Vas a disgustar a tu padre.

—Sí, claro, y eso no puede ser, ¿eh?

Se dio la vuelta y se marchó al pasillo de las incubadoras. Cualquier cosa, con tal de alejarse de allí.

Unos minutos después, mientras él miraba a los bebés que estaban detrás del cristal, oyó que Shelby se acercaba y se colocaba a su lado.

—He oído la discusión —le dijo en voz baja.
—No quiero hablar de eso.
—De acuerdo.
—¿Sí? ¿Tan fácil?
—Algunas veces no hace falta hablar. Tú me lo has enseñado —dijo ella, y le tomó la mano.

Entrelazaron los dedos mientras veían a las niñas dormir por primera vez en Fool's Gold.

—No necesitas que te ayude —dijo Shelby en broma—. Te he visto hacer cosas mucho más difíciles.

Aidan echó las migas de galleta en el cuenco.

—¿Qué dices? Esto se hace en tres partes. Yo jamás he hecho una tarta de tres partes.

Shelby se preguntó cuántos dulces habría hecho él antes de que se conocieran. Tal vez, galletas, con ayuda de alguna novia. Desde que ellos dos habían empezado a ser amigos, él había aprendido a cocinar diferentes cosas. Al principio, era ella la que hacía la mayoría del trabajo, pero, últimamente, solo tenía que supervisarlo y darle consejos.

Estaban haciendo una tarta de lima. Aidan ya había hecho una taza de zumo de lima. Se había quedado asombrado cuando ella le había dicho que harían falta más de setecientos gramos de limas para obtener esa cantidad. Después, había visto lo pequeñas que eran y el poco zumo que daban.

Estaban en casa de Aidan. Su cocina era un poco más grande que la de ella. Él tenía que acostumbrarse a trabajar allí, porque ella no iba a estar siempre cerca para ayudarle. Aquel pensamiento hizo que se sintiera extraña. Junio estaba cada vez más cerca. Entonces, terminarían sus seis meses de plazo y ellos retomarían su vida normal.

Aunque estaba segura de que Aidan y ella seguirían en contacto, sabía que todo iba a ser diferente.

Él sacó la mantequilla derretida del microondas y la vertió sobre las migas de galleta. Se puso unos guantes desechables y mezcló los dos ingredientes con las manos. Después, pasó la mezcla al molde de la tarta.

—Que quede muy liso —le dijo ella, desde su asiento—. E intenta que el grosor sea igual en toda la superficie de la base.

Él se puso a apretar la mezcla contra el fondo del molde.

—Siento lo de mi padre.

Aquello fue inesperado. Desde la visita al hospital, él no había dicho nada del incidente, y Shelby no sabía si hablaría de ello alguna vez.

—Si te estás disculpando por lo que dijo él, no tienes por qué hacerlo. Sé que es un cretino.

Aidan la miró con las cejas enarcadas.

—¿Estás criticando a mi padre?

—Sí, y se merece más de lo que he dicho. Es terrible. Lo siento. Sé que es tu familia y que debería callarme, pero no puedo. Tú nunca hablas mucho de él, pero yo he oído cosas. Y, ahora, le he visto en acción. ¿Qué le pasa? ¿Por qué te culpa a ti de que se marche Nick? Tú no has tenido nada que ver con eso.

—Bueno, puede que se lo sugiriera cuando nos peleamos en el bar.

La noche en que había cambiado todo, pensó ella. La noche en que había visto a Aidan y a su hermano discutir y no acabar pegándose, y se había dado cuenta de que, incluso furioso, Aidan seguía siendo accesible. De repente, todo lo que había leído en sus libros de autoayuda, todo lo que había hablado en terapia, cobró sentido. Lo que había hecho su padre, quién era su padre, no era la norma, y ella no tenía que estar asustada todo el tiempo.

—¿Quieres decir que Nick tiene tan poca personalidad que tú le dices lo que tiene que hacer y él lo hace?

Aidan sonrió.

—Claro que no.

—Entonces, ¿cómo puede ser culpa tuya que se vaya? Tú no eres el problema. El problema es Ceallach, que no es un buen hombre.

—No. Es un genio.

Ella dio un resoplido.

—No es excusa para su comportamiento. Kipling es un atleta internacional y es un buen tipo. Tener un don no es excusa para ser un imbécil.

—Qué ferocidad —bromeó él.

—Eres mi amigo. No quiero que nadie te haga daño.

A él se le pasó el buen humor.

—No puede hacerme daño, Shelby. Perdió ese poder hace mucho tiempo.

Ella sabía que él creía lo que estaba diciendo, pero ella no estaba tan segura. Por lo que había aprendido personalmente, los padres y las madres siempre podían hacerles daño a sus hijos. Era algo que tenía que ver con la filiación: uno siempre era hijo de sus padres.

—Creo que el problema es que nadie esperó nunca nada de él —dijo ella—. Emocionalmente, quiero decir. Como era quien era y podía hacer lo que hacía, nadie le exigió que cumpliera con los demás estándares sociales. Y, en algún momento, el mal comportamiento se confundió con su brillantez.

—Hablando de estándares —dijo Aidan, mostrándole el molde—. ¿Está así lo suficientemente liso y grueso?

Ella inspección la base.

—Perfecta. Métela al horno y pon el reloj.

Él se quitó los guantes y obedeció. Después, leyó el siguiente paso de la receta.

—No es solo una cuestión social –dijo, mientras sacaba los huevos de la nevera–. Mi madre siempre nos decía que teníamos que organizarnos con respecto al horario de mi padre. Ella fue la que se lo permitió todo desde el principio. Ella es su mayor admiradora. Estaría dispuesta a caminar sobre las llamas por él.

Shelby se apoyó en la encimera de la isla

–¿Eso es algo que solo hacen las mujeres? –preguntó–. Detesto generalizar, pero ¿cuántas veces actúan así los hombres? Seguro que hay algunos que se someten a otra persona que, supuestamente, tiene un don, pero me parece que eso es más cosa de mujeres. ¿Crees que tenemos una tendencia biológica a servir?

Él sacó unas varillas de un cajón, y respondió:

—Bueno, yo creo que las mujeres estáis más dispuestas a adorar a alguien, a falta de una palabra mejor. O, al menos, una mujer está más dispuesta a adorar al hombre de su vida. No sé si es algo biológico o cultural, más bien, pero hay más mujeres que hombres viviendo en la servidumbre. Mi madre es el ejemplo perfecto. Ella te diría que era por el bien de todos. Que el mundo es un lugar mejor por lo que ha creado Ceallach Mitchell. Si hubiera que pagar un precio por eso, ella diría que merece la pena.

—¿Y tú?

—No lo sé. Todos hemos sobrevivido, y nos va bien. Todas las infancias tienen sus más y sus menos.

Ella sabía lo que quería decir Aidan, pero pensó en su madre. En cómo había permitido que su padre la pegara. ¿Cuándo cruzaba un progenitor el límite entre ser un esposo y esposa que apoyaba a su compañero y ser un monstruo?

—¿Shelby? ¿Estás bien?

Ella se quitó aquel pensamiento de la cabeza.

—¿Qué? Estoy bien, sí, ¿por qué?

—Te has quedado pálida —dijo Aidan. Rodeó la isla y se puso frente a ella—. ¿Qué te ha pasado?

—Acabo de pensar que mi madre era un monstruo. ¿Cómo he podido pensar eso? Yo la quería mucho.

Él tomó su cara entre las manos.

—Aunque no soy ningún experto, voy a intentar decirte lo que pienso. Sí, tú la querías, pero ella no te protegió. Yo estoy de acuerdo en que un matrimonio debe formar un equipo y apoyarse, pero no hay excusa para pegar a los hijos. Tu padre no debió tocarte, y tu madre no debió permitir que lo hiciera. Ella podía decidir si dejaba o no dejaba a tu padre, pero debería haber impedido que tu padre te pegara. Debería haberte cuidado. No sé si habría podido mantenerte a salvo o no, pero debería haberlo intentado.

Shelby se quedó mirándolo fijamente.

—El motivo por el que yo no puedo confiar en los demás no es mi padre —dijo con asombro—. Es ella. Yo sabía que él estaba roto por dentro, que tenía algo oscuro. Pero ella era diferente. Era normal. Pero permitió que él hiciera esas cosas. No es él, es ella.

Se le llenaron los ojos de lágrimas. Aidan la abrazó sin decir nada. No le prometió que todo se iba a arreglar, y eso le gustó. Le gustaba su fuerza y que no le importara que ella le mojara la camisa.

Intentó procesar lo que había comprendido por fin. Se sentía más ligera, pero tenía el estómago revuelto. Los hombres como su padre eran fácil de evitar, porque rara vez llevaban un disfraz. Sin embargo, lo de su madre era distinto.

—Sigo queriéndola —susurró—. ¿No te parece enfermizo?

Él se echó hacia atrás y la miró a la cara.

—No, no es enfermizo. Tú no estás enferma, sino que eres muy fuerte. Mira todo lo que has pasado en la vida, y aquí estás, feliz y con éxito. La mayoría de la gente no se habría dado cuenta de que tenía un problema ni habría hecho nada por solucionarlo. Tú ideaste un plan para mejorar. Me metiste en él. Eres una de las personas más impresionantes que he conocido, Shelby. Me siento honrado por formar parte de tu vida.

Aquellas palabras fueron como una bendición para ella. Las tomó y dejó que llenaran las partes rotas que tenía en el alma. Curarse iba a llevarle un tiempo, como sucedía siempre. Sin embargo, había empezado. Era un buen comienzo.

—Gracias —murmuró.

Él le besó la frente.

—De nada. ¿Estás mejor?

Ella asintió.

—Muy bien, porque, dentro de un par de horas, vamos a comer tarta.

Shelby se echó a reír.

Él bajó las manos y se alejó un paso de ella. Sin pensarlo, Shelby lo agarró del cuello de la camisa para que no se alejara más. Él la miró fijamente.

—Vamos a hacer el amor —le dijo ella.

Aidan soltó un juramento y se marchó al rincón más lejano de la cocina.

—Demonios, Shelby.

—No estoy jugando. Lo digo en serio. Será estupendo.

Él respiró profundamente.

—No puedo creer que esté diciendo esto, pero no. No vamos a echarlo todo a perder por el sexo. Esta es la mejor relación que he tenido con una mujer. Me importas. No voy a permitir que eso cambie por un revolcón.

Curiosamente, Shelby se sintió desilusionada, pero

no rechazada. Tal vez, porque sabía que él la deseaba. Y, pese a que su decisión de hacer lo más correcto era muy molesta, también era maravillosa.

—No sería un revolcón.

—Bueno, ya sabes lo que quiero decir.

Parecía que Aidan estaba frustrado y desesperado, a punto de saltar. De repente, sonó el temporizador del horno.

La expresión de alivio de Aidan fue casi cómica. Fue corriendo hasta el horno y sacó el molde de la tarta.

—Ah, mira, ya está hecho –dijo. Lo dejó sobre la rejilla para que se enfriara y se giró hacia Shelby–. No podemos.

—Sí, ya lo sé. Lo siento. No voy a volver a pedírtelo.

—Sí, ya –dijo él, y soltó una palabrota–. Como si me lo creyera. Me estás matando, ¿sabes? Porque decir que no es lo que tengo que hacer, aunque no quiera decirlo –gruñó–. Realmente, soy una mujer.

Ella se echó a reír.

—No, claro que no. Eres maravilloso. Esta también es la mejor relación que yo he tenido. Lo siento, de verdad.

—¿Qué sientes? ¿Haberlo preguntado, o que no vayamos a hacerlo?

—Las dos cosas.

Capítulo 14

Shelby caminó por el local que estaba disponible al lado de la pastelería. No sabía nada sobre construcción, pero no iba a dejar de soñar por eso. Suponiendo que fuera posible derribar, por lo menos, una parte de la pared que había entre las dos fachadas, tendría fácil acceso a la parte posterior y delantera del local, y la posibilidad de cerrarlo. Así que podría tener una tetería delante y una cocina más grande en la parte de atrás.

Había estado investigando en internet y sabía que instalar una cocina profesional iba a ser muy caro, pero parecía que era el momento. El espacio estaba allí. Si no lo alquilaba ella, lo haría otra persona.

La ventaja era que podía ayudar a diseñar la nueva cocina. Podría poner más hornos para aumentar la capacidad de producción de la pastelería y la panadería.

Estaba entre emocionada y aterrorizada. Probablemente era normal, teniendo en cuenta lo que iba a hacer: dar un gran salto hacia lo desconocido. Sin embargo, tenía que hacerlo. No quería pasarse el resto de la vida preguntándose: «¿Y si...?».

Cerró la puerta y se metió la llave en el bolsillo. Josh Golden había aceptado darle un plazo de cuarenta y ocho horas para tomar una decisión. Tendría que avisarle al día siguiente, a aquella misma hora. Aunque no necesitaba tanto tiempo, porque ya sabía lo que iba a hacer.

Al volver a la panadería, se encontró a Eddie Carberry junto al mostrador.

—Te estaba esperando —le dijo Eddie—. Ella no quería decirme dónde estabas —añadió, señalando a la dependienta, que sonrió con una expresión de disculpa.

—Me ofrecí a darle el mensaje.

—No te preocupes —le dijo Shelby—. ¿Qué puedo hacer por ti, Eddie?

—Quiero galletas personalizadas para mi liga de bolos. Vamos a tu despacho a hablar del pedido.

Por lo general, Shelby hablaba de esos pedidos en la pequeña zona para comer que había en el local. Sin embargo, parecía que Eddie estaba totalmente decidida, y Shelby se encaminó hacia el despacho. Cuando Eddie estuvo sentada en la silla de las visitas, ella se acercó a la estantería que había junto a la puerta.

—Tengo muchos diseños de galletas aquí —le dijo—. O, si tienes un dibujo, podemos trabajar con eso.

—Cierra la puerta.

Shelby miró a la mujer y, después, miró la puerta. No creía que Eddie fuera a robarla ni a amenazarla. Cerró la puerta y se sentó ante el escritorio.

—No quería que nos oyera nadie —dijo Eddie, en voz baja—. Esto es privado.

Shelby se quedó asombrada. ¿Acaso Eddie se había enamorado y estaba allí para encargarle la tarta nupcial? ¿O iba a pedirle dulces para el cumpleaños de alguien?

—Tengo dinero —dijo Eddie, bruscamente—. No tengo millones, pero tengo bastante.

Shelby intentó conservar la calma.

—De acuerdo —respondió, lentamente—. Enhorabuena.

Eddie puso los ojos en blanco.

—No quiero que me des la enhorabuena, boba. Te estoy ofreciendo un préstamo para que puedas comprar la pastelería. Puedes pagarme con el tiempo. Y con intereses. Y, si me muero antes de que me lo devuelvas, te perdono la deuda.

Eddie la miró con los ojos entornados.

—Pero eso no es una licencia para que me liquides. Voy a dejar dicho en mi testamento que, si mi muerte es sospechosa, tú debes ser la primera a quien investiguen —dijo. Entonces, su expresión se suavizó, y añadió—: Pero no creo que tú fueras capaz de hacer algo semejante.

Shelby abrió la boca, pero volvió a cerrarla.

—Yo... no sé qué decir. Gracias. Estoy aturdida, pero gracias.

Eddie tomó con ambas manos su bolso.

—De nada. Llevo observándote desde que viniste a vivir aquí. Al principio eras como un ratón asustado, pero, desde entonces, has crecido. Has florecido. Tienes agallas, y eso no se puede enseñar. Eres lista y honrada. Eres una buena apuesta.

Aquellas palabras eran tan encantadoras como inesperadas.

—Gracias —le dijo—. Eres muy amable conmigo.

—Um... No se lo digas a nadie. Tengo que mantener mi reputación en el pueblo. De todos modos, piénsalo. Vas a comprar la pastelería, ¿no? Porque, si no lo haces, eres idiota.

Shelby se echó a reír.

—Sí, la voy a comprar. Voy a decírselo a Amber ahora mismo.

—Bien. No me gustaría haberle ofrecido mi dinero a una idiota —dijo la anciana, y se levantó—. Avísame para decirme lo que quieres hacer.

—De acuerdo.

Shelby se levantó, rodeó el escritorio y, antes de abrir la puerta, le dio un abrazo a la anciana. Eddie era más menuda de lo que parecía. Como un pajarito. Sin embargo, le devolvió el abrazo con fuerza.

Shelby la acompañó a la calle. Después, entró en el despacho de Amber.

—¿Tienes un segundo?

Amber alzó la vista.

—Sí, claro. ¿Ya has tomado una decisión?

—Sí. Me gustaría comprar la pastelería.

Amber se echó a reír.

—Me alegró muchísimo. Quería que me dijeras que sí. ¡Es fantástico! Tenemos mucho que hacer. Voy a pedirle a mi abogado que redacte el contrato, y tenemos que tasar el negocio. Oh, Shelby, lo vas a hacer muy bien. Lo sé. Tienes muchas ideas y mucha energía.

—Estoy emocionada.

—¡Yo también! Vamos a celebrarlo con una galleta.

Shelby se rio. No podían beber champán, pero ya habría burbujas más tarde, con Aidan y con el resto de sus amigos.

Los excursionistas, que estaban cansados, bajaron de la furgoneta de Aidan con las mochilas, y las pusieron en el suelo. Charlie, que ya se había pasado cinco minutos saludando a Aidan, lo olisqueó todo.

—Me lo he pasado mejor que en toda mi vida —le dijo un adolescente a su padre—. El año que viene tenemos que volver.

—Sí, con mamá —dijo su padre.

El chico se rio.

—Bah, eso es imposible.

Parecía que el resto del grupo también estaba muy satisfecho con su fin de semana largo. Había hecho un buenísimo tiempo, cálido durante el día y fresco por la noche. La primavera se estaba instalando en las montañas, y todo estaba lleno de flores. Habían visto un cervatillo recién nacido.

Aidan llevó a todo el mundo a la oficina, donde firmaron un papel donde decía que habían vuelto al mismo sitio de donde habían salido. Después, revisó la furgoneta para asegurarse de que nadie olvidara un teléfono móvil o algo de ropa.

No había dormido mucho durante aquel viaje. Nunca lo hacía. En aquel momento, lo único que quería era darse una ducha caliente y pasarse diez horas en la cama.

Aquella última idea le recordó a Shelby, pero se la quitó de la cabeza. Dormir. Lo que necesitaba era dormir.

—¿Damos un paseo antes de volver a casa? —le preguntó al perro.

Charlie movió la cola y siguió a Aidan a la oficina. Fay estaba terminando con el último de los clientes. Señaló la correa de Charlie, que estaba sobre el mostrador.

—Kalinda ha estado jugando con él casi toda la mañana —le dijo su encargada—. Sabía que ibas a querer dormir, y no ibas a poder si Chalie estaba inquieto. Así que él también debe de estar cansado.

—Gracias por eso, y gracias por cuidarlo.

Fay acarició al perro.

—¿Estás de broma? A todos nos encanta tenerlo aquí. Deberías ir a más excursiones a las que no puedas llevártelo. No me quejaría.

—Lo tendré en cuenta —dijo él, y bostezó—. Voy al despacho a mirar los mensajes y, después, me marcho a casa.

—Nos vemos ahora.

Aidan le puso la correa a Charlie. Abrió la puerta justo cuando su madre estaba agarrando el pomo.

—Mamá, ¿qué haces aquí?

Elaine lo miró.

—Quería verte. Hace un tiempo que no nos vemos –dijo ella, y frunció el ceño–. No te has afeitado.

—He estado de excursión tres días. Voy a llevar a Charlie a dar un paseo y, después, me marcho a casa a dormir.

—Ah. Bueno. ¿Puedo ir contigo?

Él quería decirle que no, porque no había nada que su madre pudiera decir y él quisiera escuchar. Sin embargo, no lo habían educado así. Asintió y señaló el camino que más le gustaba a Charlie.

Estuvieron paseando en silencio durante unos minutos. Aidan soltó a Charlie, y el perrito se fue a investigar rápidamente.

—¿No le pasará nada? –preguntó Elaine.

—No se va lejos, y siempre mira hacia atrás para ver dónde estoy –le dijo él.

—Es muy bueno, como Sophie.

Aidan pensó que Sophie era un poco más traviesa que Charlie, pero no dijo nada.

—Tu padre siente mucho lo que ocurrió en el hospital.

—No es cierto.

Su madre suspiró.

—Aidan, eres demasiado duro con él.

—Mira, mamá, me alegro de verte, pero no te disculpes en su nombre. No es diferente a como ha sido toda la vida.

Aidan recordó lo que había descubierto Shelby: que su miedo y su ira estaban dirigidas tanto a su padre como a su madre. ¿Era lo mismo en su casa? Ceallach siempre había sido difícil, pero había sido su madre la que no le había exigido que se comportara mejor con sus hijos y con ella.

—Te quiere —insistió Elaine—. No te lo va a decir nunca, pero yo lo sé.

—Si tú lo dices…

Estaba seguro de que su padre casi no sabía quién era él. Sin la capacidad de crear, él no le importaba nada. Era un hecho objetivo. Su padre no iba a cambiar nunca, ni su madre.

Aidan no entendía lo que su madre veía en su padre, pero aquel no era su trabajo. En vez de intentar encontrarle sentido a las cosas, podía aceptarlas tal y como eran.

Charlie se acercó a ellos. Aidan le dio una palmadita, recogió un palito del suelo y se lo lanzó. El perro corrió tras él.

—Ojalá tus hermanos y tú pudierais ver las cosas desde su perspectiva —dijo su madre con un suspiro.

—Eso me da miedo.

—¿Por qué?

—No creo que esté preparado para asomarme a la mente de un artista.

—Es interesante que tres de vosotros hayan heredado su don y Del y tú no.

Aquella no era exactamente la palabra que él habría utilizado para describir la situación.

—¿Lo lamentas alguna vez? —le preguntó su madre.

—No puedo echar de menos lo que nunca he tenido. Yo no sé lo que es crear como hacen Nick y los mellizos. Perdona, mamá. Sigo pensando que son mellizos.

—Yo, también —dijo ella—. Siempre lo serán para mí.

—¿Y Ronan siempre será tu favorito?

Ella se detuvo en seco.

—Eso no es cierto.

Aidan esperó.

Elaine chasqueó la lengua.

—No, no es cierto.

Lo tomó del brazo, y comenzaron a caminar de nuevo.

—Cuando tu padre me dijo lo que había hecho, me quedé hundida. Pero tenía que perdonarlo, claro. De lo contrario, no podía quedarme.

—Tú querías seguir con él para siempre.

—Claro. Él me contó lo del bebé, y que ella quería darlo en adopción. Yo sabía lo que me estaba pidiendo. Lo que esperaba. Yo no pude decirle que sí, pero le dije que iría a ver al niño. Así pensaba en él en aquel momento: como un niño cualquiera. Pensaba que iba a odiarlo, pero, en cuanto lo tuve en brazos, supe la verdad: que podía quererlo como si fuera mío. Nos lo llevamos a casa ese mismo día.

—¿Qué pasó con su madre biológica?

—Murió pocos años después. Nos lo notificó un abogado. Yo ya había adoptado legalmente a Ronan, así que no fue un problema. Es tu hermano, Aidan, igual que si lo hubiera tenido yo.

Él no podía imaginarse la capacidad de amar que era necesaria para adoptar al hijo de tu cónyuge como si fuera de uno mismo. Y con alegría. Seguro que su madre no se había arrepentido ni una sola vez de lo que había hecho. Tal vez él no estuviera de acuerdo con lo que sentía por su padre, pero no podía poner en duda la enormidad de su corazón.

Le puso el brazo sobre los hombros y la abrazó.

—Eres una mujer extraordinaria, Elaine Mitchell.

—No seas tonto. Soy como los demás.

Él sabía que eso no era cierto en muchos sentidos. Seguramente, la misma faceta de su carácter que había hecho que se quedara con su padre durante tantos años había sido la misma por la que había podido querer tanto a Ronan. Lo bueno unido a lo malo.

Tal vez no hubiera respuestas, pensó Aidan, mientras seguían paseando. Tal vez solo podía aceptar que la mayoría de la gente hacía las cosas lo mejor que podía, con lo que tenían.

Una de las cosas que más le gustaban a Shelby de vivir en Fool's Gold era el paso de las estaciones. Las fiestas, las pancartas, las banderas decorativas y las pinturas en las ventanas eran la marca del paso del tiempo, una marca encantadora y llamativa. Había un sentimiento de comunidad, de pertenencia. Lo cual quería decir que, cuando alguien pedía ayuda para plantar flores en cestas, todo el mundo se ofrecía voluntario.

Cuando apareció en el aparcamiento de Plantas para el planeta, no se sorprendió al encontrar a una docena de personas. Saludó a varios de sus amigos y sonrió al ver que Aidan ya se había hecho cargo de la situación. Había dividido en grupos a la gente, y se habían repartido cestas y sacos de tierra, además de flores. Shelby se acercó a ellos.

—Vaya, ya estás dirigiéndolo todo.

Él se encogió de hombros.

—Felicia ha estado aquí hace un cuarto de hora y me ha pasado el bastón de mando. Se trata de plantar flores, así que no puede ser muy difícil.

—Deberías atribuirte más méritos.

—Ya lo haré después. Cuando hable con mis amigos, les diré que todo esto lo he hecho yo.

Ella se echó a reír y se acercó a una mujer que estaba trabajando sola. Tendría unos cuarenta y cinco años, y a Shelby le sonaba de haberla visto en una de las reuniones de solteros.

—Shelby, ¿no? –dijo la señora–. Yo soy Fran. Me alegro de volver a verte.

—Hola. Va a ser muy divertido, muy primaveral.

Fran le entregó a Shelby un par de guantes de jardinería.

—Me gusta hacer mi voluntariado pronto, así no tengo que sentirme culpable el resto del año.

—No lo había pensado, pero tienes razón.

Shelby tomó media docena de cestas mientras Fran abría un saco de tierra. Lo movieron entre las dos para poder llenar las cestas hasta la marca.

—Es muy guapo —dijo Fran, señalando a Aidan con la cabeza—. Cuando os conocí, decíais que solo erais amigos. ¿Es cierto?

—Sí.

—Siento ser cotilla, pero ¿por qué? Si los dos estáis solteros, ¿por qué no aprovecháis?

—Es un experimento —dijo Shelby—. Yo necesitaba aprender a confiar en los hombres, y Aidan... bueno, él necesitaba tomarse un respiro de su vida normal. Así que decidimos ser amigos durante seis meses para conocernos, salir por ahí y hacer cosas sin que el sexo se interpusiera en nuestro camino.

—Pero, algunas veces, el sexo es lo mejor —dijo Fran—. ¿No lo echas de menos?

—Claro. Aidan es guapísimo, y yo tendría que estar muerta para no darme cuenta. Pero sin sexo, es mejor.

—¿Por qué?

—Porque nos concentramos en lo más importante. Yo he crecido de verdad, y he cambiado durante estos meses. Soy una persona mejor.

—Claro —dijo Fran, dubitativamente—. Supongo que eso es muy valioso. No digo que el sexo sea lo único importante, pero, de verdad, no sé cómo lo haces. Yo me lanzaría hacia él.

Ella se puso a desmenuzar la tierra para que Fran no

pudiera verle la cara. Se había lanzado a Aidan más de una vez, y él le había dicho que no. Ella sabía por qué; al menos, estaba segura de que lo sabía.

A menos que él solo estuviera siendo amable.

Aquella idea repentina fue tan horrible, que estuvo a punto de caerse.

—¿Estás bien? —le preguntó Fran.

—Sí, lo siento. He perdido el equilibrio. Voy a sacar las flores de las macetas de plástico y, si quieres, tú puedes ir poniéndolas en las cestas.

—Me parece muy bien.

Shelby se concentró en sacar los pequeños cepellones y pasárselos a Fran. Sin embargo, su mente estaba en otra parte.

¿Y si Aidan no tenía ningún interés en ella, más allá de ser su amigo? Tal vez le estuviera diciendo otra cosa por ser amable. Ella sabía que él la apreciaba como amiga, así que no querría hacerle daño.

¿De eso se trataba? Tal vez él se sintiera avergonzado por el comportamiento de ella, o, peor aún... ¡se sintiera apesadumbrado por ella! En aquel momento, no pudo soportarlo. Solo con pensarlo, se le enrojeció la cara y tuvo ganas de salir corriendo. Se sintió avergonzada.

Lo vio moverse entre los grupos y se dio cuenta de que muy pronto iba a reunirse con ellas. ¿Qué iba a decirle?

Pues lo más apropiado para la situación, pensó. No había hecho nada malo. El hecho de querer hacer el amor con Aidan no la convertía en una mala persona. Se sentía atraída por él, y eso no era motivo de vergüenza.

—¿Qué tal, señoras? —les preguntó Aidan.

Shelby se obligó a sí misma a alzar la vista y sonreír.

—Muy bien. Con tanta gente ayudando, vamos a terminar enseguida.

—¿Sigue en pie lo de la visita a Destiny después?

Ella quería decir que no, que había habido un cambio de planes. Pero, después de ir a vivir a Fool's Gold, se había prometido a sí misma que nunca más volvería a reaccionar por el miedo. Así pues, asintió.

—Sí.

—Bien.

Aidan se alejó, y Fran se quedó mirándolo.

—Eres una mujer más fuerte que yo —dijo, con un suspiro de admiración—. Yo querría un pedacito de eso.

Shelby y Fran siguieron trabajando en las cestas. Más o menos, una hora después, Felicia volvió acompañada por empleados que conducían furgonetas. Cargaron las cestas y se las llevaron para distribuirlas por el pueblo. Shelby se quitó los guantes, tomó una botella de agua y se encaminó hacia su casa. Faltaba una hora para que Aidan fuera a recogerla, y quería ducharse primero.

Sin embargo, antes de que llegara al final de la calle, oyó que una mujer la llamaba. Se giró y vio a Taryn Wittaker caminando hacia ella.

Aunque Taryn llevaba unos tacones de diez centímetros, se movía deprisa. Llevaba un vestido blanco y ceñido y el pelo recogido en una trenza. Tenía un aspecto sofisticado y elegante.

—Te estaba buscando —le dijo al acercarse—. ¿Has estado de jardinera?

Shelby se miró los pantalones vaqueros y la camiseta llenos de manchas de tierra.

—¿Se nota?

Taryn se echó a reír.

—Yo también hago tareas de jardinería. En casa, donde puedo darle instrucciones a Angel mientras yo miro. Bueno, ¿tienes un segundo?

—Claro.

Taryn le señaló un banco, y ambas se sentaron. Shelby tuvo que quitarse de la cabeza la sensación de ser una campesina sentada junto a una princesa. Taryn, pese a que se arreglara tanto, era una persona normal, al menos por dentro.

—Me he enterado de que vas a comprar la pastelería, y me parece fantástico —le dijo Taryn—. Este pueblo tiene mucho poder femenino, y no quiero que eso cambie.

—Bueno, no sé si comprar un pequeño negocio tiene algo que ver con el poder femenino, pero, de acuerdo.

—Claro que sí, hazme caso —le dijo Taryn, y bajó la voz—. Yo he tenido mucha suerte en mi carrera profesional, y he conseguido buenos beneficios. Jack me ayudó cuando yo era muy joven. No tenía por qué hacerlo, pero lo hizo. Y yo, desde entonces, he intentado ayudar a otra gente. Comprar un negocio es caro, y dicen que tú quieres expandirte al local de al lado y añadir una cocina. Eso tampoco es barato. Yo creo que debes hacerlo y, para ello, quiero ofrecerte un préstamo. Mis condiciones son justas, ligeramente mejores que las de un banco, y te pediré menos papeleo.

Shelby tomó aire.

—Taryn, eso es muy generoso por tu parte. Y asombroso.

—Lo he hecho más veces —dijo Taryn—. Para ser sincera, tengo participaciones en varios negocios del pueblo —dijo, riéndose—. Bueno, piénsalo. No quiero ser tu socia, así que solo se trataría de un préstamo que tú podrías amortizar cuando llegara el mejor momento. Solo digo que, si lo quieres, el dinero es tuyo.

Shelby no había hecho aún todas las cuentas, pero había pedido un presupuesto a un constructor, y sabía que la remodelación iba a costar más de setenta mil dólares. Eso, sumado a lo que tendría que entregarle a Amber por el negocio, era mucho dinero. Pensó en preguntarle a Taryn si estaba dispuesta a ofrecer tanto, pero se dio cuenta de que era una pregunta tonta, porque Taryn habría hecho aquellas estimaciones antes de hablar con ella.

–Eres más rica de lo que pensaba –dijo Shelby.

Taryn se rio.

–Como ya te he dicho, me ha ido bien, y quiero corresponder a la sociedad. O como se diga. Piénsalo, ¿de acuerdo?

–Lo haré, te lo prometo.

Capítulo 15

—¿Vas a permitir que él dirija la reunión? –le preguntó Destiny, en broma.

Como la pregunta no era para él, Aidan no se molestó en responder. No le preocupaba lo que Destiny pensara de él. Solo sentía un extraño alivio al ver que la mujer estaba mucho mejor.

—A Aidan se le da muy bien organizar fiestas –dijo Shelby, canturreando–. ¿A que sí, mi niñita preciosa? Sí, claro que sí. Sí, claro que sí.

Si hubiera sido cualquier otra persona, a él le habría asustado el cariño que le demostraba al bebé de Destiny. Se oía perfectamente su reloj biológico. Sin embargo, ese no era su problema, se dijo Aidan. Shelby y él no eran una pareja, y ella no iba a considerarlo como un buen padre para sus hijos.

Mejor. Él quería mejorar su carácter, no sentar la cabeza.

Destiny le dio un sorbo a un batido verde que tenía un aspecto horrible. Después, lo miró.

—Así que un buen organizador de fiestas, ¿eh? ¿Cuántas has organizado?

—Mi empresa se dedica a llevar a grupos de gente del

punto A al punto B y devolverlos al punto A sanos y salvos, o esquiando, o montando en bici, o haciendo *parasailing*. Puedo arreglármelas para montar la fiesta de cumpleaños de una chica de dieciséis años.

Ella enarcó las cejas.

—Vaya, qué seguridad en ti mismo.

—Vaya, veo que te encuentras mucho mejor que la última vez.

Destiny se echó a reír.

—Sí, es verdad. Te estoy tomando el pelo porque me encuentro mucho mejor. Siento la crisis del otro día.

—Eres madre primeriza. Tienes disculpa —dijo Shelby, mientras le acariciaba la cara al bebé—. Tu madre es una cantante famosa. Sí, eso es lo que es.

—No soy famosa.

—Todavía no, pero lo serás.

—Puede ser. No estoy muy segura de querer eso —dijo Destiny—. Yo vi lo que les hizo la fama a mis padres. Pero, bueno, un poco de éxito no estaría mal —dijo. Entonces, miró a Aidan—. Vamos a hablar de la fiesta.

Estaba completamente distinta a la última vez que él la había visto. No tenía ojeras y estaba más relajada. Él sabía que, además de delegar en ellos los preparativos de la fiesta para Starr, había empezado a compartir la responsabilidad del bebé y le había dicho a su representante que le diera tiempo de descanso durante un mes para recuperarse del parto. Un cambio impresionante.

Aquello era una lección: todo el mundo podía cambiar cuando se sentía motivado. Solo había que verlo a él, que había progresado mucho.

Tonya empezó a protestar, y Shelby la acunó. Destiny dio un sorbo más a su bebida verde y se puso de pie.

Lo siento, chicos. Tiene hambre. Yo tenía la esperanza de que comiera antes de que llegarais vosotros, pero hemos tenido otro cambio de horario. Vuelvo dentro de diez o quince minutos.

Tomó al bebé en brazos y salió de la habitación. Shelby la observó mientras se marchaba.

—Tiene que ser tan feliz —dijo, melancólicamente.

—¿Sientes la necesidad…?

—Un poco. Siempre he sabido que quiero tener hijos, pero me daba miedo. No sé si tiene sentido.

—Claro. No quieres que nadie tenga que pasar por lo que pasaste tú. ¿Cómo no ibas a sentir cautela?

—Te estás volviendo tan perspicaz.

Él suspiró.

—Sí, lo sé. Me acerco a la perfección. Pronto me habré convertido en un semidiós.

Ella se echó a reír.

—Ojalá fuera cierto. Así, yo podría decir que te conocí de joven. ¿Y tú? ¿Quieres tener hijos?

Así que volvían a lo mismo.

Él sintió una opresión en el pecho, la antesala del pánico. Sin embargo, no tenía por qué preocuparse por hablar con Shelby. Podía confiar en ella como en ninguna otra mujer.

—Claro. Me encantan los niños. Mi familia es muy grande, así que, cuantos más, mejor.

—A mí me gustaría tener cuatro —dijo ella.

—Eso es mucho.

—Me gusta la idea del caos y el ruido. Además, siempre se tendrían los unos a los otros, como yo tengo a Kipling y él me tiene a mí. Eso siempre es un buen sentimiento.

Aidan asintió.

—Cuando yo era pequeño, Del siempre me defendía. Y, entre los dos, cuidábamos a los pequeños. Sobre todo, a los mellizos —dijo, e hizo una pausa—. Nunca voy a dejar de pensar en ellos como «los mellizos».

—¿Por qué tiene que cambiar eso?

—No son mellizos. Nunca lo fueron.

—Pero tú siempre has pensado que sí. Me pregunto si ellos piensan así de sí mismos ahora.

Aidan no sabía cómo habían resuelto Mathias y Ronan la situación. O si habían hablado de ello.

—Viven en el mismo pueblo y comparten estudio. Deben de haberlo aceptado de alguna manera.

—Aunque ha tenido que ser duro. Su identidad cambió de un momento a otro. Ronan perdió a su familia y Mathias perdió a una parte de sí mismo.

Él quería decirle que estaba siendo demasiado dramática, pero no estaba seguro. Tal vez tuviera razón. Ronan debía de haberse sentido como un intruso, y Mathias debía de haber sentido la pérdida de una parte de sí mismo. Él sabía que el hecho de ser mellizos había definido, en parte, quiénes eran sus hermanos. ¿Cómo habría sido el hecho de descubrir que no era cierto?

—Qué filosóficos nos hemos puesto —bromeó Shelby—. Si nos descuidamos, nos ponemos a resolver los problemas del mundo.

—O a intentarlo.

Ella se rio y se puso en pie. Estiró los brazos por encima de la cabeza y, después, se inclinó para tocarse las puntas de los pies.

Era menuda y ligera, aunque eso no se correspondía con su fortaleza interior. Él debería haberse dado cuenta cuando ella había ido a verlo para proponerle su plan. Para hacer eso era necesario tener agallas y determinación.

—¿Qué estás pensando? —le preguntó ella, al incorporarse.

—En cómo me asediaste en enero.

—No te asedié. Pensé que eras un buen candidato y acerté. Estamos bien juntos.

—Sí, es cierto.

Él nunca habría pensado que iban a ser tan buenos amigos. Cuando pasaran los seis meses, las cosas iban a cambiar entre ellos, pero esperaba que siguieran saliendo juntos. Le gustaba estar con ella.

Sin embargo, ese deseo no era suficiente. Ella estaría muy ocupada con su nuevo negocio en plena temporada de verano y, seguramente, los dos estarían buscando algún tipo de relación. Shelby le había dejado muy claro lo que quería: un hombre del que poder enamorarse. Mientras que, en su caso, él estaba buscando...

—¿Por qué te has puesto tan serio? —le preguntó Shelby.

—No sé lo que quiero.

—¿En la vida?

—Cuando terminen los seis meses. Tú vas a encontrar a tu media naranja, casarte y tener hijos. ¿Qué voy a hacer yo?

—¿Qué quieres hacer? ¿Sigue pareciéndote que, si te enamoras, te sentirás atrapado?

Él llevaba mucho tiempo sin pensarlo. Cuando era pequeño, había visto la dedicación de su madre hacia su padre como algo malo. Ahora ya no estaba tan seguro. No estaba de acuerdo con las elecciones de su madre, pero pensaba que lo entendía mejor.

Shelby se sentó a su lado en el sofá y le tomó una mano.

—Ella podría haberse puesto entre Ceallach y tú, pero no lo hizo. Esa decisión es suya, habla de ella, no de todo el hecho de enamorarse.

—¿Estás diciendo que aprendí una lección equivocada?

—Pues... sí. Cada uno de nosotros reacciona de forma distinta al amor. Tu madre y mi madre no son iguales. Las dos se enamoraron de hombres difíciles. Las dos tuvieron que sacrificar a sus hijos por ese amor. Nosotros vimos lo que ocurrió y sacamos conclusiones. Tú aprendiste que el amor te atrapa y te paraliza. Yo aprendí que el amor te hace débil. Ninguno hemos podido confiar en el amor desde entonces.

—¿Y ahora?

Shelby sonrió.

—Yo confío en ti.

Unas palabras sencillas, fáciles, pero que tuvieron un enorme impacto en él. Él también confiaba en ella, sin reservas, por completo. Nunca había confiado en una mujer de ese modo. De hecho, aparte de en sus hermanos, nunca había confiado en nadie.

Le tendió los brazos justo cuando ella se inclinaba hacia él. Encajaba en su abrazo como si aquel fuera su sitio natural. Antes de que sus labios se tocaran, él sintió que el deseo se mezclaba con la certidumbre de que aquello era lo mejor. Estar con Shelby era lo mejor que podía hacer. No sabía por qué se había resistido durante tanto tiempo.

En cuanto sus labios se rozaron...

—¡Ja! Lo sabía —dijo Destiny, al entrar en el salón con la niña en el hombro—. Todo eso de la amistad no eran más que bobadas. No sois solo amigos. ¡Os estabais besando!

Shelby huyó al otro lado del sofá.

—No es verdad.

La expresión petulante de Destiny no se alteró.

—¿De verdad? ¿Es que Aidan se ha desmayado e ibas a hacerle el boca a boca?

—Ha sido algo accidental —le dijo Shelby—. No estamos juntos.

Ha sido culpa mía —intervino Aidan—. A ella déjala en paz.

Destiny se quedó mirándolo.

–¿De verdad?

–Sí.

Ella lo observó atentamente un minuto. Después, dijo:

–De acuerdo. Vamos a hablar de la fiesta.

Shelby los miró a los dos.

–¿Qué acaba de ocurrir?

–Aidan no me deja que te tome el pelo –dijo Destiny–. Es muy protector.

Shelby se relajó.

–Eso lo hace todo el tiempo.

–Interesante –dijo su cuñada–. Bueno, ¿y la fiesta?

Shelby sacó una libreta del bolso.

–Estamos pensando en una fiesta con música de los cincuenta. He visto unas magdalenas preciosas en internet, y hay un par de ideas que me gustan mucho. Hay bollería en forma de guitarra.

Destiny sonrió.

–A Starr le encantaría eso.

–Pondríamos música de los cincuenta –le dijo Aidan–. Hay muchas listas de canciones que podemos comprar. También podemos conseguir juegos de mesa antiguos, como el Scrabble y Candyland. Y el Twister.

–Es solo de chicas, ¿no? –preguntó Shelby.

–Ella dice que eso es lo que quiere –respondió Destiny–. Y Kipling y yo estamos tan agradecidos… porque yo no quería tener que supervisar demasiado.

–También pueden hacerse manicuras de fantasía –dijo Aidan–. Es fácil comprar las cosas y hacer pequeños kits y ponerlos en un estuche bonito. Sería como un regalito de la fiesta.

Destiny se quedó boquiabierta.

–¿Tú sabes que en estas fiestas se dan regalitos?

–Estuve en la fiesta de tu bebé.

—Sí, ya lo sé, pero... —Destiny miró a Shelby y, después, volvió a mirarlo a él—. Eh, claro. Lo de la manicura es una buena idea.

Siguieron hablando de la fiesta durante unos minutos. Cuando llegó el momento de acostar a Tonya, se despidieron. Aidan y Shelby se marcharon.

—La fiesta va a ser muy divertida —dijo Shelby, al entrar en la furgoneta—. A Starr le va a encantar.

—Eso espero. Además, nosotros nos vamos a divertir preparándola.

—Yo estoy muy emocionada con las magdalenas.

A él no le sorprendió. Shelby disfrutaría mucho del reto de crear algo tan especial.

—Podrías hacer algunas distintas y fotografiarlas para ofrecerlas a tus clientes. Tendrías una oferta para fiestas infantiles. Es más fácil repartir magdalenas adornadas con diferentes cremas y azúcar que partir una tarta. Podrías hacerte unas plantillas para los diseños y los padres podrían recrear la forma y diseñar lo que quisieran.

Ella lo miró.

—¡Qué buena idea! Me encanta lo de la plantilla. Yo las uso, pero no se me había ocurrido ofrecérselas a los clientes. Sería muy fácil hacerlas en el ordenador e imprimirlas —dijo Shelby, y se echó a reír—. Eres algo más que una cara bonita.

—Gracias, gracias.

Él condujo sin pensar, y paró delante de su casa en vez de ir a la oficina, donde habían dejado a Charlie y el coche de Shelby. Ella miró a su alrededor.

—Creía que ibas a llevarme a casa. ¿Querías hacer algo diferente?

Una pregunta inocente. Él sabía lo que quería decir Shelby. También sabía lo que quería hacer él.

—Me gustaría que entráramos —le dijo—. Y me gustaría que hiciéramos el amor.

Ella se giró rápidamente y lo miró a los ojos con sorpresa.

—Pero... si tú has dicho que...

—Me equivoqué.

—¿En lo de que seamos amigos?

—En lo de que podía resistirme a ti. No puedo. Pero necesito que estés segura. Esto lo va a cambiar todo.

Shelby sabía que él tenía razón. Que su relación cambiaría para siempre.

Lo deseaba, y le encantaba que él también la deseara a ella. Sin embargo, ¿y los riesgos? Aidan le caía tan bien... le gustaba tanto cómo estaban juntos... Sobre todo, le gustaba que él siempre cuidara de ella. Incluso en aquello, quería que estuviera completamente segura. Si ella le decía que no, él retiraría la oferta de inmediato.

—¿Tienes preservativos? —le preguntó.

Él se echó a reír.

—Sí. Una caja grande.

Shelby sonrió.

—¿Una caja grande de preservativos, o una caja de preservativos grandes?

—Creo que vas a tener que esperar para averiguarlo.

Cuando bajaron de la furgoneta, él la tomó de la mano y entrelazó los dedos con los de ella, con tanta naturalidad, que ella sintió una deliciosa calidez.

—En cuanto a mi reputación —le dijo Aidan, mientras caminaba hacia la puerta—, puede que te hayas hecho ciertas ilusiones.

—Pues sí —bromeó Shelby—. Voy a ver las estrellas, a tocar la luna, y todo eso.

—No sé cómo me siento con respecto a eso.
—¿Presión?
Él abrió la puerta.
—Un poco.
—Entonces, ¿no debería esperar mucho?
Él entró tras ella, cerró la puerta, se volvió hacia ella y la abrazó.
—Yo no diría eso.

La confianza de su tono de voz hizo que se estremeciera. Al sentir su cuerpo contra ella, empezó a derretirse por dentro. Y, cuando él la besó... bueno, fue imposible seguir pensando.

Se habían besado antes. Se habían dado besos amistosos, besos breves, incluso un beso o dos con matices apasionados. Sin embargo, nunca se habían besado así. Ella no sabía lo que era ser deseada por Aidan.

Él la abrazó con firmeza, pero delicadamente. Su boca se movió contra la de ella, explorando, jugando y haciendo promesas. Cuando ella separó los labios, él deslizó la lengua en su boca y acarició la de ella a un ritmo que la iba a llevar de sentirse interesada a estar excitada y, finalmente, a rogar.

Él movió las manos por su espalda hasta sus caderas, donde se detuvo. Eso fue todo: el contacto posesivo de sus manos sobre su cuerpo. Aidan ni siquiera las movió, pero el peso, la presión, la firmeza con que la agarraba, la hipnotizaron. Tal vez fuera la promesa de lo que iba a suceder. Tal vez fueran las leves caricias de sus dedos. O, tal vez, todo estaba en su cabeza, pero a ella no le importaba.

Apoyó las manos en sus hombros y descendió por su espalda, sintiendo sus músculos fuertes y la calidez de su piel bajo la camisa. Le gustaba sentir su anchura, percibir su olor y su sabor.

Él retrocedió para poder besarle las comisuras de los labios y, después, las mejillas. Le besó el mentón y la mandíbula, y le mordisqueó el lóbulo de la oreja. La combinación de su boca cálida y sus dientes hizo que a Shelby se le cortara la respiración.

Empezó a arderle el pecho, y el calor se irradió en todas las direcciones. Su piel se hizo más sensible, como si las terminaciones nerviosas se agruparan para ser acariciadas por él. Ella quería meterse dentro de él para poder experimentarlo por completo.

Él siguió besándola, descendiendo por su cuello. Shelby dejó caer hacia atrás la cabeza. Al mismo tiempo, Aidan le acarició las costillas, los pechos. Le rozó los pezones con los dedos pulgares y ella notó dardos de placer. Él volvió a hacerlo. Era como si supiera cuál era el mejor modo de acariciarla.

Bajó las manos hasta el borde de su camiseta y se la sacó por la cabeza. Entonces, la besó. Hundió la lengua en su boca, y ella lo recibió con necesidad. Al mismo tiempo, él le desabrochó el sujetador y dejó caer la prenda al suelo. Ella notó el aire frío en los pechos, segundos antes de que él se los cubriera con las manos.

Él posó las manos en sus curvas y apretó ligeramente. Jugueteó con sus pezones, y le causó una corriente de deseo que iba directamente desde sus pechos a sus ingles. El calor y la excitación empezaron a moverse libremente, aumentando con cada roce. Cuando él bajó la cabeza, a ella se le cortó la respiración de impaciencia. Él cerró los labios alrededor de su pecho izquierdo y succionó profundamente.

Ella jadeó al notar todas las sensaciones que le produjo. Mientras él rodeaba su pezón haciendo círculos con la lengua, el deseo de Shelby aumentó deliciosamente. Notó una tensión cada vez mayor en el vientre. Estaba hinchada, húmeda y desesperada. Cuando él pasó a su otro pecho y repitió sus acciones, ella tuvo que sujetarse a sus hombros para poder seguir en pie.

Él irguió la cabeza.

—Quítate los zapatos.

Ella obedeció, y él hizo lo mismo. Después, se colocó a su espalda.

—Súbete el pelo.

Ella obedeció nuevamente.

Entonces, Aidan le mordisqueó la piel, de hombro a hombro. Aquellos roces ligeros hicieron que se estremeciera. El ritmo de su respiración se aceleró. En el viaje de vuelta, él movió las manos hasta sus pechos y le acarició la piel con las yemas de los dedos.

El contraste entre su piel pálida y la piel bronceada de Aidan le resultó erótico. Notaba también la presión de su erección contra el trasero. Él le desabrochó el botón de la cintura y le dejó caer los pantalones y las bragas hasta el suelo. Ella salió del montón de ropa al mismo tiempo que él deslizaba los dedos entre sus muslos.

Shelby todavía se estaba sujetando el pelo, y él siguió besándole la nuca. Mientras, le acariciaba los pechos, y comenzó a hacerle caricias circulares en el clítoris hinchado.

Era demasiado. Ella no podía pensar ni concentrarse en una sola cosa. Lo único que sabía era que no quería que se detuviera ninguna de aquellas cosas.

—Da un paso a la derecha.

Entonces, ella separó las piernas y él deslizó un dedo en su interior. Inmediatamente, los músculos de Shelby se contrajeron a su alrededor, y ella empezó a notar la sensación del éxtasis en lo más profundo de su cuerpo.

—Aidan —susurró.

Él siguió besándola y acariciándola, lentamente, en

círculos, hasta que ella empezó a mover involuntariamente las caderas. Entonces, sus caricias se hicieron más rápidas y fuertes.

Shelby gruñó y sus músculos se tensaron aún más. Podía rozar la dulzura con las puntas de los dedos. Estaba tan cerca que...

Él se irguió y la empujó suavemente.

—Por el pasillo, a la izquierda.

—¿Qu-qué?

¿Por qué había parado? ¿Acaso no sabía que estaba a punto de llegar al orgasmo?

—Vamos a mi habitación. Quiero terminar allí.

Sí, en una cama. Aquello tenía sentido.

Dio dos pasos, se dio cuenta de que estaba totalmente desnuda y no supo qué hacer. Él volvió a darle un empujoncito.

—Vamos, no te pares.

Cuando llegaron a la habitación, se detuvieron junto a la cama. Aidan estaba justo detrás de ella. Ya se había quitado la camisa y se estaba despojando también de los pantalones. Se los desabrochó y se los quitó junto a los calzoncillos, liberando así su enorme erección. A Shelby se le contrajeron los músculos internos por la impaciencia.

—¿Tienes algún lado favorito? —le preguntó él, con la voz ronca.

—No. ¿Y tú?

—En estos momentos, no me importa un comino.

Su tono de voz era de desesperación; estaba completamente listo para empezar. Aquellas dos cualidades eran muy buenas en un amante, pensó Shelby, mientras apartaba el edredón de color azul marino. Él sacó un par de preservativos y los puso en la mesilla de noche, y se tendió a su lado. Entonces, se besaron.

Al sentir su boca, su lengua, su cuerpo, Shelby se relajó al instante. Aquello era lo mejor que podían hacer, pensó con felicidad.

Él le acarició el estómago y descendió por su piel. Ella separó las piernas y él le acarició el centro del cuerpo, frotándola como había hecho antes, besándole los pechos al mismo tiempo.

Ella se quedó de nuevo sin aliento y, rápidamente, volvió al borde del abismo, mientras la tensión se apoderaba de sus músculos. Movió las piernas y cerró los ojos. Estaba tan cerca que...

El orgasmo la tomó por sorpresa y la atrapó en un remolino de placer. Tal vez gritara el nombre de Aidan; no estaba segura. Lo único que supo era que todas las células de su cuerpo danzaron de felicidad ante la maravilla de su éxtasis.

Poco a poco, las contracciones fueron calmándose, y ella abrió los ojos. Él la estaba mirando fijamente.

–¿Has terminado? –le preguntó él.

Ella asintió.

Entonces, Aidan rasgó un paquetito y sacó el preservativo. Se lo colocó mientras la besaba, y se situó entre sus piernas. Rápidamente, se hundió en su cuerpo.

Ambos gruñeron. A ella le encantó cómo la llenaba, profunda y completamente. Se movió para acogerlo aún más, flexionó las rodillas y le rodeó la cintura con las piernas.

–Estaba esperando esto con todas mis fuerzas –le dijo él–. No te haces una idea.

–Me lo imagino –dijo ella, y le acarició la espalda con los dedos–. Hace mucho tiempo.

Él la miró a la cara.

–Esto es por ti, Shelby. No por el placer. Que quede claro.

Como ella confiaba en él, lo creyó y sonrió.

—Entonces, ¿a qué estás esperando?

Él le tomó la palabra y comenzó a moverse. La deliciosa fricción estimuló sus nervios ya excitados y los llevó a un estado tembloroso. Shelby se abandonó al momento mientras la presión aumentaba. Giró las caderas y se movió cada vez que él la embestía. Notó que él se tensaba, y supo que estaba cerca del orgasmo. La idea de presenciarlo la excitó aún más, y arqueó el cuerpo. Aquel movimiento hizo que el extremo del pene le rozara en algún lugar profundo, y comenzó a arder de deseo.

Dejó escapar un jadeo y él empezó a embestirla de nuevo, con la misma profundidad.

—¡Oh, sí!

Él se hundió un poco más en ella, y ella notó que llegaba al éxtasis. Fue un poco diferente al anterior. Notó las contracciones de los músculos un poco más en el vientre. Se aferró a sus caderas para imponerle el ritmo y, a los pocos segundos, los dos llegaron al orgasmo.

Después, estuvieron varios minutos inmóviles, tratando de recuperar el aliento. Por fin, Aidan se separó de ella, tomó un pañuelo de papel y se quitó el preservativo. Después, se tendió a su lado y la miró.

Ella no supo qué decir. Sin embargo, no se esperaba que él se echara a reír. La mezcla de alivio y felicidad fue contagiosa y ella también empezó a reírse. Él se tendió en la cama y ella se acurrucó a su lado. Él la abrazó y la estrechó contra su cuerpo.

—Vaya —murmuró Aidan.

—Sabía que íbamos a estar muy bien juntos.

Él le besó la frente.

—Y lo estamos.

—Amigos con beneficios extra —dijo ella.

—¿No era eso una película, o un libro?

–Seguramente. Pero es lo que somos. Podemos conseguir que funcione, ya lo verás. A menos que esto sea una cosa única.

Él la miró un largo instante y, después, sonrió.

–¿Crees que voy a ser capaz de resistirme? –le preguntó, y le besó la coronilla–. Vamos por la segunda ronda.

Capítulo 16

Aidan tenía que admitir que se sentía bien. Mejor que bien. Se había despertado con una sensación de satisfacción, de petulancia, como si fuera un dios. Era el hombre. Conquistador de mundos, o, por lo menos, conquistador de su propio mundo y proveedor de placer de Shelby.

Habían pasado juntos el resto de la noche. Después de su segunda y asombrosa sesión de amor, se habían levantado, habían ido a buscar a Charlie y habían pedido una cena para llevar, y se habían pasado la noche acurrucados en el sofá hasta que habían vuelto a la cama a hacer otra mella en su caja de preservativos.

Él se inclinó y le acarició distraídamente las orejas a Charlie.

—Hola, pequeño —murmuró—. ¿Cómo estás?

Charlie movió la cola.

—¿Sí? Yo, también.

Aidan se apoyó de nuevo en el respaldo de la silla. En parte, todavía estaba preocupado por si todo se estropeaba ahora que habían cruzado la línea, pero no estaba dispuesto a arrepentirse. Estar con Shelby había sido fantástico.

Volvió a concentrarse en el ordenador. Tenía delante

una hoja de cálculo con las actividades que ofertaba la empresa, separadas por estación. Ya había empezado a trabajar en los horarios, pero no dejaba de consultar la lista.

Había muchas cosas divertidas que la gente podía hacer. Desde las excursiones de senderismo tradicionales, hasta *rafting* y *parasailing*. También había acampadas que podían ajustarse según las capacidades de los grupos. Pero todo era predecible.

Entró en el despacho de la parte delantera, donde Fay estaba imprimiendo los pases para las excursiones de aquel día. Charlie lo siguió. Fay alzó la vista.

–¿Qué? –preguntó–. Estás pensando algo.

¿Cómo sabes que estoy pensando? ¿Es algo de las mujeres, o es que llevamos tanto tiempo trabajando juntos?

–Las dos cosas. Vamos, habla.

–Estoy mirando los horarios. Tenemos muchas cosas para familias, para tíos y para parejas, pero nada para mujeres.

–¿Como qué?

–No sé. Algo como el Máa-zib, tal vez. Este pueblo fue fundado por un grupo de mujeres fuertes. Hay un festival en el que a un tipo se le saca el corazón. ¿Y si organizáramos un fin de semana para mujeres con esa temática? Con una ruta en bicicleta, y una tarde de compras. O algo en un spa. Deberíamos ponernos en contacto con otros negocios del pueblo para trabajar juntos.

Fay asintió lentamente.

–Eso sería divertido. No tendría por qué ser algo relacionado con el festival, aunque sería estupendo. ¿Y fines de semana para solteras?

Aidan tomó una libreta del mostrador y empezó a hacer anotaciones.

—Eso puede funcionar bien. Podríamos ofrecer paquetes, o algo por el estilo. Incluir vales de comida. ¿Y algo más para parejas? Un paseo en kayak al atardecer, para ver la puesta de sol, con una merienda. Ana Raquel tiene la camioneta de comida abierta todo el verano. Ella podría preparar la comida y el vino. Nosotros ya tenemos las mantas y los kayaks. Damos unas clases para los novatos y les mandamos a la excursión con un mapa y un GPS.

Fay sonrió.

—A menos que no quieran que se les encuentre.

—Bueno, al final, sí querrán. Se les acabará la comida —dijo él, riéndose mientras escribía.

—Me has dejado impresionada —dijo ella—. Normalmente, cuando quieres hacer algún cambio, solo te interesa ir más rápido o hacer que lo de siempre se vuelva un poco más peligroso. Esto es nuevo en ti.

—Quiero innovar —dijo él. En realidad, estaba pensando que aquello era influencia de Shelby—. Las mujeres influyen en la elección de las vacaciones familiares —continuó—. Debo tenerlo en cuenta.

Fay acarició a Charlie.

—Nuestro muchachito ha crecido. Qué orgullosa estoy.

La oficina de Operaciones de respuesta y ayuda a emergencias, conocida como la oficina HERO en el pueblo, estaba diseñada para gestionar las crisis. Las paredes estaban llenas de mapas de los bosques de alrededor del pueblo, los escritorios tenían ordenadores de última generación y parecía que desde el centro de mando podía enviarse un cohete al espacio.

Shelby siempre se había sentido un poco intimidada cuando iba a ver a su hermano al trabajo. Kipling rescataba a gente y salvaba vidas; ella hacía galletas.

Kipling sonrió al verla y la abrazó.

—¿Qué tal está mi hermana favorita? —le preguntó.

—Bien. ¿Y mi hermano favorito?

—Cansado. Feliz, pero cansado. Tonya va durmiendo cada vez más entre tomas, pero todavía nos faltan semanas para poder dormir del tirón toda la noche —le explicó a Shelby, mientras le señalaba una silla para que se sentara. Él volvió a su butaca detrás del escritorio, y añadió—: Es estupendo.

—Te gusta ser padre.

—Es lo mejor del mundo. Es tan pequeñita y tan perfecta. Nunca pensé que podría querer tanto a alguien.

Shelby pensó en todas las mujeres que habían pasado por la vida de su hermano. Siempre había tenido una vena salvaje, hasta que había conocido a Destiny.

Su noviazgo había sido poco convencional; Destiny se había quedado embarazada y eso los había unido antes de separarlos. Al final, se habían dado cuenta de que estaban enamorados y querían formar una familia.

Shelby lo había visto todo manteniéndose al margen. Esperaba que las cosas salieran bien. Quería ver feliz a su hermano y, además, le caían muy bien Destiny y Starr. Ahora, además, había un nuevo miembro en la familia Gilmore.

—Estás rodeado de mujeres —bromeó ella.

—Sí, lo sé. Es genial. Bueno, y ¿cómo van las cosas entre Aidan y tú?

Tres días antes, ella le habría dicho por enésima vez que Aidan y ella solo eran amigos. Sin embargo, ya no estaba tan segura. Hacer el amor con él lo había cambiado todo. No estaba segura de cuáles eran las consecuencias, pero seguro que las había. Con suerte, serían unas consecuencias felices.

—Excelente todo —dijo, pensando en las flores que había recibido aquella misma mañana en la pastelería. Y en los mensajes de texto que le enviaba a cada hora.

–Aidan es un buen tipo. Era un poco mujeriego, pero parece que ha cambiado.

–¿Has investigado sobre él?

–Pues claro.

Lo cual era normal, pensó Shelby con cariño. Kipling siempre había cuidado de ella. Pasara lo que pasara, su hermano mayor siempre estaría a su lado.

–Sabes que voy a comprar la pastelería, ¿no?

–Sí. Va a ser estupendo.

–Estoy muy emocionada, pero también estoy preocupada. Ahora estoy haciendo el plan de negocios. Ya he quedado con un constructor para hablar de la remodelación del local, y el casero me está reservando el alquiler. Si todo sale bien, tendré el préstamo para finales de la semana que viene. Cuando Amber y yo firmemos el contrato, empezaré con todo.

Tenía miles de detalles que resolver; para empezar, quería cambiarle el nombre a la pastelería por el de Flour Power, y quería hacer un logotipo nuevo, nuevos paquetes y nuevas bolsas.

Él se inclinó hacia su hermana.

–Me alegro de que estés haciendo esto –le dijo–. Cuando me lo dijiste, al principio, me resistí porque quería que estuvieras segura. Pero me equivoqué. Tú has arraigado en este pueblo como si hubieras nacido aquí, y tener tu propio negocio es un paso hacia delante muy lógico.

–Me alegro de que pienses eso –dijo Shelby–, porque he venido a pedirte un préstamo.

Ella tenía más que decir, como, por ejemplo, que quería un préstamo, no un socio. Que su plan de negocio había sido revisado por un contable y por un abogado. Sin embargo, no pudo decirle nada, porque Kipling se estaba levantando y poniéndola en pie.

Le dio un abrazo tan fuerte que ella casi no podía respirar.

—Gracias —le dijo, y le dio un beso en la frente—. Quería ofrecerme, pero no sabía si debía hacerlo.

Ella sonrió.

—Varias personas me han ofrecido el dinero. Ha sido estupendo. Incluso Morgan, el padre de Amber. Hay una cantidad sorprendente de dinero en este pueblo.

Ella abrazó a su hermano.

—Sabía que querrías formar parte de esto, así que he venido a verte el primero. No sé si querrás solo contribuir con una parte, o prefieres que vaya al banco, yo...

—Tengo el dinero, y quiero prestártelo.

Kipling había ganado dinero en su carrera de esquiador, pero la mayoría de su fortuna provenía de los contratos publicitarios. Cuando uno tenía varias medallas de oro, además de los contratos normales del equipo, también conseguía campañas internacionales con cadenas de comida rápida y con marcas de ropa. Aunque a Shelby le daba miedo la cantidad del préstamo, dudaba que ascendiera a un solo pago del interés de un trimestre para él.

—Gracias —le dijo—. Esperaba que estuvieras de acuerdo. ¿Quieres que te ofrezca galletas gratis para toda la vida?

—No. Ya me das más que suficientes tal y como estamos ahora. Si como más, no voy a poderme deshacer de todas las calorías —dijo él, y le guiñó un ojo—. Estoy casado con una estrella del *country*. Tengo que tener buen aspecto.

—Creo que Destiny te querría de todos modos.

—Eso espero, pero no voy a poner a prueba esa teoría –dijo él, y volvió a abrazarla–. Estoy orgulloso de ti, Shelby.

–Gracias. Yo también estoy un poco orgullosa de mí misma.

Aidan quería hacerle caso omiso al teléfono móvil, pero Nick había llamado dos veces en dos minutos.

–Debe de ser algo importante –dijo, mientras apretaba el botón para responder.

–¿Estás en casa de Shelby? –preguntó Nick, a modo de saludo–. Voy para allá.

Aidan miró todo lo que tenían esparcido alrededor e hizo un mohín.

–No es buen momento.

–No me cuentes rollos. Sé que no estás desnudo porque no haces nada. Lo que estés haciendo ahora puede esperar.

Antes de que Aidan pudiera protestar, alguien llamó a la puerta. Él soltó un gruñido y colgó.

–Ha venido Nick.

–Eso ya lo he entendido –dijo Shelby, riéndose–. ¿Le dejo que pase?

–Vas a tener que hacerlo.

Él sacó los pies del agua caliente y tomó una toalla justo cuando su hermano entraba en el salón de Shelby.

Nick se detuvo de golpe y se quedó mirando a Aidan.

–Dios Santo. ¿Qué te está haciendo?

Charlie se acercó corriendo a saludarlo. Nick se agachó y lo acarició mientras miraba al suelo.

–Me estás asustando, hermanito.

Aidan miró todos los utensilios de la pedicura e hizo un gesto de resignación.

—Yo soy la única que se pinta las uñas de los pies –le aclaró Shelby.

Nick la miró.

—Eres el demonio, ¿no?

Shelby se echó a reír.

—Eso lo dice un hombre a quien nunca le han hecho la pedicura. Siéntate.

—Ni hablar. Yo no voy a jugar a vuestro juego enfermizo.

Aidan se levantó de su silla.

—La dama ha dicho que te sientes.

Nick se sentó cautelosamente.

Aidan cambió el agua y puso la palangana delante de su hermano.

—Tienes que quitarte los zapatos y los calcetines y remangarte los pantalones.

—Y después, ¿qué?

—Entonces, esperas a que todo se ablande –dijo Shelby, en un tono de voz calmante.

Nick miró a Aidan.

—¿Te la ablanda?

—No, bobo. La piel de los pies –dijo Aidan, fulminándolo con la mirada–. ¿Qué te pasa?

—¿A mí? Eres tú el que se está dejando hacer la pedicura.

—Sí, una mujer guapa quiere estar conmigo y tocarme el cuerpo. Es horrible.

—Eh, que solo te está tocando los pies.

Eso era lo que pensaba Nick, y Aidan estuvo a punto de corregirlo. Vio que Shelby disimulaba una sonrisa mientras ayudaba a Nick a remangarse los bajos del pantalón. Su hermano metió los pies en el agua de mala gana.

—¿Qué es esto? –preguntó, en un tono sospechoso.

—¿Importa algo? —preguntó Shelby, y guiñó un ojo—. Ya estás en ello.

Nick la miró fijamente. Después, se relajó en su asiento.

—¿Esto es lo que hacéis juntos? ¿Cuidaros los pies?

—Entre otras cosas. Algunas veces, Aidan me hace trenzas en el pelo.

—Está de broma —dijo Aidan, rápidamente.

—No sé yo —dijo su hermano—. Tío, me tienes verdaderamente preocupado.

—No te preocupes por mí. Estoy bien.

—No eres consciente de la situación.

Aidan se sentó junto a Shelby. Ella se movió para poder poner los pies en su muslo y le dio la base para la laca de uñas.

—¿Para qué has venido? —le preguntó Aidan a Nick, mientras empezaba a pintarle las uñas a Shelby.

—Quería contarte mi viaje a Happily Inc. —le dijo Nick.

Aidan alzó la vista.

—¿Sí? ¿Has visto a Ronan y a Mathias?

—Sí. Les va muy bien. Es un pueblo interesante. Está al este de Los Ángeles, en las colinas. Creo que se llama High desert. Pero hay un manantial de aguas termales, cuevas y montañas para esquiar. Es más agreste que esta zona.

Aidan lo miró.

—Por favor, no empieces a describir los colores de todo, te lo ruego.

Nick se echó a reír.

—¿Por qué iba a hacer yo eso?

Shelby suspiró.

—Claro que lo harías. Entonces, ¿te ha gustado el pueblo?

—Pues… sí. Al principio no estaba seguro. Es más pequeño que Fool's Gold, y su sector más importante es la industria nupcial. Hay salones de bodas por todas partes. Casas que parecen castillos o grandes plantaciones sureñas. Puedes casarte como quieras, con cuadrigas romanas o vaqueros.

—A mí me gustan los vaqueros —dijo Shelby.

Aidan la miró.

—¿De verdad?

—Sí, claro. ¿Hay alguien a quien no le gusten?

—Huelen mal.

Ella se echó a reír.

—No huelen mal. Son simpáticos. Zane Nicholson es simpático.

—Está casado.

—No me interesa en ese sentido. Solo decía que... —Shelby suspiró—. Adelante, Nick. Bodas de vaqueros.

Él los miró con desconcierto.

—¿Estáis bien?

—Sí, perfectamente —dijo Aidan—. ¿El pueblo?

—Sí, sí, el pueblo. Como ya os he contado, hay muchísimas bodas. En los cincuenta, era un sitio en declive económico, y el banquero se dio cuenta de que, si el pueblo se iba a pique, su banco también, porque la gente no podría pagarle los préstamos. Así que se le ocurrió la idea de cambiar la historia del pueblo.

—No se puede cambiar la historia de un pueblo —dijo Aidan—. La historia es la que es.

—Este tío no pensaba lo mismo. Se inventó la historia de que, durante la fiebre del oro de California, paró en el pueblo una diligencia llena de novias que iba para San Francisco. Todas las novias se enamoraron allí, así que, cuando la diligencia iba a ponerse en marcha, ninguna quiso subir.

—Oh, qué bonito —dijo Shelby—. Quiero ir a ese pueblo.

—¿Lo ves? —le preguntó Nick—. Funciona. El pueblo se cambió de nombre, y a Hollywood le llamó la atención. Ten en cuenta que estamos hablando de los años cincuenta, cuando las bodas de las celebridades eran un gran negocio. A partir de ese momento, Happily Inc. se convirtió en lo que es ahora, un lugar de destino para la celebración de bodas. También hay un centro del sueño, donde te enseñan a dormir mejor. Algo sobre la convergencia de fuerzas, o un rollo místico de esos. Bueno, en cualquier caso, vi la galería a través de la cual venden sus piezas Ronan y Mathias. La dueña es una señora que sabe mucho y no le van las tonterías.

Nick se quedó pensativo un momento, y añadió:

—Me recuerda a la alcaldesa Marsha.

—No sé si eso es bueno o malo.

—Yo, tampoco. El espacio donde trabajan Mathias y Ronan es increíble. Enorme y luminoso. Y tienen sitio para mí. He buscado un poco y encontré dos anuncios de oferta de puestos de carpintería, así que no creo que tenga problemas para encontrar trabajo.

Aidan tomó el frasco de laca, y Shelby se movió para que pudiera empezar a pintarle las uñas.

—Entonces, ¿te vas?

Nick asintió.

—He alquilado un apartamento. Voy a despedirme del bar.

Aidan se concentró en su tarea. No quería pensar en que su hermano se marchaba de Fool's Gold. El instinto le decía que era lo mejor para Nick, que su hermano necesitaba alejarse de Ceallach. Sin embargo, el corazón le decía que iba a echar de menos a su hermano.

—Eh —dijo Nick—. Sé lo que significa eso. Tú eres el único que se queda aquí. Del está viajando por el mundo con Maya, y tus otros tres hermanos estarán en Happily Inc.

Shelby asintió lentamente y miró a Aidan. Le acarició la mano. Fue una caricia breve, pero él recibió el mensaje: estaba allí, a su lado. Lo entendía. Pasara lo que pasara entre ellos, seguirían siendo amigos.

—Tienes que hacer lo que sea mejor para ti —le dijo Aidan a Nick—. No puedes quedarte aquí, los dos lo sabemos. Esto es mejor.

—Puedes ir a verme siempre que quieras.

—Vaya, gracias.

—Bueno, ya sabes lo que quiero decir. ¿Te he contado que hay una reserva de animales?

—¿Qué quieres decir? ¿Como un zoo?

—No, mucho mejor que eso. Hay un terreno abierto y lleno de hierba en un extremo del pueblo, y allí tienen cebras, gacelas e incluso una jirafa llamada Millie.

—Sí, claro. Te lo estás inventando —bromeó ella.

Nick se dibujó una cruz en el pecho.

—Te lo juro. Además, en Fool's Gold hay una elefanta.

—Sí, ya lo sé, pero Priscilla es distinta. Más como de la familia.

Aidan sonrió.

—¿Aceptas en la familia a una elefanta, pero no a una jirafa?

—Bueno, dicho así, supongo que podemos aceptar a las dos —dijo ella, y se volvió hacia Nick—. Ya se te ha ablandado lo suficiente la piel. Sécate los pies con esa toalla y seguiremos con el próximo paso de la pedicura.

Nick obedeció.

—Esto no se lo vas a contar a nadie, ¿no? —le preguntó a su hermano.

—Lo mismo digo.

—Trato hecho.

Capítulo 17

Jo puso la jarra de margarita en el centro de la mesa.
—Aquí hay algo que no encaja —murmuró.
Felicia asintió.
—Es difícil cuando se transgreden las normas sociales. En este caso, la comida solo para chicas. Pero es por una buena causa, y dudo que Aidan empiece a acudir regularmente a estas comidas —dijo, y lo miró—. Tu empeño por ser amigo de Shelby es admirable, pero necesitáis límites si queréis que funcione.

Shelby se contuvo para no sonreír.
—Sí, Aidan. Creo que necesitamos ciertos límites. Me estás agobiando un poco.

Él alzó ambas manos con las palmas hacia arriba.
—Pedí ayuda y ¿qué consigo? ¿No estáis diciéndoles siempre a vuestros maridos y novios que no pasa nada si reconocen que no saben una cosa? Y, sin embargo, cuando lo hago yo, ¿qué respuesta obtengo? Tenéis que decidir cuál es el mensaje que queréis dar.

Taryn tomó su copa de margarita.
—Vaya, hombre, qué táctica más interesante. Odio decir esto, Aidan, pero tienes razón.

Larissa sonrió.

—Claro que no. Antes se congelaría el infierno que admitir eso.

—Todo tendrá su gracia hasta que queráis hablar mal de los chicos —les advirtió Jo—. ¿Qué vais a hacer entonces? Porque él estará aquí sentado.

—Hablaremos de él —dijo Shelby, alegremente—. No le va a importar.

Aidan sonrió. Aquel hombre sí que tenía confianza en sí mismo, pensó Shelby alegremente. Eso había que reconocerlo. Además, era muy habilidoso en el dormitorio. Tal vez una cosa fuera consecuencia de la otra.

Cuando Aidan le había pedido consejo sobre sus ideas para los *tours* de verano enfocados al público femenino, ella le había sugerido que fuera a comer con sus amigas y con ella. Sus amigas habían accedido enseguida a ayudarlo. De ahí, los planes se habían transformado en una comida con margaritas, así que no iban a conseguir hacer nada aquella tarde.

—Ya está bien de torturar a Aidan —regañó Patience, mientras tomaba su copa—. Vamos a hacer un brindis. Por los amigos.

Todos brindaron. Incluso Aidan.

—Te das cuenta de que esto te convierte en una mujer honoraria —le dijo Taryn.

Él sonrió.

—Lo dices como si fuera malo.

—Vaya, y yo que pensaba que te ibas a aturullar. Bueno —dijo ella, y suspiró—. Shelby, puedes quedarte con este. Es especial.

Shelby sintió un cosquilleo en el estómago. Antes de que pudiera decir algo, Felicia negó con la cabeza.

—No se trata de eso. Son amigos. Shelby me lo explicó todo cuando empezaron a estar juntos. Creo que es un buenísimo experimento. Aunque no creo que escribáis un artículo sobre vuestras experiencias cuando termine, ¿no? –preguntó, en un tono melancólico.

–Eres una rarita –le dijo Larissa a su amiga–. Y te queremos.

La conversación fluyó a su alrededor. Era la acostumbrada mezcolanza de cotilleos divertidos. Quién estaba saliendo con quién, quién estaba embarazada, quién se marchaba de vacaciones. Shelby intervino, pero, en realidad, estaba pendiente de Aidan. Hacía cuatro meses, él se habría retorcido, y los dos habrían estado incómodos en aquella situación, deseando volver a sus asuntos. Sin embargo, aquel día, él le dio sorbos a su margarita y comió patatas fritas. De vez en cuando, hacía algún comentario. A ella le gustaba que le cayeran bien sus amigas. Le gustaba que pudieran pasar aquellos ratos juntos. Estar con él era muy fácil, pensó. Cómodo. Nunca se quedaban sin cosas que decir. Y el hecho de que pudiera excitarla con una sola mirada era, simplemente, otra ventaja.

Jo volvió a la mesa con sus platos. Cuando se fue, Taryn sonrió a Aidan.

–Este es el rato más silencioso que vamos a tener, así que, si quieres hablar de tu negocio, ahora es el momento.

–Gracias –dijo, y miró por toda la mesa–. Estoy pensando en hacer algunos cambios en la oferta. La mayoría de mis *tours* se basan en la aventura y en las actividades al aire libre. Y, aunque a la mayoría de las mujeres les gustan esas cosas, también hay un mercado de puertas adentro que he estado pasando por alto. Fay y yo nos pusimos a pensar en ideas nuevas. ¿Y si ofreciera fines de semana para chicas en colaboración con otros negocios del pueblo, como una noche o dos en la cabaña, una sesión de spa con una cena en algún sitio?

–¿Y por qué las mujeres no lo iban a reservar por sí

mismas? –preguntó Larissa–. ¿Para qué iban a acudir a ti?

–Para que fuera más fácil.

–No es suficiente –le dijo Taryn–. Tienes que ofrecer algo único. ¿Cuál es tu siguiente *tour*?

–Voy a llevar a un grupo de acampada el fin de semana que viene –dijo él.

–¿Y por qué no pueden ir de acampada ellos solos?

Shelby pensó que tal vez Aidan se pusiera a la defensiva, pero permaneció completamente relajado.

–Yo les proporciono el equipo y soy el guía. Vamos a ver unas ruinas antiguas que son difíciles de encontrar. Yo me encargo de todo. Ellos solo tienen que aparecer.

–Pero acampar es más complicado que pasar un fin de semana en un spa –dijo Patience–. Yo creo que lo del spa puede funcionar, pero necesitas un elemento único. ¿Y si te concentraras en el romanticismo y en las parejas? Un *tour* romántico por Fool's Gold, con un picnic gourmet y champán. Por supuesto, tendrían que guiarse por sí mismos. No ibas a ir tú de carabina.

Aidan sonrió.

–En eso estoy de acuerdo.

–¿Cuáles son los mejores sitios para besarse de todo el pueblo? –preguntó Larissa–. Ya sabéis, algo así es divertido. Seguro que muchas parejas vienen a acampar y a esquiar y, aunque la mujer está contenta, es algo que le hace más ilusión al hombre. Ir de excursión romántica sería una compensación.

Taryn asintió.

–Podrías tener los paquetes preparados, de modo que fuera un añadido de última hora. Si eliges los menús de las comidas o las cenas con antelación, Ana Raquel puede tener los ingredientes preparados. Estás pensando en trabajar con ella, ¿no?

—Sí. A Shelby le gusta lo que hace.

Él tomó unas cuantas notas, así que no vio las miradas que intercambiaban las mujeres. Shelby sí las vio, y se dio cuenta de lo que estaban pensando: que él había llegado al punto en que confiaba en su opinión.

Ella tuvo ganas de decir que eso era uno de los rasgos de su amistad, pero, sinceramente, se estaba cansando de repetirse. Además, ya no eran solo amigos, sino algo más. Mucho más.

Ellas siguieron hablando de las diferentes posibilidades. Aidan les hizo preguntas. Cuando terminaron, él se empeñó en invitarlas a comer.

—Es lo mínimo que puedo hacer —les dijo a sus amigas—. Gracias por tomaros la molestia de hablar conmigo.

Shelby y él salieron del bar de Jo. Él le sonrió.

—Te agradezco mucho que hayas organizado esto. Ahora tengo muchas cosas en las que pensar.

—¿Más ideas de las que puedes utilizar? —le preguntó Shelby, en broma.

—Sí, pero es un problema muy beneficioso. Son unas mujeres estupendas. Me caen muy bien.

—A mí, también —dijo ella. Volvió a sentir aquel extraño cosquilleo en el estómago, pero no le hizo caso—. Y me gusta lo que nosotros dos hemos conseguido.

La expresión de Aidan se transformó en una de depredador.

Ella se rio.

—No solo eso. Todo lo demás, también.

—Pero eso fue bueno.

—Sí, sí. Lo mejor de mi vida.

Ella pensaba que, tal vez, él haría una broma. Sin embargo, se puso serio, le acarició la mejilla y la besó ligeramente.

—Sí, lo mejor —dijo.

A ella se le cortó la respiración por un segundo. Antes de poder analizar lo que ocurría, la sensación pasó. Sin embargo, las preguntas permanecieron. ¿Qué le ocurría? Aquel era Aidan, su amigo y, ahora, su amante. Lo conocía. Le gustaba. Estaba cómoda con él. Estaban bien juntos, y no quería que aquello cambiara.

—Soy tan feliz —dijo Amber, mientras se enjugaba las lágrimas—. No le hagas caso a la llorera. Últimamente, lloro por todo —añadió, y le tomó las manos a Shelby—. Sé que vender la pastelería es lo mejor que puedo hacer, pero me habría arrepentido si se la hubiera vendido a otra persona. Tú vas a convertir el negocio en algo asombroso. Y lo vas a cambiar todo —añadió, riéndose—. Estoy impaciente por ver dónde estarás dentro de un año.

Shelby tragó saliva.

—Gracias por todo. Te prometo que el corazón de este negocio siempre será el mismo, a pesar de los cambios.

Se abrazaron.

Trisha Wynn, la abogada que estaba gestionando la compraventa, puso los ojos en blanco.

—Es la primera vez que veo que alguien se abraza en una reunión como esta.

Amber se enjugó los ojos.

—No finjas que tú no estás emocionada.

—Soy abogada. Soy inmune a las emociones. Y, ahora, firmen los papeles, señoras.

Estaban sentadas en la sala de reuniones del bufete de Trisha. Shelby no podía creer lo rápidamente que se había solucionado todo. Una vez valorado el negocio, Amber y ella habían llegado a un acuerdo en el precio. El hecho de que Shelby pagara al contado y en efectivo también había acelerado las cosas. En cuanto al préstamo de su hermano, lo habían formalizado con un pagaré e incluso más abrazos.

En aquel momento, firmó en el lugar que le indicaba Trisha. Estaba nerviosa y emocionada. Llevaba tres días sin dormir y debería sentirse agotada, pero estaba llena de energía, y su cabeza bullía de posibilidades.

Ya había firmado el contrato de alquiler del local contiguo a la pastelería. Tenía apalabrada la obra con el constructor, además de haber tramitado los permisos preceptivos en el ayuntamiento.

Firmó tres veces más. Trisha revisó los documentos.

—Muy bien, señoras, ya han terminado. Tradicionalmente, nos damos la mano, pero supongo que vosotras queréis más, ¿verdad?

Amber se echó a reír.

—Por supuesto que sí.

Se pusieron en pie y hubo más abrazos. Trisha refunfuñó, pero Shelby notó que se abrazaba a ella con fuerza, aunque solo fuera un segundo. Cuando Amber y ella salían juntas del despacho, Amber le entregó las llaves.

—Ya no las voy a necesitar.

Shelby suspiró.

—Vaya. Lo hemos hecho de verdad. ¿Seguro que tú estás bien con lo que está sucediendo?

—Me lo preguntas un poco tarde, ¿no? —bromeó su amiga. Entonces, a Amber le tembló la barbilla—. He amado mi pastelería, Shelby. Ha sido algo muy importante para mí. Pero nunca pensé que iba a tener un hijo —explicó, y continuó bajando la voz—: Nos han dado los resultados de la amniocentesis y todo está perfectamente. Vamos a tener un niño y está sano.

Shelby la abrazó de nuevo.

—Me alegro tanto por ti...

–Gracias. Así que, aunque voy a echar de menos la pastelería, no es nada comparado con la alegría que siento por mi hijo. Si tú necesitas algo, dímelo –dijo Amber, sonriendo–. Lo vas a hacer muy bien, ya lo verás.

Shelby fue caminando a la pastelería. Le daba vueltas la cabeza. Tenía muchísimas cosas que hacer: preparar la cocina temporal, confirmar el quiosco que había alquilado para la renovación. Había...

Al torcer la esquina, se encontró con una pequeña multitud delante de la pastelería, y se dio cuenta de que conocía a todo el mundo. Eran sus amigos.

Madeline estaba con Destiny y Kipling. Starr, charlando con una de sus amigas. Aidan y Taryn, Larissa, Patience, Ana Raquel. Incluso Sam Ridge estaba allí.

Aidan la vio.

–Aquí viene –dijo.

Todos se giraron hacia ella y comenzaron a aplaudir.

–¡Enhorabuena! –gritó Madeline–. Ya es toda tuya.

Hubo más gritos y, después, abrazos. Empezaron a circular copas de champán. Shelby no sabía qué pensar, pero, antes de que pudiera preguntar lo que estaba pasando, Aidan se acercó al escaparate de la pastelería.

–Enhorabuena, Shelby –le dijo–. Todos estamos muy orgullosos de ti, y muy contentos. Vas a hacerlo muy bien.

Tiró de una cuerda y desplegó una pancarta con las margaritas psicodélicas y estilizadas que ella había elegido para su logotipo de Flour Power.

A Shelby se le llenaron los ojos de lágrimas.

–Tú has hecho todo esto por mí.

Él se encogió de hombros.

–No todos los días se celebra algo tan importante.

Kipling se acercó y le pasó un brazo por los hombros.

–Lo has hecho muy bien, nena. Gracias por dejarme formar parte de esto –dijo, y señaló a Aidan con la barbilla–. Todo se le ha ocurrido a él. Ojalá se me hubiera ocurrido a mí, pero fue él el que lo organizó todo y nos llamó. Es un buen tipo, Shelby. Por si acaso estás pensando en quedarte con él.

La demolición fue muy ruidosa, y la construcción, más ruidosa aún. Aunque eso ya lo supiera todo el mundo, era muy distinto saberlo que experimentarlo. Los obreros aparecían muy temprano todas las mañanas y trabajaban hasta las seis de la tarde.

El local recién alquilado era una cáscara vacía en aquellos momentos, y en la parte de Ambrosía había desaparecido todo salvo la antigua cocina. Aquella maquinaria todavía podía funcionar muchos años y se iba a quedar tal y como estaba.

Eso significaba que Shelby y su equipo podían hornear desde las seis de la tarde hasta las seis de la mañana y vender luego la producción en el quiosco, a una docena de metros de la pastelería. Para que los empleados pudieran trabajar así todos los días, era necesario empaquetar todos los ingredientes de los pasteles, magdalenas y galletas, y guardarlo bien hasta la jornada siguiente. La logística era agotadora, pero valía la pena, se decía a sí misma.

Shelby miró la hora. Era el viernes por la mañana del fin de semana del Spring Fling. Todo el pueblo estaba lleno de turistas que aprovechaban el buen tiempo. Al día siguiente se celebraría el desfile. Shelby tenía el presentimiento de que aquel día lo iban a vender todo a primera hora y, con la obra en marcha, no habría forma de producir más. Tendrían que ajustar el horario aquella noche, así que necesitaba ir a casa y dormir un poco. Pero, antes, tenía que hacer una parada.

Se dirigió hacia Luna de papel. Mientras sonreía para saludar a la gente conocida, se dio cuenta de lo mucho que echaba de menos a Aidan. Él solo iba a pasar fuera una noche y volvería el domingo; además, ellos no pasaban juntos cada segundo del día, pero, aun así... A ella no le gustaba pensar que estaba fuera del pueblo.

Sus propias emociones la confundían. Las sensaciones que tenía cuando estaba con él eran extrañas. Sabía que, en parte, eso se debía a que habían tenido relaciones sexuales. Pero sucedía algo más, algo que no conseguía entender. Últimamente, pensaba mucho en lo que iba a suceder en junio. Recuperarían su vida normal. Seguirían siendo amigos, claro, pero no sería lo mismo. Ella no quería que las cosas cambiaran y ¿qué significaba eso?

Entró en la tienda de vestidos de novia y encontró a Madeline alisando velos.

–Hola, ¿qué tal? –le preguntó su amiga–. ¿Cómo va la obra?

–Bien, avanzando. ¿Y tú? ¿Qué tal va aquí?

–Muy bien. El trabajo va genial –dijo Madeline–. Jonny está en Italia. Yo me voy a reunir con él la semana que viene, pero lo echo de menos.

Shelby conocía aquel sentimiento, pero no podía decirlo. Aidan y ella solo eran amigos, mientras que Madeline iba a casarse con Jonny. Sus situaciones eran diferentes.

Madeline dejó el velo que había estado enderezando.

–¿Qué pasa?

–¿Eh? ¿A qué te refieres?

–No sé. Estás un poco... ¿Te apetece un café? Acabo de hacerlo. Podemos ir a mi despacho. Esta mañana no tengo ninguna prueba y Rosalind puede atender a los clientes.

—Claro.

Shelby y Madeline fueron a la trastienda y se sirvieron un café. Shelby se sentó frente a su amiga.

—¿Es por Aidan? —le preguntó Madeline, con tacto—. Me han contado lo de la comida en el bar de Jo. Le cayó fenomenal a todo el mundo. Siento no haber podido ir.

Madeline no había podido estar en aquella comida porque tenía una cita para una prueba con una novia. Shelby intentó pensar en algo que decir.

—Me siento confusa —reconoció—. Tú sabes por qué quería conocer a Aidan.

—Sí, claro. Al principio no estaba muy segura de que tu plan fuera a funcionar, pero sí está funcionando. Te cae muy bien, y confías en él. ¿No es así? ¿Ocurre algo malo?

—No, no. Aidan es genial. Es bueno, divertido y razonable. Me lo he pasado muy bien conociéndolo. Somos muy buenos amigos.

—Entonces, ¿cuál es el problema?

—No lo sé. Me siento rara. Inquieta.

—¿Crees que sientes algo más por él?

—No. Claro que no —dijo ella, rápidamente. El sexo no era amor. Era... diferente—. Lo que pasa es que no quiero perder lo que tenemos.

Madeline le dio un sorbito a su café.

—De acuerdo, de acuerdo. Lo entiendo. Pusisteis un límite al experimento, o como quieras llamarlo, y no quieres perder a Aidan cuando pasen los seis meses. Pues no lo pierdas. No dejes de ser amiga suya. Podéis seguir saliendo o haciendo lo que hacéis ahora, si está siendo bueno para los dos.

—Hemos hablado de seguir siendo amigos. Y seguiremos siéndolo, en cierto modo. Pero todo será distinto.

—¿Y por qué? Supongo que a él le gusta estar contigo tanto como a ti con él.

—Sí, creo que sí —dijo ella. Pensándolo bien, nunca habían hablado de sus sentimientos, aunque él le había dejado bien claro que no quería estropear lo que tenían por culpa del sexo. Así que Aidan también debía de tenerle cariño.

—Voy a hablar con él —dijo Shelby, firmemente—. De hombre a hombre.

Madeline enarcó las cejas.

—¿Disculpa?

—Quiero decir que voy a hablar con él como hablaría un tío con sus amigos.

—¿Con gruñidos?

—No. Con sinceridad. Sin insinuaciones, sin rodeos. Diciendo lo que quiero decir. Que quiero que sigamos siendo amigos de verdad, no solo conocidos que se saludan por la calle.

—Impresionante. Qué valiente te has vuelto, con tu nuevo negocio y tu nueva actitud. Me encanta —dijo Madeline—. ¿Has conseguido, con esta relación con Aidan, lo que tú querías?

—Eso espero. No lo sabré con certeza hasta que tenga una relación seria con alguien, pero creo que soy más fuerte que antes. Y puedo confiar. Eso es lo que quería. La oportunidad de ser normal.

—Entonces, ¿ha merecido la pena?

—Completamente.

Capítulo 18

La mujer, Julie, llevaba llorando cuarenta y ocho horas seguidas. Había intentado disimular, pero todo el mundo lo sabía. Durante la noche del jueves y del viernes se habían oído sus sollozos apagados por todo el campamento, y todavía quedaban veinticuatro horas de excursión.

Aquel fin de semana, llamado El lado salvaje de Sierras, era una aventura de acampada y senderismo con un guía experto en naturaleza. Los doce excursionistas podían disfrutar avistando aves, recogiendo bayas silvestres, conociendo e identificando flores y plantas. Si tenían suerte, verían algún cervatillo. Aidan se cercioraba de que nunca se cruzaran con un grupo de osos hambrientos.

Se suponía que el sábado por la mañana el grupo iba a ir a un punto de avistamiento desde el que podrían divisar un nido de águila. Aidan los mandó con el naturalista y le pidió a Julie que se quedara con él.

Era una mujer de unos cuarenta y cinco años, atractiva, con el pelo castaño y los ojos marrones. Estaba en forma. No tenía mucha experiencia en las excursiones al aire libre, pero estaba dispuesta a hacer lo que se le indicara. Aidan sabía que su reserva estaba hecha para dos personas, pero solo había aparecido Julie. Eso, probablemente, era el motivo de las lágrimas.

–He pensado que podíamos hablar –dijo él, cuando los demás ya se habían marchado. Charlie miró al grupo, que se alejaba, y a Aidan, como si quisiera asegurarse de que su dueño sabía que se estaban quedando atrás.

–De acuerdo –dijo Julie, lentamente.

Se sentaron en la mesa de picnic, junto a la hoguera. Las tiendas estaban montadas en círculo. Como Aidan usaba mucho aquella zona, había llevado un inodoro portátil, pero no había agua corriente.

Julie apoyó los brazos sobre la mesa.

–¿De qué querías hablar? –le preguntó a Aidan.

Él le dio una palmadita al banco, a su lado. Charlie subió de un salto, y él empezó a rascarle las orejas.

–De lo que está ocurriendo. Estás muy disgustada. ¿Puedo ayudarte en algo?

–No, a menos que estés dispuesto a matar a alguien por encargo –dijo ella. Entonces, se estremeció–. Lo siento. No quería decir eso.

–¿Una ruptura dolorosa?

–La peor –dijo ella, y se le llenaron los ojos de lágrimas–. Keith y yo estuvimos juntos diez años. ¡Diez! Los dos trabajamos en la industria de la tecnología. Él hace diseño de *software* y yo trabajo en el área financiera. Estábamos muy bien juntos. Viajábamos. Nos gustaban las mismas películas, y cocinábamos juntos los domingos –le explicó, y se le quebró la voz.

–¿Pero?

Ella sollozó.

–Pero no íbamos a ninguna parte, emocionalmente hablando. Hablábamos de casarnos, pero no lo hacíamos. Al principio, no me preocupaba, pero luego se convirtió en un problema. Tengo cuarenta y cuatro años. Seguramente, ya no tendré hijos. Lo acepto, pero siempre pensé que me casaría.

—¿Y qué pasó?

—Me dejó sin previo aviso y, tres semanas después, estaba saliendo con una chica de veintitantos años. Un mes más tarde, se comprometieron —explicó Julie. Las lágrimas se le caían por las mejillas mientras hablaba—. Una de mis amigas me dijo que se había enterado de que la chica está embarazada. No puedo creerlo. Yo estuve todo ese tiempo con él, y no me he llevado nada de nuestra relación.

Se tapó la cara con las manos, y lloró. Aidan se quedó callado, pensando en que ella necesitaba desahogarse. Aunque se sentía incómodo con lo que estaba sucediendo, sabía que no era él quien estaba haciendo sufrir a Julie. Y decirle que todo se iba a arreglar era una tontería, así que no lo hizo.

Al final, Julie se fue calmando. Se enjugó las lágrimas y lo miró.

—Estoy hecha polvo.

—Sí, ya lo veo.

—Lo echo de menos.

—No, en realidad, no.

Ella abrió unos ojos como platos.

—¿Por qué dices eso? Yo quiero a Keith.

—No, ya no —dijo él, y se encogió de hombros—. Tú misma has dicho que vuestra relación no iba a ninguna parte, emocionalmente hablando. ¿Qué es lo que echas de menos? Sé concreta.

—Muchas cosas. Lo que hacíamos juntos. Salir. Cocinar los domingos.

—Eso es lo que hacíais, pero ¿qué echas de menos de él?

Ella se quedó en blanco.

—No entiendo lo que me estás preguntando.

—Yo tengo una amiga. Es incapaz de aparecer en casa de alguien sin llevar unas galletas, un bizcocho o una tarta. Tiene la imposibilidad física de aparecer con las manos vacías. Si está con Charlie, juega con él durante horas. Charlie no tiene un juguete favorito, así que, primero, ella tiene que adivinar con cuál le apetece jugar.

Aidan miró a Julie.

—Yo la echo de menos a ella. A quién es ella. No las cosas que hacemos.

Julie respiró profundamente un par de veces.

—Estás diciendo que echo de menos lo que representa Keith. Al tipo sólido. Tener una relación. Que, en sí mismo, él es un gilipollas.

—Bueno, es solo una suposición que he hecho basándome en lo que me has contado de él.

Julie sonrió por primera vez en toda la excursión.

—Sí, ya lo sé. Su nueva novia tiene veintitantos años menos que él. ¿Cómo es posible? —preguntó. La sonrisa se le borró de la cara—. Yo quería venir a esta excursión para demostrarme algo a mí misma. No creía que iba a recibir tan buenos consejos. Gracias. Voy a pensar en lo que me has dicho.

—Él no es el único. Hay muchos tipos estupendos por ahí. Pero tienes que empezar a buscar.

Julie asintió.

—Es muy fácil hablar contigo. Sabes mucho de mujeres.

Aidan sonrió.

—Es un poco nuevo para mí, pero me está gustando.

Shelby estaba nerviosa. Aidan la había llamado desde la oficina para decirle que ya había vuelto de la acampada, y ella lo había invitado a que fuera a su casa. En aquel momento, se paseaba de un lado a otro mientras intentaba calmarse. Tenía un cosquilleo en el estómago y estaba muy impaciente.

Se dijo que era porque echaba de menos a su amigo. Y, por supuesto, a Charlie, porque ella quería a aquel perrito. Adoraba verlo mover las patas cuando no le daba un premio con la debida rapidez, y cómo se estiraba en el respaldo del sofá, al estilo de un gato.

Eso era. Echaba de menos a Charlie. Y a Aidan, también, claro. Pero, sobre todo, al perro.

Oyó la furgoneta, que se detuvo en la calle de entrada a su casa, y salió a saludarlos. Charlie sacó la cabeza por la ventanilla y ladró para decirle «hola». Ella abrió la puerta por su lado, y el perro saltó a sus brazos. Pesaba casi diez kilos, así que Shelby se tambaleó un segundo. Después, lo abrazó contra su pecho.

—Hola, cariño —le dijo, mientras le acariciaba el suave pelaje—. ¿Qué tal la acampada?

Aidan salió de la furgoneta y se acercó.

—Nos lo hemos pasado muy bien, y Charlie se ha quedado con todo el mundo. Todos le daban comida a escondidas, así que vamos a tener que pasear más de la cuenta durante un par de días. Los excursionistas eran muy majos. ¿Y tú, qué tal?

Shelby pensó distraídamente que Aidan tenía muy buen aspecto. Estaba sin afeitar. Despeinado. Sexy. Llevaba una camisa de manga larga abierta sobre una camiseta, unos vaqueros y unas botas de senderismo. No había ningún motivo para que a ella se le acelerara el corazón. Y, sin embargo, estaba temblando.

—¿Shelby?
—¿Eh?
Él sonrió.

—¿Te encuentras bien?

Ella asintió.

—Te he echado de menos.

Él la rodeó con un brazo y la apretó contra sí.

—Yo también te he echado de menos. Tenías que haber venido conmigo.

Caminaron hacia su casa; Charlie los precedió y entró corriendo por la puerta.

—La próxima vez —dijo ella—. Ahora tengo que supervisar la obra. Seguro que estoy volviendo loco al constructor, pero tendrá que aguantarme.

—¿Avanzan?

—Sí, todos los días.

Entraron en la casa.

Charlie ya había encontrado el cuenco de agua que ella le había preparado. Shelby abrió la puerta corredera de la cocina para que pudiera salir.

—¿Te apetece una cerveza? —preguntó—. Debes de estar cansado.

—Pues sí. Me apetece mucho una cerveza. Después tengo que ir a casa a ducharme.

Ella se acercó a la nevera.

—Puedes ducharte aquí, si quieres.

Ella lo dijo inocentemente, pero hubo un cambio en el ambiente. Al darse la vuelta, se encontró con que Aidan la estaba mirando fijamente.

Tenía los ojos muy brillantes, y a ella se le cortó el aliento. De repente, el deseo invadió todo su cuerpo, hasta el último rincón, y le causó un escalofrío.

—¿Quieres ducharte conmigo?

Shelby pensó en lo que sería estar en un espacio pequeño, lleno de vapor, bajo el agua caliente, con Aidan, desnudo y mojado junto a ella.

Sonrió.

—¿Me estás diciendo que la cerveza puede esperar?
—Sí, exacto.

Aidan no estaba preparado para soportar los agudos gritos que podían proferir las chicas de dieciséis años. Lo primero que pensó fue que, afortunadamente, había dejado a Charlie en casa. El pobre perro se habría puesto a llorar con el ruido. Él mismo se sentía abrumado.

La fiesta de Starr era en una sala del centro de convenciones del pueblo. A él nunca se le habría ocurrido celebrarla en aquel lugar, pero Shelby había hablado con Dellina Ridge, la organizadora de eventos, y ella se lo había sugerido.

Habían ocupado cerca de un cuarto de la zona abierta que había junto a la cocina industrial. Había mucho sitio para poner las mesas y las sillas decoradas como en los años cincuenta.

Destiny y Kipling habían aportado el sistema de sonido portátil, y Gideon, el dueño de la emisora de radio de viejos éxitos, les había prestado muchos discos de la época. Había siluetas de Elvis para hacerse selfis, faldas capa de alquiler y un tocador para maquillarse con instrucciones sobre cómo hacerse el delineado de gato en los ojos.

Más allá de las mesas había un suelo de cemento con el tamaño de una pista de baloncesto, perfecto para patinar. El menú era sencillo: perritos calientes, hamburguesas con queso y ensaladas. También había un puesto de helados y las magdalenas, dispuestas como si fueran una tarta en forma de guitarra.

La fiesta había empezado a las tres, y todavía faltaba una hora para la comida. Las niñas casi habían terminado de patinar. Él se acercó a Shelby, que estaba poniendo la mesa.

—Vamos a necesitar otra actividad —le dijo—. Si no, se van a aburrir y a ponerse nerviosas.

Ella sonrió.

—Parece que estás nervioso.

—Sí. Mi entrenamiento con el género femenino ha sido con adultas. Las adolescentes todavía me dan miedo.

Ella le dio unos golpecitos en el brazo.

—A todos nos dan miedo. No te preocupes, lo tengo todo controlado —dijo, y señaló hacia la puerta.

Por ella entró una mujer alta, delgada, con los ojos verdes y el pelo rubio. Él tardó un segundo en reconocerla.

—Es la profesora de baile.

—Evie Jefferson —dijo Shelby, mientras la saludaba con la mano—. Es la dueña de la escuela de baile del pueblo. Va a enseñarles a las chicas algunos bailes de los años cincuenta. Así las tendremos ocupadas hasta la cena. Además, estarán agotadas.

—Kipling se va a poner muy contento.

Porque, después de la cena, todas las chicas iban a ir a dormir a casa de Starr.

—Creo que Kipling y Destiny tienen una pequeña posibilidad de dormir algo esta noche —dijo ella, riéndose—. Bueno, salvo que los despierte la niña.

Evie les explicó un baile a las niñas y lo hizo con ellas. Kipling se acercó a Shelby y a Aidan.

—Es el mismo baile que van a ver en *American Graffiti* hoy por la noche —comentó.

—Sabes que esa película transcurre en los años sesenta, ¿no? —le preguntó Aidan.

Kipling sonrió.

—No creo que se den cuenta. Lo antiguo es antiguo —

dijo—. Me he enterado de lo que le has regalado. Muchas gracias. Destiny y yo te lo agradecemos mucho. Iba a hacerlo yo mismo, pero esto es una gran ayuda.

Aidan le había regalado a Starr un vale por diez clases de conducir.

—Tú ya tienes suficiente —le dijo—. Además, el hecho de que la enseñe alguien que no sea de la familia le facilitará las cosas a todo el mundo.

—Estoy en deuda contigo.

Aidan iba a decir que eso era lo que se hacía con la familia, pero se detuvo. Kipling y él no eran parientes. El hecho de que él fuera amigo de Shelby no los convertía en familiares. Sin embargo, sí consideraba a Kipling como algo más que un mero conocido.

El hermano de Shelby volvió al lado de Destiny. Habían dejado al bebé con una niñera y estaban disfrutando de su noche libre. Shelby se había ido con las adolescentes y estaba aprendiendo el nuevo baile con ellas. La música y las risas llenaban aquel vasto espacio.

Aidan pensó con satisfacción que aquello era estupendo. En realidad, tal y como se suponía que debían ser los cumpleaños. Cuando él era niño, su madre intentaba celebrar fiestas de cumpleaños, pero Ceallach siempre se las arreglaba para hacer algo que estropeara día. Aidan había tardado mucho tiempo en descubrir que su padre siempre tenía que ser el centro de atención, incluso los cumpleaños de sus hijos.

Se preguntó cómo habría sido la vida para Shelby. Ella había tenido que crecer aterrorizada por su padre. Seguramente, sus cumpleaños tampoco habían sido muy divertidos. Y, en el internado, ella habría estado a salvo, pero lejos de la familia.

Por enésima vez, se preguntó por qué su madre se había quedado con su padre. Sabía que ella diría que había sido por amor, pero él tenía sus dudas. Sin embargo, ella estaba atrapada y ...

Aidan observó a las chicas mientras bailaban. Shelby se estaba riendo. La música seguía sonando, y ya se notaba el olor de la comida que estaban preparando, pero él estaba abstraído. Los pensamientos tomaban forma en su mente, se desvanecían y volvían a aparecer. Fue entonces cuando lo entendió todo.

El amor no consistía en quedar atrapado. Lo que más le desagradaba de la relación de sus padres no era que su madre no pudiera marcharse. Ella misma había elegido no hacerlo, y su padre los había maltratado a todos. No con los puños, pero sí de otras formas. La madre de Shelby tampoco estaba atrapada; podría haberse marchado en cualquier momento, y no lo había hecho. Ellos no podrían entender nunca los motivos por los que se había quedado junto a su marido.

No se trataba de que hubiera elegido a su esposo por encima de sus hijos, sino de que había aceptado lo que su marido les hacía a sus hijos. Nadie debía permitir que, por un supuesto sentimiento de amor, sus hijos sufrieran, y menos cuando eso podía evitarse fácilmente.

Lo que hubieran sentido esas mujeres, lo que sentían, no era amor. El amor significa dar con generosidad, no tomar. El amor no era inventar excusas o tener que elegir entre el padre y el niño. El amor no era quedar atrapado, sino ser libre.

—¿No hemos hecho esto ya? —preguntó Shelby, mientras entraba con Madeline en el bar de Jo.

—Sí, tú, sí —respondió su amiga—. Yo estaba trabajando. Ahora puedo venir a una comida de chicas.

Lo cual sonaba muy bien, sí, pero Shelby no se lo

creía. El modo en que Madeline se había empeñado en que fueran a comer juntas tenía algo de extraño. Tal vez su amiga quisiera hablar con ella de su inminente boda, o tal vez hubiera otro embarazo nuevo que celebrar.

Vio que Taryn y Patience ya estaban esperando en una mesa que había junto a la pared. Era un reservado pequeño, para cuatro personas.

—Hoy no somos muchas —dijo, mientras se acercaban.

Madeline sonrió forzadamente.

—A veces, así es más divertido —respondió, con algo de nerviosismo.

Shelby se sentó al lado de Patience, las miró a todas y preguntó:

—¿Qué pasa?

Patience suspiró.

—Sabía que no íbamos a poder engañarte durante mucho tiempo. Esperaba conseguirlo por lo menos durante diez minutos.

Shelby quería a aquellas mujeres y confiaba en ellas. Sabía que nunca iban a hacerle daño, al menos, deliberadamente.

Jo les llevó cuatro vasos y una jarra de té helado. Después, se marchó sin decir una palabra, y Shelby pensó que estaba avisada de algo.

—Ahora sí que estoy asustada —dijo—. ¿Alguna de vosotras está enferma? ¿Estoy enferma yo? ¿Va a impactar un meteorito en Fool's Gold y nos va a matar a todos?

Las tres amigas se miraron, y Madeline asintió.

—Yo hablo primero —dijo, y se giró hacia Shelby—. Sabes que te queremos.

Oh, Dios. Aquello iba a ser muy malo.

—Sí —respondió Shelby—. ¿Y qué?

—Y esto es una intervención.

—¿El qué?

—Una intervención —repitió Taryn—. Shelby, eres maravillosa. Eres muy creativa y tienes mucha fuerza. Y eres increíblemente ingenua.

—No sé de qué estáis hablando.

—De Aidan —dijeron las tres al unísono.

Entonces, su nerviosismo se convirtió en miedo. ¿Qué querían decirle sobre Aidan? ¿Acaso estaba ya con otra mujer? ¿Había estado saliendo con otra? ¿Y si se había acostado con una de sus excursionistas? Eso ya había sucedido. De hecho, siempre había sucedido.

No. No podía ser. Sus amigas estaban confundidas. Aidan y ella estaban durmiendo juntos, y él no era de los que traicionaban. Ella creía en él.

—Es un buen tipo, y no me vais a convencer de lo contrario —les dijo a sus amigas.

—Ni siquiera lo vamos a intentar —dijo Patience—. Conozco a Aidan de toda la vida, y es cierto: es un gran tipo. De hecho, ese es el problema.

—No lo entiendo.

Taryn puso los ojos en blanco.

—Yo lo digo. Shelby, estás enamorada de él.

—¿Qu-qué?

—Que estás enamorada de él —dijo Taryn, con una expresión comprensiva—. Siento ser tan directa, pero hemos pensado que no te has dado cuenta por ti misma.

—No, claro que no estoy enamorada de él —respondió Shelby—. Somos amigos.

Taryn soltó un gruñido.

—Eso es lo que nos preocupa —dijo Madeline—. Que sigas diciendo eso todo el rato. Shelby, tú has pasado por mucho y has hecho un esfuerzo por cambiar, un esfuerzo muy inspirador. Entendiste lo que estaba mal y supiste cómo arreglarlo. Aidan era el candidato perfecto. Tal vez, demasiado perfecto.

—Estáis locas. Esto no es amor, es amistad.

—No, Shelby, blanco y en botella, es leche. Estás completamente enamorada.

—No, claro que no. Nos caemos muy bien el uno al otro, y hacemos cosas juntos.

—Os estáis acostando –dijo Patience.

—¿Cómo lo sabes?

—¿Eh? –exclamó Madeline–. ¡No me lo habías contado!

—¿Pero tú no te habías dado cuenta? –le preguntó Taryn a Madeline–. Claro que se están acostando. Shelby está más que radiante desde hace tres semanas.

Hablando de radiar... Shelby notó que le ardía la cara. Siguió mirando a Patience, que sonrió.

—Yo también voy muy temprano a trabajar –admitió su amiga–. Te vi salir de su casa a las cuatro de la mañana. No hay otro motivo por el que pudieras estar allí a esas horas –dijo, y alzó una mano–. No te estoy juzgando, solo estoy preocupada. Creo que es estupendo que estés enamorada de él, pero nos preocupa que no seas capaz de admitir la verdad, ni siquiera ante ti misma.

Shelby dejó a un lado su azoramiento y miró fijamente a sus amigas.

—No estoy enamorada de Aidan. Es muy dulce que estéis preocupadas por mí, pero no tenéis por qué. Estoy bien. Nosotros solo som...

—Sí, ya –dijeron las tres–. Amigos.

—Es cierto.

Las cuatro se quedaron en silencio. Madeline tomó aire.

—Está bien. Si lo sabes con tanta seguridad... Voy a terminar esta conversación tal y como empezó: Te queremos mucho y estamos preocupadas por ti.

Shelby sonrió.

—Sí, ya lo sé. Gracias. Pero, de verdad, no tenéis que preocuparos más. Estoy perfectamente bien.
—Ya. Eso dicen todas —murmuró Taryn.
—¿Cómo?
—Nada, nada. Nada en absoluto.

Capítulo 19

Cuando el restaurante El zorro y el perro cerró durante su semana anual de vacaciones, Shelby tuvo la oportunidad de usar sus cocinas para hornear. Eso permitió a la empresa constructora trabajar un par de noches y terminar la obra con una semana de adelanto. Por eso, la semana anterior al Día de los Caídos, ella estaba frente a su flamante negocio con las llaves en la mano.

—Lo has conseguido —dijo Aidan—. ¿Emocionada?

—Sí. Y asustada. Ya sabes, las lógicas emociones contradictorias.

Él la rodeó con un brazo.

—Te va a ir muy bien.

Se lo dijo en el mismo tono de siempre: calmado, reconfortante. Era todo un apoyo. Aidan era sólido y podía contar con él. Era agradable, confiaba en él y, en cuanto al sexo, volvía su mundo del revés.

No era amor. No era amor. No sabía por qué tenía la necesidad de repetirse aquellas palabras, pero la tenía. Una y otra vez. Era una pérdida de tiempo absurda, y se sentía tonta. ¿Acaso no quería tener un amor en su vida? ¿No era prepararse para eso el objetivo de su experimento con Aidan? Así que, si sus amigas tenían razón y se había enamorado de él, ¿no era una buena cosa?

—¿Estás bien? —le preguntó él.

—Sí, sí. Perfectamente. Gracias por toda tu ayuda.

—Yo no he hecho nada.

—Has hecho muchísimo —replicó ella, y miró la puerta cerrada—. ¿Quieres entrar?

—Por supuesto.

Dio un paso hacia delante. La cerradura giró fácilmente. Había un sistema de alarma y, por lo general, ella iba a entrar a la pastelería por la puerta trasera, pero, en aquella ocasión, entró por la puerta delantera y caminó hacia atrás.

Justo frente a ella estaban los expositores de los productos horneados, recién limpios y con nuevas estanterías. También había media docena de mesitas con sillas a juego para que los clientes pudieran sentarse. Había un puesto de café nuevo a la derecha. No estaba interesada en hacerle la competencia a Brew-haha, pero necesitaba ofrecer más café que antes, cuando solo tenía una cafetera.

Más allá del mostrador estaba la cocina antigua; en ella, el único cambio había sido añadir dos mezcladores y varias estanterías. La verdadera magia había ocurrido en el otro lado. Giró a su izquierda y miró las puertas de cuarterones de cristal. Cuando la tetería estuviera abierta, las puertas también lo estarían y, cuando estuviera cerrada, podría cerrar con llave las puertas y conservar al mismo tiempo la sensación de amplitud.

Caminaron por el pequeño local, que tenía las paredes pintadas de blanco. Había varios aparadores y dos vitrinas, todos en madera oscura. Solo había diez mesas, la mayoría para cuatro personas, aunque en algunas podían sentarse seis. Había manteles doblados y apilados sobre una mesa auxiliar, además de teteras aún en sus cajas. Los manteles también eran blancos, pero los individuales eran de todos los colores. Las servilletas tenían tonos similares para complementar a los individuales, más que para hacer juego con ellos.

Aidan y ella habían comprado varios juegos incompletos de porcelana en una página web de subastas. Era increíble lo mucho que había podido ahorrar comprando, por ejemplo, un juego con seis platos, pero con ocho cuencos y sin platos de postre. Así, los platos, de otros colores y diseños, añadían color y elegancia a la sencilla decoración.

Los vasos, cubiertos y jarrones también estaban allí, en sus cajas aún. La cubertería de servicio había llegado la semana anterior y estaba en la cocina. En la pared había una pizarra en la que apuntaría la bollería y los dulces del día.

Se dirigió a la cocina. Todos los aparatos brillaban. Tenía cuatro hornos, una cocina y un refrigerador profesional de gran tamaño, y una despensa digna de la realeza. Todo era perfecto.

Por un segundo no pudo creer que todo estuviera listo. Que ella fuera tan afortunada de verdad.

–Dime que no es un sueño –susurró.

Aidan la abrazó.

–Tú lo has hecho posible –susurró–. Estoy muy orgulloso de ti, Shelby. Has hecho un trabajo fantástico.

Shelby alzó la cabeza y le sonrió, y él la besó. Su boca era cálida y firme, y ella notó la presión de sus dedos y la fuerza de su cuerpo. El deseo empezó a latir, pero ella ignoró su pulso. Apoyó la cabeza en su hombro e inhaló su olor.

No, no era amor. El amor la asustaba, porque significaba que iba a ser vulnerable. No físicamente, porque confiaba en él, pero sí en todos los demás sentidos. Aquello era mucho mejor que el amor.

—¿Preparado para ponerte a trabajar? —le preguntó.

—Sí.

Volvieron a salir y comenzaron a sacar cajas de cartón, contenedores y bolsas de la parte trasera de la furgoneta de Aidan. La panadería iba a estar cerrada hasta el día siguiente, y la tienda de té no se abriría hasta la siguiente semana. Aquella noche iba a preparar la cena para sus amigos y familiares, a modo de agradecimiento por todo su apoyo.

El menú era sencillo. Aperitivos, una ensalada de tomate. El plato principal sería su versión de chili verde de pollo con galletas de queso *cheddar* y, de postre, pudín de pan de chocolate y galletas personalizadas.

Había elegido un champán para hacer los brindis y, para cenar, se había decantado por una simple selección de cervezas y vino. Todo aquello le había parecido sensato cuando lo estaba planeando, pero, en aquel momento, miró el reloj y se preguntó si no habría sobreestimado sus habilidades.

—Dos horas —le preguntó Aidan—. ¿Agobiada?

—Un poco.

—Dime lo que tengo que hacer primero.

Ella ya había preparado el pollo, así que le pidió a Aidan que lo pusiera en una gran olla.

—Tienes que removerlo cada cinco minutos —le dijo—. Vamos a calentarlo despacio.

—Sí, señora.

Mientras hablaba, a Aidan se le escapó una sonrisa que decía que estaba feliz de hacer lo que ella decía. Que la respetaba y confiaba en ella. Al ver aquella clase de sonrisa, a ella le hubiera gustado acercarse para que la abrazara, pero no había tiempo.

Le explicó cómo preparar la ensalada. El aliño ya estaba preparado. Lo guardó en el nuevo y brillante refrigerador industrial, después de permitirse el lujo de admirar todo el espacio durante diez segundos. También había preparado los postres de antemano e, igualmente, los metió en el refrigerador. Después, se puso a preparar los aperitivos.

Mientras Aidan preparaba la lechuga, ella cortó las baguettes en rebanadas finas, vertió sobre ellas aceite de oliva y las colocó en las bandejas gigantes del nuevo horno para tostarlas. Cada cinco minutos, Aidan removía la cazuela de pollo.

Una hora antes de que llegaran los invitados, oyó que alguien hablaba desde la tetería.

–Hola, soy yo. ¿Hay alguien? –preguntó Madeline, al tiempo que entraba en la cocina–. Ah, aquí estáis. He venido temprano para ver si podía ayudar –dijo, y abrazó a Shelby. Después, fue al fregadero a lavarse las manos–. ¿Os parece bien que empiece a poner las mesas?

Hacía pocos días, Madeline había dirigido aquella conversación que a ella todavía le resultaba inquietante. No le molestaba que sus amigas intentaran ayudarla, pero quería convencerlas de que no había ningún problema. Además, le preocupaba pensar que se habían disgustado por el hecho de que ella no estuviera de acuerdo con lo que le habían dicho.

Debería haber sabido que no iba a ser así, pensó, alegremente, mientras veía a Madeline secándose las manos con un trapo y sonriendo.

–Bueno, ¿cuáles son tus instrucciones?

–Vamos a hacer un bufé –dijo–. Pondremos las bebidas sobre las dos mesas auxiliares que hay a ambos lados de la puerta, y la comida, sobre las que hay al fondo.

–Entonces, ¿pongo los platos y los cubiertos en esas?

–Sí. Y, también, los cuencos.

—Voy.

El tiempo pasó rápidamente. Madeline preparó las mesas, Aidan ayudó en la cocina y Shelby se encargó de todo lo demás. Bailey y su marido, Kenny, llegaron poco después. Kenny empezó a abrir botellas de vino y champán mientras Bailey ponía las cervezas en hielo. Amber y su marido llegaron justo después. Tom llevaba una caja grande con una docena de centros de mesa.

—Nuestro regalo de inauguración —dijo Amber, mientras se abrazaban—. Está todo precioso, Shelby.

A las seis y media, la fiesta estaba en su apogeo. Starr y un par de amigas circulaban entre la gente con las bandejas de aperitivos. El pollo estaba listo para el bufé. Cuando tenía las galletas de *cheddar* preparadas para entrar al horno, Aidan la echó de la cocina para que se fuera con sus amigos.

—Yo me ocupo de esto —le dijo.

Shelby salió a la tetería y vio a la gente que más quería, riéndose y charlando.

Hacía dos años, estaba en Colorado con su madre agonizante, intentando evitar los golpes de su padre, sola y asustada. Y la sensación de no tener a nadie a quien acudir, ni un sitio en el que ponerse a salvo, se había intensificado con la lesión de Kipling.

Los dos hombres que habían aparecido en la puerta de su casa lo habían cambiado todo. Su madre había podido morir en paz y, después, ella se había ido a vivir a Fool's Gold.

Hacía dos años, nunca habría pensado que volvería a ser feliz, que sería la dueña de un negocio como aquel. Se sentía bendecida y muy agradecida.

Kipling se colocó en el centro de la sala y alzó su copa de champán.

—Me gustaría proponer un brindis —dijo—. Por mi hermana pequeña, Shelby.

—Por Shelby.

Todo el mundo alzó su copa. Shelby giró sobre sí misma y vio a todos sus seres queridos, y a Aidan, que se había asomado a la puerta de la cocina y que tenía su copa bien levantada para brindar. Cuando lo miró, él le guiñó un ojo. Y, en aquel momento, todo terminó de ser perfecto en su mundo.

Margaret era una mujer alta, rubia, con el físico de una atleta profesional. Aidan recordaba la primera vez que la había visto. Ella había ido a Fool's Gold para pasar un fin de semana de senderismo, y había contratado la ruta más difícil que ofrecía la empresa. El resto del grupo no podía seguirlos y, al final de la mañana del segundo día, los dos se habían quedado a solas. Después de largos días de andar y ascender por la montaña, habían encontrado la manera de llenar también las noches.

Ella era una de las pocas turistas con las que mantenía el contacto. Se había casado hacía unos años. Le había llamado para comentarle que iba a pasar por la zona, y él había quedado con ella para cenar.

—No puedo creer lo mucho que ha crecido el pueblo —comentó. Estaban cenando en una de las mesas de la terraza de Angelo's—. Parece que las fiestas son las mismas, pero hay muchísima más gente. Casi no encuentro sitio para alojarme.

Hacía una noche cálida. En otras circunstancias, habría sido algo romántico, pero aquella noche, no. No, porque no estaba con Shelby.

El camarero se acercó a la mesa con la botella de vino que había pedido Aidan. Cuando cada uno tuvo su copa, Aidan miró a Margaret.

—¿Cómo va todo?

—Bien. Estoy muy ocupada. Los niños crecen a toda prisa. El mayor casi tiene cuatro años ya. El menor solo tiene dos. Es una locura.

—Pero eres feliz.

—Sí. Acabo de volver a trabajar a jornada completa —dijo ella—. Tengo que viajar un poco, lo cual es duro. Quiero estar en casa con los niños, pero, al mismo tiempo, también quiero trabajar.

—El dilema al que se tiene que enfrentar la mayoría de las madres trabajadoras —dijo él—. Hoy día hace falta que trabajen los dos progenitores para mantener a la familia, pero marcharse todas las mañanas es difícil.

—Sí —dijo ella, y se quedó mirándolo fijamente—. ¿Y tú por qué sabes eso?

—No es ningún secreto.

—Pero no me imaginaba que un hombre soltero y sin hijos hubiera pensado en ello —dijo Margaret—. ¿Qué es lo que ha cambiado?

—¿Me estás diciendo que no era tan profundo la última vez que estuvimos juntos?

—Eras muy divertido, encantador y estupendo en la cama —dijo ella, y le dio un sorbito a su vino—. Pero, no, no eras profundo.

Aidan asintió.

—Hace unos meses tuve una mala experiencia —admitió—. Eso hizo que analizara mi vida y lo que había estado haciendo en mi tiempo libre.

—¿Aparte de acostarte con las turistas?

—No, eso en concreto. Aunque mis motivos eran lógicos, tal vez la ejecución de la idea tenía algunos fallos.

Le contó brevemente lo que había ocurrido en Nochevieja y que, después de la debacle, Shelby le había sugerido que fueran amigos.

—¿Solo amigos?

—Sí. Alternábamos las cosas de chicas con las cosas de chicos —dijo él, riéndose—. Ahora no es tan rígido, pero seguimos haciéndolo. Shelby juega muy bien al póquer y yo soy capaz de ir a comer con una mujer y charlar. Sin dar consejos.

—No sé si me lo creo.

—Pues es cierto. He aprendido lo que es escuchar. Algunos problemas no tienen solución y, además, lo más importante no es una solución. A veces, lo más importante es compartir los sentimientos que crea ese problema. Las mujeres se vinculan las unas a las otras con esas emociones compartidas.

Margaret agitó la cabeza.

—No sé qué decir. Estoy un poco celosa. Eso nunca habría ocurrido en mi casa.

—Entonces, es que no esperas lo suficiente de tu marido. Si yo puedo aprender a escuchar, puede cualquiera.

—Ojalá fuera cierto. ¿Y qué tal va el negocio?

—Excelente —dijo él, y le habló de las nuevas excursiones y actividades que iba a ofrecer.

—Voy a tener que traerme a toda la familia —dijo ella, riéndose—. Me están dando ganas de venir a vivir aquí.

—Serías bienvenida —dijo él, y pensó en sus niños—. Necesitarías a una buena canguro, ¿no? A una de fiar.

—Claro, pero eso es difícil de encontrar. Y, en vacaciones, sería imposible.

—A menos que tuviéramos buenas referencias. Hablaré con los otros empresarios del pueblo. Tal vez podamos establecer una colaboración, o algo por el estilo.

—Vaya, Aidan, me estás asustando. ¿Y si resulta que eres perfecto?

—No tienes que preocuparte por eso. No va a suceder.

—No sé, no sé. Estás muy cerca.

—Soy mejor que antes —dijo él—, y me siento agradecido por ello.

Él nunca había querido hacerle daño a nadie, y menos el daño que le había hecho a aquella mujer a la que no había podido recordar. No había excusa para eso.

—¿Y qué va a pasar entre Shelby y tú cuando termine el plazo de seis meses?

—No estoy seguro.

Él sabía lo que le gustaría que pasara. Quería seguir viendo a Shelby, como amigos y, quizá, como algo más. Estaban muy bien juntos.

Margaret sonrió.

—Vaya. Espero que a mi marido se le ponga esa misma cara cuando piense en mí.

—¿De qué estás hablando?

—De ahora mismo, cuando has pensado en Shelby. Ha habido algo que no sé explicar, pero, hazme caso, todas las mujeres quieren que sus maridos las miren así —dijo ella. Se inclinó hacia él y lo besó ligeramente—. Espero que sepa la suerte que tiene.

—Yo, también.

Aidan empezó a reírse, pero vio un movimiento por el rabillo del ojo. Se giró y vio a Shelby, que estaba en la acera, junto al restaurante. Tenía los ojos muy abiertos y estaba pálida. Cuando sus miradas se encontraron, ella se dio la vuelta y se alejó rápidamente.

Aidan soltó un juramento y salió corriendo tras ella.

La alcanzó y la tomó del brazo para que lo mirara.

—No es una cita —le dijo—. Conozco a Margaret desde hace muchos años. Somos amigos. Ella está felizmente casada y tiene dos niños. No tienes nada por lo que preocuparte.

Porque él nunca la engañaría. No solo porque ya no era de esa clase de hombre, sino por lo que sentía por ella.

Shelby se quedó mirándolo.

—Te creo —dijo, lentamente—. Por supuesto que te creo.

Sin embargo, estaba muy disgustada.

—Entonces, ¿qué te ocurre?

—No lo sé.

Aidan se quedó mirándola y notó la tensión. Algo no iba bien. Era como si él tuviera que decir o hacer algo, pero no sabía qué era.

—Te mandé un mensaje para contarte lo de la cena —le dijo.

—Sí, ya lo sé. Me dijiste que viniera. Por eso estoy aquí. No es eso.

—Entonces, ¿qué es?

Sus ojos azules buscaron algo en los de él. Era como si Shelby necesitara algo que solo él podía darle. Aidan conocía ese sentimiento. A veces, cuando pensaba en ella, se sentía muy confuso y no sabía cuál era la causa.

De repente, lo entendió todo con claridad. Supo cuál era la verdad, lo que iba mal. O, mejor dicho, lo que iba bien.

La quería. Estaba enamorado de ella. Quería a Shelby. ¿Cómo no iba a quererla? Era brillante y divertida, cariñosa y dulce. A él le encantaba mirarla, estar con ella y hacer el amor con ella. La quería.

¿Por qué no se había dado cuenta antes? Seguramente, porque era un hombre. A pesar de todo lo que había aprendido durante aquellos últimos meses, él no era una persona precisamente intuitiva. Sin embargo, ahora ya lo sabía: la quería.

Pensar en aquellas palabras hacía que se sintiera bien. Ya solo tenía que decirlas.

—Shelby...

Ella dio un paso atrás.

—Se acabó.

–¿Eh?

–Que esto se acabó –dijo, moviendo la mano entre los dos–. Lo nuestro. Nuestra amistad. No sé en qué estaba pensando. No podía salir bien. Ya no quiero que seamos amigos. No quiero tener nada que ver contigo. Fue una idea absurda y quiero que se termine.

–Pero... yo...

–No quiero oír nada –le dijo Shelby, y se marchó.

Capítulo 20

Shelby sabía que lo suyo era un gran fracaso. O un engaño. O ambas cosas. Estaba tan segura de lo que quería, había sido tan petulante, se había sentido tan decidida... Como si tuviera todas las respuestas. Hacerse amigo de un hombre para superar sus miedos. ¿Por qué no? Era el plan perfecto.

En realidad, había funcionado, y ella había empezado a curarse. Lo había sentido, lo sabía. Y, entonces, todo se había desmoronado a su alrededor.

Se sentó en el salón de su casa, en un extremo del sofá. Flexionó las piernas hasta el pecho y se abrazó las rodillas, pero ni siquiera así pudo mantener la calma. Se estaba derrumbando poco a poco.

Había entendido perfectamente la verdad de la situación al ver a esa mujer besar a Aidan. Sabía que era un beso entre amigos, inofensivo; confiaba plenamente en Aidan. Él le había hablado sobre aquella cena y le había pedido que fuera con ellos si le apetecía. Eso no lo haría un hombre que tenía la intención de engañar. Además, ella lo conocía. Aidan tenía defectos, pero ese no era uno de ellos.

No, lo que la había impresionado tanto no había sido el beso en sí, sino los celos horribles e instantáneos que había sentido. Había sido una emoción tan intensa que se había quedado asombrada. Se había dado cuenta de que, fuera lo que fuera lo que sentía por Aidan, era demasiado grande como para ser contenido.

No se había dado cuenta, pensó, mientras intentaba respirar con más calma. No se había dado cuenta de que el afecto podía ser tan intenso, tan abrumador. No estaba preparada para asumirlo, no podía manejarlo. Querer a Kipling era fácil. Kipling era su hermano, y lo conocía de toda la vida. Querer a sus amigos también era sencillo. Ellos estaban a su lado. Sin embargo... ¿y si era cierto que quería a Aidan?

No, no podía hacerlo. No podía arriesgarse tanto. Eso era el amor: un enorme riesgo. ¿Era de esperar que le entregara el corazón a algún hombre? De ninguna manera. Eso no iba a suceder. Había visto el daño que podía hacer el amor, y no estaba dispuesta a arriesgarse. Había pasado la vida protegiéndose a sí misma por un buen motivo, y no iba a dejar de hacerlo ahora. Era mejor estar sola para siempre que correr aquel riesgo.

Shelby nunca había estado en las oficinas de Score. La empresa de relaciones públicas había trasladado su sede a Fool's Gold hacía tres años, cuando Jack, Sam y Kenny, los antiguos campeones de la Super Bowl, se habían ido a vivir allí. Aunque Jack había dejado Score para ser entrenador de fútbol americano en una universidad de la zona, los otros dos socios seguían en el negocio con Taryn.

En aquel momento, delante de los enormes retratos de antiguos jugadores de fútbol que adornaban la zona de recepción, se preguntó en qué estaba pensando. Tal vez su padre no solo le hubiera dañado el espíritu con sus puñetazos. Tal vez también le había dañado el cerebro.

Sin embargo, ya no había vuelta atrás. Llamó a la puerta del despacho de Taryn. Su amiga estaba en su escritorio, tan elegante como siempre con un vestido de flores y unos zapatos de tacón alto. Taryn se levantó y se acercó a ella.

–Shelby, cariño, ¿qué te pasa? Por teléfono me ha parecido que estabas muy disgustada.

–Lo siento.

La respuesta fue automática y estúpida. No lo sentía. Estaba confundida y enfadada, pero no lo sentía.

–Vamos a sentarnos –le dijo Taryn–. ¿Te apetece un café?

–No, muchas gracias.

Se sentaron una frente a la otra, y Taryn la miró con preocupación. Shelby lo entendía. La había llamado impulsivamente y le había preguntado si podían hablar. En aquel momento, su amiga le sonrió.

–¿En qué puedo ayudarte?

–No puedes.

–Vaya. Pues eso lo hace todo más interesante.

–Ni siquiera sé por qué estoy aquí –admitió Shelby–. Creo que es porque… tú eres la más directa de mis amigas.

–Me lo voy a tomar como un cumplido –dijo Taryn–. ¿Y en qué tengo que ser directa en esta ocasión?

–Con respecto a Aidan.

–Ah –dijo Taryn, y se relajó–. Estás pensando en la intervención.

No, no lo había pensado, pero, en cuanto Taryn mencionó aquellas palabras, ella recordó la incómoda conversación.

–Ya no nos vemos.

Taryn suspiró.

–Lo lamento.

—Le dije que nuestra amistad había terminado. Nuestra amistad, o como quieras llamarlo. He terminado con él. La idea fue una idiotez, una pérdida de tiempo. No quiero volver a verlo.

Hablaba en un tono desafiante, pero se preparó para la reprimenda que se iba a llevar. Después de todo, Taryn creía que ella estaba enamorada de Aidan, y consideraría que lo que había hecho era destructivo.

Sin embargo, en vez de responder, Taryn se acercó a ella y la abrazó.

—Lo siento. Siento que el miedo siga ganando.

Shelby se liberó del abrazo y retrocedió unos cuantos pasos.

—No tengo miedo.

Taryn la miró con una expresión comprensiva.

—No sé mucho de tu pasado. No sé nada en concreto, aunque he oído algunas cosas –dijo, y tomó aire–. Mi padre también me pegaba a mí. Era un hombre cruel. No importan los detalles, salvo que yo no tenía intención de volver a confiar en un hombre y, mucho menos, enamorarme de él. Cuando conocí a Angel, estuve a punto de perderlo por ese motivo. Aprender a confiar es lo más difícil que he hecho en mi vida, porque el miedo es enorme.

Shelby no sabía qué decir.

—No tenía ni idea. No puedo creerlo. Tú estás tan segura de ti misma... eres tan fuerte...

—Bueno –murmuró Taryn–, he tardado bastante en llegar a este punto. Tenía muchas barreras de defensa que nadie podía traspasar. Ni siquiera los chicos.

Shelby sabía que «los chicos» eran los tres hombres con los que trabajaba. Ellos habían sido su familia antes de que conociera a Angel.

—Todo en la vida tiene un precio –le dijo Taryn–. No hay nada gratis. Si quieres estar siempre a salvo, el precio es que no conocerás el amor. Porque, para recibir amor, tienes que dar amor, y eso te hace vulnerable. Puedes rodearte de barreras y quedarte sola, o puedes derribarlas todas y entregar el corazón.

—¿Y si no me gusta ninguna de las dos soluciones?

—Entonces, te sientes infeliz. Como ya te he dicho, todo tiene un precio.

—No lo acepto.

—Tampoco tienes por qué aceptar la gravedad, pero te vas a caer si te tiras de un edificio —dijo Taryn—. Tú quieres a Aidan. Todas nos hemos dado cuenta. Y, por lo que tengo entendido, es muy buen tipo. Si tienes que correr un riesgo, ¿por qué no te arriesgas con él?

—Porque, si lo hago, me muero.

Shelby no quería decir eso, pero se le escaparon las palabras antes de poder contenerse.

—No, no quería decir eso —se corrigió, rápidamente.

—Sí, sí querías. No es tan malo como tú dices. Por lo menos, sabes cuál es tu punto de partida. Tú decides hasta dónde quieres llegar.

Charlie lo precedió de camino a casa, olfateando todas y cada una de las plantas que encontraba. Aidan no sabía qué esperaba encontrar su perro, pero parecía algo muy importante. Charlie movía la cola y miraba hacia atrás, como si quisiera asegurarse de que Aidan lo seguía.

Aquellos dos últimos días habían sido muy duros. Echaba a Shelby de menos, mucho más de lo que nunca hubiera imaginado. Estaba acostumbrado a verla, hablar con ella, acariciarla. Soñaba con ella. No podía escapar del amor que sentía por ella.

Lo peor de todo era que no sabía qué hacer. El instinto le decía que le diera tiempo, que ella necesitaba pensar en qué era lo que le disgustaba tanto. Sin embargo, su corazón le urgía a que fuera a buscarla y la abrazara. Que la ayudara. Aunque él mismo fuera el problema, podía ayudarla. Lo cual parecía una idiotez. Así pues, no hizo nada, salvo esperar.

Charlie alzó la cabeza y ladró. Echó a correr hacia la casa. Aidan lo siguió y, con sorpresa, vio que la puerta estaba abierta. El perrito había entrado.

Aidan entró rápidamente y se encontró su salón lleno de mujeres.

Jo estaba haciendo algo en la batidora de la cocina. Taryn y Larissa estaban colocando en la mesa bandejas de galletas y *brownies*. Patience, al verlo, se acercó a él.

—Lo sentimos mucho —le dijo, y le dio un abrazo—. Hemos venido a ayudarte.

Amber le hizo una seña desde la cocina. Destiny también estaba allí, con su niña en brazos.

—¿Y cómo me vais a ayudar? —preguntó él.

Patience arrugó la nariz.

—Ni idea —dijo, y se volvió hacia las demás—. Aidan quiere saber cómo vamos a ayudarlo.

Madeline salió de la cocina y le dio una cerveza.

—Normalmente, en ocasiones como esta hacemos margaritas, pero me parece que tú eres más de birra.

—Gracias. No os lo toméis a mal, pero ¿qué pasa?

Felicia Boylan entró por la puerta.

—Siento llegar tarde. Hola, Aidan. Esto es una tradición de Fool's Gold. Cuando rompe una pareja, las mujeres se reúnen para ayudar. Normalmente, somos anti hombres, pero, en este caso, parece que tú eres el perjudicado. Así que te hemos organizado la fiesta de ruptura a ti.

Aidan sabía que querían ser buenas con él, así que aceptó la cerveza y se sentó en el sofá. Las mujeres lo rodearon. Charlie estaba en el cielo, con tantas caricias y galletitas.

Taryn se sentó frente a él.

—Tengo que decir que he hablado con Shelby.

Todo el mundo la miró. Aidan tuvo que contenerse para no preguntar qué tal estaba.

—No voy a traicionar su confianza contando lo que me dijo —continuó Taryn—, pero sí puedo decirte que lo que está pasando no tiene nada que ver contigo. Creo que deberías darle más tiempo. Más del que tú quisieras darle, supongo. Pero ella tiene que resolver esto.

En aquel mensaje codificado había mucha información. Si Shelby todavía estaba enfrentándose con su pasado, Taryn tenía razón: aquello no tenía nada que ver con él. Aun así, le dolía.

Tiempo. Tenía que darle tiempo y espacio. No presionarla. Sin embargo, le dolía el alma por ella.

Patience se sentó a su lado.

—Siento que tengas que pasar por esto —le dijo con un suspiro—. Cuando pasan estas cosas, ponemos a los tíos a caer de un burro, pero no me siento cómoda haciendo eso con Shelby, porque es nuestra amiga.

Felicia se sentó al otro lado.

—Cuando Gideon y yo todavía estábamos saliendo sin ningún compromiso en firme, yo no sabía qué lugar ocupaba en su vida. Cuando le dije que lo quería, se asustó y salió corriendo. Pero, al final, volvió. Seguro que Shelby también volverá.

—No me habéis preguntado si eso es lo que yo quiero.

—No es necesario —le dijo Madeline—. Lo vemos en tu mirada. La quieres. Porque la quieres, ¿no?

—Sí. Con todo mi corazón.

La mayoría de las mujeres suspiró.

—Nosotras solemos pensar que los únicos idiotas son

los tíos –dijo Jo, alegremente–, pero la tontería no tiene un solo género –añadió, y le dio a Aidan una palmadita en el hombro–. Te prometo que la próxima vez que vayas al bar a una comida de chicas no diré nada.

–Vaya, gracias.

–De nada, de nada. Así soy yo.

Él se echó a reír. Las chicas empezaron a hablar de cómo les iba la vida o de cómo la habían pifiado sus maridos o novios. Aquellas historias tenían el objetivo de animarlo, cosa que agradecía, pero una parte de él quería decirles que estaban hablando desde el cómodo punto de vista de haber encontrado el amor verdadero, cosa que a él no le había sucedido aún.

Por un momento, no supo si debía arrepentirse de haberse enamorado de Shelby, pero se dio cuenta de que, después de haberla conocido, era imposible no enamorarse de ella, y de que no podía arrepentirse de lo que le estaba pasando. Ella era increíble, y él tenía mucha suerte de haber conseguido todo lo que había conseguido. Lo que tenía que hacer era callar y sentirse agradecido. Y, tal vez, tener un poco de fe. Fe en ella, en sí mismo y en todo lo que podían llegar a ser juntos.

La absoluta falta de conversación tenía su lado bueno, pensó Shelby, mientras Angel terminaba de repartir las cartas. Los hombres que estaban sentados alrededor de la mesa, jugando al póquer, le hacían compañía sin que hubiera un parloteo incesante sobre lo bien que iba a salir todo al final.

Ya había jugado suficientes veces como para conocer el funcionamiento básico del juego, así que no tenía que prestar tanta atención. Podía pensar en lo que estaba pasando en su vida y dejar que el ritmo de la partida fuera una agradable distracción. Estaban en la sala trasera de The Man Cave. Allí se oía la música de los altavoces y el ruido del bar.

Conocía a la mayoría de los hombres que había en aquella mesa, pero un par de ellos no le resultaban familiares. Gabriel Boylan era médico de emergencias. Shelby conocía a Noelle, la dueña de El desván de la Navidad, y Gabriel era su marido. También era el cuñado de Felicia. Parecía muy agradable, pero nunca había jugado a las cartas con ellos.

Angel también estaba allí, y Justice, el marido de Patience. Shelby se había quedado un poco sorprendida al recibir la invitación a la partida, pero había aceptado después de cerciorarse de que Aidan no iba a ir. Le sentaba bien salir de casa. Allí, todo le recordaba a él.

Se habían convertido uno en parte de la vida del otro, y separarse era muy difícil. Lo echaba de menos. Echaba de menos sus conversaciones y a Charlie. Sin embargo, sabía que había hecho bien al romper la relación. Tenía que protegerse, y solo lo conseguiría alejándose de él.

—¿Cómo va el negocio? —le preguntó Justice.

—Eh... bien. El nuevo local funciona muy bien. Lo tenemos lleno todos los días a la hora de comer.

—Y tendrás también muchos turistas —dijo Gabriel—. Además de las señoras del pueblo, que querrán ir allí a tomar el té. Noelle tiene muchos clientes entre los turistas. Deberías dejar unos folletos en su tienda.

—Gracias. Lo haré.

Se repartieron más cartas. Angel las bajó. Kipling las observó e hizo lo mismo.

—No es mi noche —dijo, con calma, mientras tomaba su cerveza.

—¿Qué tal está Destiny? —le preguntó Sam Ridge.

—Bien, aunque sigue intentando abarcar más de lo que

puede. Entre Tonya, Starr, la gira y llegar al final del día, está abrumada. Yo la ayudo en lo que puedo.

—Les encanta hacerse cargo de demasiadas cosas —dijo Justice—. Patience se comporta como si tener al bebé no fuera nada, pero es muy duro para ella. Todavía tiene que levantarse a las cuatro de la mañana.

Lo dijo en un tono entre asombrado y orgulloso.

Shelby tuvo ganas de darse con la cabeza en la mesa. No quería oír lo mucho que querían a sus mujeres. Era deprimente. Porque, en cierto momento, ella había pensado que quería lo mismo: amor. Alguien en su vida. Sin embargo, ya no estaba tan segura.

El precio era demasiado alto y, tal vez, lo mejor era seguir sola. Por lo menos, así estaba a salvo.

Pero echaba de menos a Aidan. Quería ver su sonrisa y oír su voz. Tal vez, incluso, que le diera un abrazo. Él había cambiado mucho durante los últimos meses; siempre había sido estupendo, pero ahora era incluso mejor. Por el contrario, ella se sentía igual. «Atrapada» fue la palabra que le vino a la cabeza. Eso sí que era irónico. Él entendería aquella broma al instante. Debería llamarlo y...

¡No! Volvió a concentrarse en la partida. No iba a ser débil. Iba a ser fuerte. Solitaria. Había intentado volverse normal y no lo había conseguido. No quería seguir intentándolo. Ya tenía su respuesta, y debía seguir adelante.

—¿Te asustaste cuando Patience se puso de parto? —le preguntó Kipling a Justice.

—Muchísimo. He estado en combate y me ha perseguido un francotirador. Lo único peor que se me ocurre es cuando raptaron a Lillie.

Shelby frunció el ceño.

—¿A qué te refieres?

Justice le dio un sorbo a su cerveza.

—Es una larga historia. Mi padre había fingido su propia muerte para huir de la justicia. Me encontró y, para hacerme daño, se llevó a Lillie. La recuperamos.

Shelby se quedó boquiabierta.

—¿En serio?

Su mirada se volvió glacial.

—Yo lo habría matado por hacerlo, pero Ford llegó antes que yo.

—No tenía ni idea. Lo siento.

—Yo también lo siento. No habría vuelto nunca si hubiera sabido que Patience y Lillie iban a correr peligro.

—No lo dices en serio —respondió Angel—. Tenías que volver a buscarla.

Shelby estaba a punto de preguntar a quién tenía que buscar cuando Justice exhaló un gran suspiro.

—Tienes razón, pero eso fue lo peor. Saber que Lillie corría peligro y estaba asustada fue horrible. Yo la quería tanto... a las dos. Y saber que era culpa mía me mataba —dijo él, y alzó una mano—. Sí, ya sé que era culpa de mi padre. Pero ellas lo eran todo para mí, y saber que podía pasarles algo... No puedo describir esa sensación.

—Pero mereció la pena —dijo Kipling.

—Sí. Estaría perdido sin ellas.

Gabriel bajó las cartas.

—Yo pasé por eso con Noelle —dijo—. No estaba seguro. Ella era tan feliz y tan positiva siempre... Y yo solo veía la oscuridad.

Shelby había oído la historia. Él había sido médico del ejército durante varios años, y había servido en el frente. Era el encargado de atender a los hombres con heridas más graves y curarlos lo suficiente como para que pudieran ser trasladados a unas instalaciones sanitarias de verdad.

Había ido a ver a su hermano a Fool's Gold cuando estaba más agotado, física y emocionalmente.

—Ella me ayudó —siguió Gabriel—. Siempre estaba tirando de mí.

—¿Cuánto te resististe? —le preguntó Kipling.

—Todo lo que pude. Pero ella nunca se rindió conmigo. Podía haberla perdido, y todavía, algunas noches, me despierto sudando, pensando en eso. En que podía haberla perdido.

—Pero no la perdiste —dijo Shelby—. Ahora estáis juntos.

—Sí.

Tuvieron suerte, pensó ella. Pudieron superar sus problemas. Por otro lado, aquellos hombres no estaban siendo muy sutiles.

—Sé lo que estáis haciendo —les dijo, bajando las cartas a la mesa—, pero no va a funcionar.

—¿Y por qué? —preguntó su hermano.

—Porque yo no tengo lo que tenéis vosotros.

Angel sonrió.

—No se te da muy bien mentir, Shelby.

—No estoy mintiendo. Pensé que lo tenía, pensé que quería un marido y una familia, pero no es cierto. Es demasiado duro para mí. Quería aprender a confiar en los hombres, y lo conseguí. Confío en Aidan, pero no importa, porque, al final, el amor requiere que dé mucho de mí misma. Y no estoy dispuesta a hacer eso.

Angel la observó con atención. Sus ojos de color gris claro eran un poco inquietantes. Era como si pudiera ver el interior de su alma.

—Algunas veces hay que tener fe. Algunas veces, las mejores cosas de la vida hay que ganárselas.

—Sé lo que quieres —le dijo Kipling a Shelby—. Quieres que digamos que las relaciones no importan. Pero no lo vamos a decir, porque no es cierto.

Gabriel asintió.

—La gente que nos quiere y a la que queremos es lo único importante.

Ella quería taparse los oídos y no escuchar lo que le estaban diciendo.

—¿No podemos jugar a las cartas?

—No —dijo Angel—. Lo siento, pero esto es una intervención.

—Mi segunda en un mes —refunfuñó ella—. La última fue para que mis amigas me dijeran que soy una gallina.

—¿Qué? —preguntó Kipling.

—No importa —dijo ella, y posó las manos sobre la mesa—. Adelante. Decid lo que tengáis que decir.

Iba a rendirse solo porque era la única manera de que pasara aquel momento. Después, seguirían jugando a las cartas.

—Creo que lo más importante lo has comprendido —le dijo su hermano—. Puedes confiar en Aidan. Él no es el problema.

—El problema está en ti —le dijo Angel—. No es que fueras capaz de confiar en otra persona. Es que seas capaz de confiar en ti misma.

—Te equivocas —le dijo Shelby.

—No, no es cierto —replicó Kipling, mirándola fijamente—. Lo que te asusta no es que Aidan te quiera a ti, sino que tú quieres a Aidan. No crees que puedas entregarle tu corazón y sobrevivir. No crees que eres fuerte. Pero sí lo eres, Shelby. Has pasado por muchas cosas, pero mírate ahora: estás con tus amigos, tienes un negocio y tienes a Aidan.

Ella no quería mirarlos. Quería taparse los ojos y no ver nada. Quería que las cosas volvieran a ser del modo en que eran antes de que Aidan y ella se hicieran amigos.

No, no. No quería eso. Pero, si no podía volver atrás y no podía avanzar, ¿qué iba a hacer?

—Estás intentando controlarlo todo para sentirte segura —dijo Angel—, pero eso no es posible. Nadie tiene el control de nada. Lo único que podemos hacer es saber que tenemos la fuerza como para sobrevivir a las cosas que ocurran. Que el amor hace que todo merezca la pena.

A ella se le llenaron los ojos de lágrimas.

—Tú no eres tu madre —le dijo su hermano, suavemente—. No harás nunca lo que hizo ella. Pero tienes que creerlo. Tienes que aceptar que, a veces, meterás la pata. A todos nos pasa.

—Todos los días —dijo Gabriel con una sonrisa—. Pero intentamos hacer las cosas cada vez mejor.

Kipling se levantó y rodeó la mesa. La puso en pie y la abrazó.

—Tú piensas que siempre tienes que ser fuerte y cuidar de ti misma, y esa tarea es muy difícil. El secreto está en que, con el amor en tu vida, alguien te cubre las espaldas. Si un día tú no puedes ser fuerte, él sí. Y tú estarás también a su lado.

Aunque trató de evitarlo, a Shelby se le cayeron las lágrimas. Sintió tanto dolor, confusión y soledad que pensó que las emociones iban a ahogarla.

—No sé qué pasó —dijo—. Todo iba perfectamente y, al instante, lo único que quería era salir corriendo como alma que lleva el diablo.

—Claro —dijo Angel—. A buscar un refugio. Es lo que hacen los animales heridos.

Ella alzó la cabeza y lo fulminó con la mirada.

—No es tu mejor analogía.

—Bueno, pero es muy acertada. Tú estás herida. Estás más curada que antes, pero hay algunas heridas que no se cierran nunca por completo, y tienes que adaptarte. La cuestión es si aceptas dónde estás y quieres sacar el mayor partido posible de la situación, o si quieres pasarte el resto de la vida sintiendo lástima de ti misma.

Ella se apartó de Kipling y caminó hacia Angel.

—Yo no siento lástima de mí misma.

—Un poco, sí —dijo Justice—. Y eres boba. Aidan y tú teníais algo estupendo. Él ha hecho todo lo que le has pedido, y tú te alejaste de él porque tenías miedo. ¿Me he dejado algo en el tintero?

—No —dijo Angel, sonriendo—. Eso lo resume todo. Tengo hambre. ¿A alguien le apetece un sándwich?

—A mí —dijo Gabriel, y se puso en pie—. Voy contigo.

—Yo también.

Todos los chicos se marcharon de la sala, hasta que ella se quedó a solas con Kipling.

Shelby se puso en jarras.

—Tus amigos son idiotas.

—No, son sinceros. Y también son tus amigos.

Ella sollozó y se enjugó las lágrimas.

—Si estuviera con mis amigas, me estarían abrazando y diciéndome que Aidan se equivocó.

—Creía que te habían dicho que eres una gallina.

Ella dio una patada en el suelo.

—No me ayudas.

—Sí, claro que sí.

A Shelby se le cayeron las lágrimas de nuevo.

—No sé qué hacer.

—Sí, claro que lo sabes. Tienes que enfrentarte a tus miedos, Shelby. Si no, ellos siempre ganarán.

Capítulo 21

—Hola, Aidan.

El saludo, en estéreo, hizo que él alzara la vista para mirar a las dos chicas pelirrojas que acababan de entrar en su oficina. Era el jueves por la mañana, temprano. Ya había pasado una semana sin Shelby. Sabía que Taryn tenía razón cuando le había dicho que le concediera tiempo, pero ¿cuánto?

Mientras tanto, tenía a dos gemelas sonriéndole. Eran guapas e inteligentes. Ellos tres habían pasado un par de noches interesantes el verano anterior.

—Pasábamos por el barrio y hemos venido a decir «hola» —dijo Paris, con una sonrisa. Él sabía quién era quién porque London tenía una cicatriz pequeña en una de las comisuras de la boca. Sí, London y Paris. Era evidente que sus padres tenían un sentido del humor bastante raro.

London se acercó a él.

—Nos lo pasamos muy bien contigo el año pasado, y pensamos que podríamos repetirlo.

Aquello era la fantasía de cualquier hombre, pensó Aidan, pero él no sentía ninguna emoción. De hecho, estaba cansado. Se sentía cansado de no estar con Shelby.

—No, gracias.

Ellas dos se miraron.

—¿Por qué no? —preguntó Paris—. Tuvimos muy buenos ratos juntos.

—Me he enamorado de otra persona —dijo él. Era la segunda vez que decía aquellas palabras en voz alta, y sonaban muy bien, así que lo intentó de nuevo—. Me he enamorado de Shelby.

Paris y London se miraron la una a la otra.

—¿De verdad? Nunca habríamos pensado que eras de los que se comprometían.

—Yo, tampoco, pero resulta que sí. Me encanta estar enamorado de Shelby. Me hace un hombre mejor.

London enarcó las cejas.

—Vaya, qué impresionante. La mayoría de los tíos no están cómodos hablando de lo que sienten.

—Pues te asombrarías si supieras lo cómodo que estoy yo últimamente.

Paris suspiró.

—Vaya, pues nosotras nos lo perdemos. Si no salen bien las cosas, llámanos.

Las cosas no iban bien, pero lo último que iba a hacer era llamarlas. Si no podía tener a Shelby, no quería a nadie más.

Justo cuando se marchaban las gemelas, Nick llegaba por la carretera. Aidan esperó a que su hermano saliera del coche y se acercara a ellos.

—¿Algo que yo deba saber? —preguntó Nick, mirando hacia las muchachas que se alejaban.

—Han venido al pueblo a pasar el fin de semana, por si quieres un regalito de despedida.

Su hermano encogió un hombro.

—Es tentador, pero no. Me parece que con una a la vez tengo suficiente. A propósito, tienes un aspecto horrible.

—Gracias.

—¿Es por Shelby?

Como había algunos clientes en el mostrador y Fay estaba cerca, Aidan tomó la correa de Charlie del gancho de al lado de la puerta y salió. El perrito corrió a su lado. Nick y él tomaron el sendero que había junto a la oficina.

—Hace una semana que no hablo con ella —dijo, cuando estaban un poco alejados del edificio—. Taryn me dijo que le diera tiempo, pero está siendo muy duro.

—Lo siento —dijo Nick con un gesto de comprensión—. Hacíais muy buena pareja. ¿Sabes cuál es el problema?

—Me imagino que está asustada. Cada vez avanzábamos más en la relación, y eso no pudo gestionarlo. O, tal vez, se dio cuenta de que yo me había enamorado, y se asustó.

Nick se tropezó del susto, y lo miró fijamente.

—¿Que te has qué? —preguntó y alzó una mano—. No importa. No quiero oírtelo decir otra vez. ¿Estás seguro?

—Sí. Es ella. La quiero.

Cuanto más lo decía, mejor se sentía. Enamorarse de Shelby era lo mejor que había hecho en la vida.

—¿Cuánto tiempo le vas a dar?

—No sé. No quiero agobiarla, pero tampoco quiero que crea que no tengo interés. Tal vez un par de días más.

—No sé qué decir —admitió Nick—. Eres más valiente que yo.

—No tiene ningún mérito ser valiente. Con Shelby no me queda otro remedio. Resulta que ella es mi media naranja.

Nick lo miró con asombro. Estaba aterrado.

—Buena suerte con eso, hermano.

—Gracias —dijo Aidan. Miró la parte trasera de la furgoneta de su hermano, que estaba llena de cajas—. ¿Vas a alguna parte?

—Me marcho a Happily Inc. mañana. Ya he mandado la mayoría de mis cosas. Estoy deseando largarme de aquí.

Aidan asintió.

—Tienes que venir a verme —dijo Nick—. Si las cosas van bien con Shelby, venid a casaros a Happily Inc. Es el mejor destino nupcial de todo el país.

Aidan sonrió.

—De acuerdo. Si Shelby y yo arreglamos las cosas, iremos a casarnos allí, te lo prometo.

—Bueno, puede que ella también tenga algo que decir al respecto.

—Es muy posible, pero creo que podré convencerla con mis encantos.

Al menos, eso esperaba. Que Shelby fuera su esposa.

—Cuídate —le dijo Nick—. No permitas que el cabrón te deprima.

—No se va a molestar conmigo.

Ceallach solo se interesaba por sus hermanos con talento.

Aidan le dio una palmada a Nick en la espalda.

—Creo que has tomado la decisión correcta. Tienes que salir de aquí y descubrir las cosas por ti mismo. Pero, por favor, no te olvides de mí.

—No, te lo prometo. Buena suerte con Shelby. Avísame cuando te diga que sí.

—Eso haré.

Iba a decirle que sí. Tenía que hacerlo. Era el amor de su vida y, sin ella, el mundo sería un lugar frío y oscuro.

—Esto es una ridiculez —dijo Shelby, quejándose.

—Dijiste que querías ayuda —replicó Madeline—. Y te estoy ayudando.

—No es esto lo que había pensado.

—Entonces, tenías que haber sido más concreta cuando me llamaste.

No parecía que a su amiga le preocuparan sus dudas lo más mínimo. De hecho, le señaló el centro del probador y dijo:

—Quítate la ropa.

Shelby refunfuñó, pero obedeció. Se quitó la camiseta y dejó caer al suelo los pantalones vaqueros.

—¿Contenta?

—Todavía no.

Estaban en el probador más grande de Luna de papel. Cuando Shelby llamó a Madeline y le preguntó si podían hablar, Madeline le había sugerido que fuera a su tienda, y ella había pensado que su amiga no podía salir del trabajo. Ahora sabía que Madeline había pensado algo muy distinto.

—Eres muy delgadita —le dijo su amiga, mientras tomaba un vestido blanco de una percha—. Y delicada. El truco está en llevar el vestido, y no en que el vestido te lleve a ti. Lo cual es más difícil con tu tipo de figura.

—No entiendo de qué sirve que me pruebe un vestido de novia —dijo Shelby—. Necesito hablar contigo.

—Y vamos a hablar, pero tienes que ponerte este vestido primero. Vamos, Shelby, ¿qué mal puede hacerte?

—Está bien —gruñó ella—. Me lo pruebo. Seguro que voy a parecer una idiota, pero lo voy a hacer de todos modos.

—Esa es mi amiga, la alegría de la huerta. Siempre mirando el lado bueno de las cosas. Bueno, un vestido como este no te lo puedes meter por la cabeza. Tienes que entrar en él por los pies.

Shelby hizo lo que le pedían. El vestido tenía un forro de tela fresca y suave, tal vez de seda. Madeline lo sujetó a su alrededor y Shelby metió los brazos en las mangas. Tenía un corpiño ajustado de encaje, y la espalda tenía una cola de un metro y medio. Era de un estilo sencillo y elegante.

—Todavía no —dijo Madeline, cuando Shelby empezó a caminar.

Madeline le recogió el pelo y le prendió un velo corto.

—Ahora puedes mirarte.

Shelby caminó por el corto pasillo hacia la sala principal de la tienda. Allí había un estrado elevado y rodeado de espejos. Madeline la ayudó a subir y se colocó tras ella para enderezarle el vestido.

Shelby se miró. Madeline tenía razón: el vestido no era abrumador. El encaje era exquisito y el corte del traje era perfecto para ella. Curiosamente, nunca se habría imaginado casándose, y no quería pensar por qué. En cuanto lo supiera, tendría que arreglarlo o aceptar que era una cobarde.

—¿Qué piensas?

—El vestido es precioso.

—Tú eres preciosa. Hay una diferencia. Lo único que hace el vestido es reflejarte a ti. Dime lo que ves.

A ella se le llenaron los ojos de lágrimas.

—Soy un fraude —susurró.

—¿Por qué?

—Porque... tengo tanto miedo.

—¿De Aidan?

—No. De perder el control sobre quien soy, sobre lo que soy. Sobre todo.

Ambas miraron al espejo, y sus ojos se encontraron en el cristal.

—Ha sido así desde el principio. Yo tuve la idea de arreglarme la cabeza aprendiendo a confiar en un hombre. Yo fui la que eligió a Aidan y lo convenció. Yo puse las normas y los límites. Incluso decidí cuándo romperlas para que nos convirtiéramos en amantes.

—¿Porque necesitabas tener el control?

Shelby asintió.

—De ese modo me sentía segura.

—¿Y por qué te siguió Aidan la corriente?

Buena pregunta.

—¿Por qué? Supongo que porque también quería cambiar, al principio. Y, después, porque me tomó cariño. Porque no tiene nada que demostrar. Porque confía en mí.

—Eres una cobardica —le dijo Madeline, en voz baja.

Shelby se echó a reír y, después, sollozó. Respiró profundamente y añadió:

—Estás diciendo que él me quiere.

—Sí. Te quiere.

—¿Estás segura, o es solo una suposición?

—Estoy bastante segura.

Shelby se miró al espejo. La novia que veía allí reflejada no se merecía ni aquel vestido tan bonito ni un novio tan maravilloso. Ella todavía vivía con el miedo. Todavía tenía que esconderse.

—¿Y si no puedo hacerlo? ¿Qué pasa si no soy capaz de entregarle el corazón a nadie?

—No lo sé. Dímelo tú.

¿Qué significaría para ella no estar con Aidan, no volver a verlo ni a acariciarlo?

Sintió un dolor agudo e instantáneo. No podía respirar, no podía pensar. Lo necesitaba. Lo deseaba. Lo quería.

Él tenía razón, hacía todas aquellas semanas, cuando la había ayudado a darse cuenta de que el verdadero sufrimiento de su infancia no lo había provocado el maltrato de su padre, sino el hecho de que su madre se hubiera mantenido al margen mientras se producía. Aidan no haría eso, y ella, tampoco. Tal y como le había dicho su hermano, ella no sería de aquellas madres que permitirían que sus hijos sufrieran maltrato. Ella rompería el círculo.

Había llegado muy lejos. Al alcance de su mano estaba todo aquello que había dicho que quería. Lo único que debía hacer era tener fe.

—¿Sabes una cosa? Todo esto va a salir muy mal si resulta que él no está enamorado de mí —dijo, con la voz temblorosa—. Me voy a sentir como una idiota.

—¿Y no será mejor que ahora? Tú lo quieres, Shelby. ¿No quieres decírselo, por lo menos una vez?

—Sí.

Se miraron la una a la otra y se echaron a reír.

Shelby se apretó el estómago con ambas manos.

—Aunque me encanta el vestido... —dijo.

—No es tu vestido, ya lo sé. Pero pensé que probándotelo reaccionarías, y parece que ha funcionado, así que... ¡Bien por mí!

Shelby se rio de nuevo y abrazó a su amiga.

—Eres muy buena conmigo.

—Y tú, conmigo. Ahora, vete a buscar a tu hombre.

—Nunca había ido a buscar a un hombre para decirle que le quiero.

—¿Y no te parece que ya es hora?

Shelby tardó pocos minutos en volver a ponerse su ropa. De camino a casa, iba pensando en lo que le iba a decir a Aidan. Las palabras se le enredaban en la cabeza. Bueno, al menos tendría tiempo de prepararse. Antes tenía que ir a la oficina para preguntarle a Fay cuál era su horario y, cuando él estuviera en el pueblo, lo llamaría y...

Al torcer la esquina, se encontró a Aidan y a Charlie sentados en su porche. En cuanto la vio, el bichón salió corriendo hacia ella. Shelby se agachó y le tendió los brazos. Charlie se le arrojó encima, y ella lo abrazó.

—Sí, sí, mi niño —le susurró contra el pelaje—. Te he echado mucho de menos.

Él le cubrió la cara de besos caninos. Ella lo abrazó durante unos segundos más antes de incorporarse y mirar a Aidan.

Él también se había puesto en pie. Se miraron el uno al otro.

—¿Cómo estás? —le preguntó.

No parecía que estuviera enfadado, ni disgustado, ni ninguna de las cosas negativas que ella se merecía. Hablaba como... como Aidan.

—Estoy... bien. ¿Y tú?

—Muy bien —dijo él. Se acercó a ella, pero no la tocó. Le miró fijamente la cara—. Tenía que venir a verte.

—Me alegro de que lo hayas hecho. Tengo que decirte una cosa. Bueno, muchas cosas, en realidad.

Shelby sintió miedo. Le asustaba entregarle a aquel hombre la esencia de lo que era. Sin embargo, no existía otra persona a la que pudiera querer tanto. Nadie en quien pudiera confiar, a quien pudiera necesitar, con quien quisiera estar.

—Te quiero —susurró—. Te quiero mucho, Aidan. Pensaba que estaba siendo fuerte y valiente, pero todavía tengo miedo. En este momento, estoy asustada. Puede que siempre tenga miedo, no lo sé. Lo que sé es que no quiero estar sin ti. Quiero que estemos juntos. Te quiero muchísimo.

Él sonrió.

—Yo también te quiero. Mucho. También yo me asusté cuando me di cuenta.

El alivio tenía un sabor dulce. Era como una galleta perfecta que se derretía en la lengua, solo que la sensación estaba por todas partes de su cuerpo.

—¿Gritaste como una niña? —bromeó ella.

—Casi.

Aidan se puso serio.

—Shelby, te quiero y quiero estar contigo, pero hay cosas que tienes que saber –dijo–. Entiendo que te asustaste, y no pasa nada. A veces vas a tener miedo y, seguramente, yo también. Y vamos a estropear las cosas de vez en cuando. No podemos estar juntos durante los siguientes setenta años y no hacernos daño nunca. Eso forma parte de estar enamorado. Pero, pase lo que pase, yo voy a seguir intentándolo. Voy a quererte todos los días y, cuando ocurra algo malo, tú y yo vamos a hablar sobre ello. Muchísimo.

Ella empezó a reírse y, después, a llorar. Por fin, se lanzó a sus brazos. Él la estrechó contra su pecho y no la soltó.

Era cálido y fuerte. Todo en él era perfecto.

—Cásate conmigo –le susurró al oído–. Por favor, cásate conmigo.

Ella lo miró.

—Sí. Por favor. Por supuesto.

Él se echó a reír y la hizo girar por el aire. Charlie les ladró y se puso a correr en círculos como si supiera que había sucedido algo muy importante.

Aidan la besó. Después, se separó de ella y le dijo:

—Espero que no te parezca mal, pero le prometí a Nick que nos íbamos a casar en Happily Inc. Creo que es un pueblo especializado en bodas. ¿Te parece bien?

—Sí, siempre y cuando yo pueda elegir el destino de la luna de miel.

—¿Qué tenías en mente?

—Algún lugar soleado con una cama muy grande.

Él sonrió.

—Por mí, perfecto.

—Vaya, ¿cómo va esto? –preguntó Noelle, mirando las dos cartas.

Gabriel empujó las dos cartas hacia la mesa, pacientemente.

—Se supone que no tiene que verlas nadie, cariño.

—¿Por qué? ¿Acaso ibas a apostar contra mí? Pero... si tú me quieres. No puedes apostar contra mí. Entonces, ¿se supone que tengo que decidir lo que apuesto?

Shelby contuvo la sonrisa.

—Noelle, es una partida de póquer, no *La decisión de Sophie*. Vamos, adelante.

Angel suspiró.

—¿Quién ha tenido esta brillante idea?

Taryn se inclinó hacia él.

—¿Quieres decir que no te estás divirtiendo?

—No sé si jugar al Texas hold'em con nuestras mujeres es una idea acertada.

—Después, me quitaré la ropa.

Justice enarcó las cejas.

—¿Aquí, o en casa? Porque, si es aquí, puede que nos sintamos incómodos. Aunque sería un buen espectáculo —añadió, rápidamente.

Patience le clavó una mirada.

—¿De verdad? ¿Quieres ver desnuda a Taryn? No lo sabía.

—No quiero. Solo quería apoyar a una de tus amigas —dijo él, y se volvió hacia Aidan—. Ayuda.

Aidan se apoyó en el respaldo de la silla.

—¿Lo ven, caballeros? Ser amigos de las damas es más difícil de lo que parece. Ahora tenéis que pedirme disculpas por todas las cosas insultantes que pensasteis cuando os enterasteis de que yo salía con Shelby solo como amigo.

—Fuiste a una fiesta de nacimiento —dijo Kipling—. Es difícil no cebarse con eso.

Shelby sonrió. Sabía que su hermano se quedaría aún

más horrorizado con las pedicuras. Sin embargo, aquel era su pequeño secreto.

Miró a Aidan, y él le guiñó un ojo. Le tomó la mano izquierda, miró un segundo el brillante de su anillo y le besó la palma de la mano.

Estaban comprometidos oficialmente, y se iban a casar en Happily Inc. a los pocos meses, tal y como él le había prometido a Nick. Ella había elegido un precioso hotel en el Caribe para pasar la luna de miel. Flour Power funcionaba muy bien, como el negocio de Aidan. Charlie estaba haciendo un adiestramiento para mejorar la agilidad. Shelby sabía que era la persona con más suerte del mundo.

Tenía una familia y un futuro marido que la quería, y pertenecía a una comunidad maravillosa en la que había podido hacer realidad sus sueños. Tal vez fuera un cliché, pero eso no significaba que no fuera cierto: el amor curaba. Aidan y ella se habían curado de la mejor manera posible, e iban a estar enamorados para siempre.

Allí mismo, en Fool's Gold.

ÚLTIMOS TÍTULOS PUBLICADOS EN HQN

Las hijas de la novia de Susan Mallery

Los hombres de verdad no… mienten de Victoria Dahl

Lazos de familia de Susan Wiggs

La promesa más oscura de Gena Showalter

Nosotros y el destino de Claudia Velasco

Las reglas del juego de Anna Casanovas

Descubriéndote de Brenda Novak

Vainilla de Megan Hart

Bajo la luna azul de María José Tirado

Los trenes del azúcar de Mayelen Fouler

Secretos por descubrir de Sherryl Woods

Pasó accidentalmente de Jill Shalvis

El juego del ahorcado de Lis Haley

El indómito escocés de Julia London

Demasiado bueno para ser verdad de Susan Mallery